Die falsche Verschwörung

AF284731

Für Caroline

Thomas Wollschläger

Die falsche Verschwörung

oder

Die Jagd auf die Hoffmann-Papiere

**Bibliografische Information der
Deutschen Nationalbibliothek**:

Die Deutsche Nationalbibliothek verzeichnet diese Publikation in der
Deutschen Nationalbibliografie. Detaillierte bibliografische Daten sind
im Internet über <http://dnb.dnb.de> abrufbar.

Impressum

© 2018 Thomas Wollschläger

Herstellung und Verlag: BoD - Books on Demand, Norderstedt

ISBN: 9783752869316

Inhalt

Nachwort: Fiktion und Realität

Bildnachweise

07. Juli 1927

Bad Reichenhall in Süddeutschland

Die Tat

Statt besonderer Anzeige.

Am 8. Juli 1927 verschied in Bad Reichenhall, wo er Erholung von seinem Leiden suchte, unser innigstgeliebter Mann und Vater, der

Kgl. Preußische Generalmajor a. D.

Max Hoffmann

Ritter des Ordens Pour le mérite mit Eichenlaub
Ehrenbürger der Städte Nordhausen und Homberg (Hessen).

Berlin-Charlottenburg, den 11. Juli 1927.
Bismarckstraße 107.

Cornelia Irene Hoffmann
Ilse Irene Hoffmann.

Die Beerdigung findet am Mittwoch, den 13. d. Mts., nachm. 4 Uhr, von der Invalidenkirche ausgehend auf der Ehrenstätte der alten Armee, dem Invalidenfriedhof, statt.

Sie kamen bei Nacht, mitten im fürchterlichsten Gewittersturm des Sommers. Pausenlos durchzuckten Blitze den pechschwarzen Himmel. Der Wind drückte so heftig auf die Bäume, dass die kleineren Stämme sich beinahe bis zum Boden durchbogen. Selbst die größten Bäume ächzten mit aller Anstrengung, und fast wie in einem vorgegriffenem Herbst wurden sie eines Großteils ihrer Blätter beraubt. Der Regen strömte so dicht, dass die Sicht nicht mehr als ein paar Schritte reichte. Durch die Windböen getrieben, peitschte das Wasser geradezu horizontal und durchnässte jeden Winkel.

Die beiden Wachposten froren trotz der vor wenigen Stunden noch hochsommerlichen Temperaturen ganz erbärmlich. Obwohl sie in feste, lange Mäntel gehüllt waren, Kragen hochgeschlagen, Stahlhelme auf dem Kopf, hatten die Sturzbäche jede Faser ihrer Körper völlig durchnässt. Der Wind fühlte sich an, als würden tausend Nadelstiche die Haut peinigen. Die Soldaten drückten sich mit aller Kraft an die Wand des Gebäudes, damit der Wind sie nicht umriss und zumindest ihr Rücken von neuen Wasserpeitschen verschont blieb.

Der Kampf gegen die Naturgewalten nahm die Kräfte beider so sehr in Anspruch, dass sie die Ankunft beinahe verpasst hätten. Inmitten der zahlreichen Blitze schienen die zwei neuen Lichter auch nur zwei von vielen zu sein. Doch sie hörten nicht auf zu strahlen, und dann wurden allmählich die dunklen Umrisse eines schweren Wagens sichtbar, der sich durch die vom Wasser geschaffene Schlammwüste kämpfte. Der tosende Regen verschluckte jedes Motorengeräusch, weshalb sich das Automobil gefühlt lautlos fortzubewegen schien. Mit sichtlichem Schlingern drehte das Gefährt eine letzte Kurve, bevor es mühsam, gleichzeitig rutschend und stockend, ein paar Meter vor den Wachposten zum Stehen kam.

Leise fluchend, weil er die Deckung der Hauswand verlassen musste, sprang Gefreiter Werner König nach vorn und öffnete die Türe des Wagenfonds. Beinahe wurde sie ihm aus der Hand gerissen, denn schon drängten die Insassen heraus und hasteten die wenigen Schritte zum Haus hinüber, zwei große, stämmig wirkende Offiziere in schweren Mänteln, die Gesichter im Dunkel und wegen der hochgeschlagenen Kragen nicht zu erkennen. Sekundenlang ließ ein Lichtschein den Regen leuchten, während die Haustür geöffnet wurde, dann waren die Neuankömmlinge drinnen verschwunden. Der Fahrer steckte kurz den Kopf aus dem Seitenfenster. Er überzeugte sich, dass seine Fahrgäste die paar Augenblicke durch den Wasservorhang überstanden hatten, stieß ein wütendes „Sauwetter" aus und zog den Kopf schnellstens wieder zurück. Mit aufjaulendem Motor kämpfte der Mercedes einen Moment lang gegen den zähen Schlamm, ruckte dann doch an und verschwand in der Dunkelheit.

Eine ganze, lange Stunde mussten die beiden Posten ihren Kampf gegen die Naturgewalten noch fortsetzen. Dann wurde es auf einmal heller. So schnell, wie das Gewitter am vergangenen Abend begonnen hatte, beruhigte es sich jetzt. Die Blitze hörten auf, der Wind legte sich, der Regen ließ nach. Gefreiter König riskierte es, seine Taschenuhr unter dem Mantel hervorzuholen und versuchte, die Uhrzeit abzulesen. Noch ein paar Minuten bis zur Wachablösung. Bald würden sie es geschafft haben, die fürchterliche Nacht überstanden.

Die Wachablösung erfolgte pünktlich. Wie immer. König und sein Kamerad hasteten in die Wachstube, froh darüber, endlich die nasse Kleidung loswerden zu können, und ein bisschen neidisch auf die beiden Männer, die ihre Posten eingenommen hatten. Es tröpfelte nur noch leicht, die beiden Neuen würden also eine unvergleichlich angenehmere Wache haben. Abgesehen davon, dass man hier im tiefsten Bayern ohnehin keine Wache gebraucht hätte. Es herrschte tiefster Frieden, was sollte also schon passieren, dachte König bei sich. Doch derlei Dinge gingen ihn ja nichts an, er hatte zu gehorchen und all die täglichen Ungerechtigkeiten hinzunehmen. Wenigstens war der Krieg lange vorbei und der Dienst bei der Reichswehr eher eine ruhige Angelegenheit.

König bekam nicht mehr mit, dass sich in diesem Augenblick ein ihm wohlbekanntes Fahrzeug der Marke Mercedes erneut dem Haus näherte. Die beiden neuen Posten wiederum hatten keine Ahnung, dass das Auto in dieser Nacht bereits zum zweiten Mal vorfuhr. Der riesigen Pfützen und des Schlammes wegen geschah dies immer noch rutschend und schlingernd, doch behinderte diesmal kein Regen die Sicht. So konnte der Fahrer den Wagen recht punktgenau vor dem Eingang stoppen, ohne die Posten allzu sehr mit zu bespritzen.

Kurz darauf öffnete sich die Tür. Die zwei Offiziere traten heraus und gingen schnellen Schrittes zum Wagen. Obgleich es nun überhaupt nicht mehr regnete, trugen sie wiederum ihre Kragen hochgeschlagen und ins Gesicht gezogen, so dass ihre Identität verhüllt blieb. Da der Fahrer die Autotür bereits geöffnet hatte, dauerte es nur wenige Augenblicke, bis sie im Wagen verschwunden waren. Während die Tür sich noch schloss, setzte sich der Mercedes bereits in Bewegung und bahnte sich sodann seinen Weg durch die nasse Landschaft. Wenig später verschwand er im Dunkel, die Rückleuchten wie zwei entfliehende Glühwürmchen ersterbend.

Die Wachposten verschwendeten auf das Auto keinen weiteren Gedanken. Keiner der beiden ahnte, dass dessen Insassen das Fahrzeug zwar mit leeren Händen bestiegen hatten, aber dennoch jetzt den Tod mit sich führten. Noch bevor die Sonne den Morgenhimmel ganz erhellen sollte, würde ein Mensch sterben.

Die Verfolger kamen unerbittlich näher.

Zuerst war es nur ein unbestimmtes Gefühl gewesen. Eine Ahnung, dass irgendetwas nicht stimmte. Die Uhrzeit war dieselbe wie jeden Tag, kurz nach Sonnenaufgang, das Gras normalerweise noch feucht vom Morgentau. Wegen des Starkregens, der die halbe Nacht getobt hatte, triefte alles vor Nässe und die Wege waren von riesigen Wasserlachen bedeckt. Doch das störte weniger als das Empfinden, dass die Ruhe des Morgens gestört zu sein schien.

Der Hüne hatte es noch nie erlebt, dass um diese Zeit jemand anderes unterwegs gewesen wäre. Stets brach er auf, wenn die ersten Sonnenstrahlen hinter den Bergen hervorbrachen. Der Weg führte vom „Haus Tannenberg" zum Kurpark hinunter, vorbei an den schlafenden Villen, Pensionen und Stadthäusern. Im Park spazierte er jeden Tag gleichermaßen entlang der Baumreihen, passierte auf verschlungenen Pfaden vielerlei Blumen und Rabatten, bis die Runde wieder zum Ausgangspunkt zurückführte. Erst dann pflegten ihm gewöhnlich die ersten Menschen zu begegnen. Ein Eisenbahner etwa, der zur Arbeit radelte; eine ältere Dame, die ihren Hund ausführte; ein Bauer, der frische Lebensmittel zu einem Ladengeschäft brachte. Allmählich würde der Kurort erwachen, während er bereits auf dem Rückweg zu seiner Pension wäre.

Heute fühlte sich alles anders an, seit dem ersten Schritt in den Park hinein. Vögel zwitscherten nicht wie gewohnt oder flatterten unruhig auf. Ein Eichhörnchen hastete mit großen Sätzen über die Wiese. Das seltsame Gefühl verstärkte sich.

Der Hüne schaute sich nach allen Seiten um. Nichts zu sehen. Gelegentlich blieb er stehen, um auf Geräusche achten zu können. Bisher hörte er nichts. Aber erspürte ihre Anwesenheit.

Dann ein erstes Rascheln. Könnte es auch von einem Tier verursacht worden sein? Nein, dafür war es zu unauffällig, zu betont leise. Er verspürte keinerlei Furcht, weder vor dem Unbekannten an sich noch vor diesen Unbekannten. Doch instinktiv misstraue er ihnen. Wer immer hier um diese Zeit im Verborgenen herumschlich, konnte keine guten Absichten hegen.

Der Hüne beschleunigte seinen Schritt. Damit hatte er anscheinend ins Schwarze getroffen, denn nun vermehrten sich die Geräusche schlagartig. Häufigeres Rascheln, das Knacken eines Astes, das Plätschern einer Pfütze, Laufgeräusche wie bei einem fliehenden Tier. Dazu nahm er zum ersten Mal einen Schatten wahr, der eine Strecke rechts vor ihm hinter den Bäumen entlang huschte. Sie versuchten ihn einzuholen, ganz zweifellos.

Der Weg näherte sich einer Kreuzung. Er beschloss, nicht seine gewohnte Runde weiter zu laufen, sondern den Park so bald wie möglich zu verlassen. Rasch bog er nach links ab – und blieb abrupt stehen. Einer der Verfolger stand direkt vor ihm. Mittelgroß, unauffällige Erscheinung, nicht einmal besonders schwer atmend. Ein schlecht sitzender grauer Sommermantel verdeckte nur mühsam die darunter getragene Uniform, ebenso wie der zu große, tief sitzende Hut nur schwer verhüllen konnte, dass sein Besitzer eigentlich auf eine Uniformmütze oder einen Stahlhelm eingestimmt war.

„Was soll das?", fragte der Hüne zornig.

„Nun, ich denke, Sie wissen es. Und Sie wissen, wer ich bin", entgegnete der Soldat und nahm den Hut vom Kopf.

Der Hüne verzog das Gesicht. „Pabst! Sie sind also immer noch im Geschäft", meinte er mit zynischem Unterton.

„Wenn Sie so wollen … Halt! Sie sollten besser stehen bleiben, wir sind hier noch nicht fertig", befahl der Soldat, als sich der Hüne anschickte, einen Schritt auf ihn zuzugehen. Gleichzeitig richtete er den Lauf einer schweren Armeepistole auf den Verfolgten.

Ungläubig schüttelte der Hüne seinen Kopf. „Wollen Sie mich etwa niederschießen? Noch dazu hier, mitten im Park? Damit würden Sie niemals durchkommen".

„Damit nicht, das stimmt. Aber vielleicht so …"

In diesem Augenblick nahm der Hüne ein leichtes Aufflackern in den Augen seines Gegenübers wahr. Deren Blick führte irgendwie über seine Schulter, an ihm vorbei … verdammt! Das musste der zweite Verfolger sein, der jetzt mit Sicherheit hinter ihm stand.

Doch es war bereits zu spät. Noch ehe er sich umdrehen konnte, verspürte er bereits einen stechenden Schmerz im Nacken.

„Sind Sie wahnsinnig, was fällt Ihnen …."

Weiter kam er nicht. Der Schmerz durchflutete wie ein Blitz seine Adern, lähmte seine Muskeln, seinen Atem. Unfähig, sich auch nur ansatzweise zu bewegen, stand der Hüne mit halbwegs zum Nacken geführter Hand noch einige Sekunden lang da. Dann gaben die Knie nach, knickten ein, und er kippte wie eine gefällte Eiche nach vorn. Der Hüne war tot.

Pabst musste schnell ein wenig zur Seite springen, sonst hätte ihn der baumlange Kerl im Fallen sogar touchiert. Im Liegen sah der Tote noch riesenhafter aus als im Stehen, eine schiere Unmasse an Körper. Lang und breit wie ein umgekippter Schrank. Und lag jetzt genauso leblos im Schmutz.

Der zweite Mann, der eigentliche Mörder, musterte ebenfalls das Opfer, während er sorgfältig eine Injektionsspritze in ein ledernes Etui verstaute.

„Das Zeug wirkt ja blitzartig", meinte Pabst zu ihm. „Wird man wirklich nichts feststellen können?"

„Ganz sicher nicht", winkte er ab. „Die Einstichstelle fällt kaum auf, und selbst wenn – man wird es für einen Insektenstich halten. Das Gift ist zwar theoretisch nachweisbar, aber da müsste man ihn schon innerhalb der nächsten Stunde auf dem Untersuchungstisch haben und noch dazu genau nach dem Richtigen suchen. Sehr unwahrscheinlich".

„Gut. Dann lass uns hier verschwinden. Hoffen wir, dass ihn so schnell keiner findet".

Ohne dem Leichnam weitere Beachtung zu schenken, wandten sich die beiden dem Weg zwischen den Bäumen zu. Bald waren sie im dichten Grün verschwunden. Langsam verhallten die Schritte der Mörder, dann kehrte die Stille zurück.

Nach einer Weile begannen die Vögel wieder zu zwitschern. Aus dem Gebüsch, keine zwei Meter von dem Toten entfernt, hüpfte eine Amsel und begann nach Würmern zu picken. Sie war die einzige Augenzeugin des Mordes gewesen.

Der Auftrag

Der Auftrag überraschte mich an einem furchtbar heißen und extrem langweiligen Nachmittag in der Zentralredaktion.

Nach wochenlangem grauen Himmel und einem Sommer, der diesen Namen nicht verdiente, stöhnte Paris seit einigen Tagen unter einer plötzlichen Hitzewelle. Die Luft flimmerte in der gleißenden Sonne. Jedes Fenster in jedem Büro des Gebäudes stand sperrangelweit offen, obwohl auch das keine Erleichterung brachte, da auch kein noch so winziger Windhauch von draußen zu spüren war. Die Blätter auf den Schreibtischen begannen sich vor Hitze zu wellen, und die Tinte trocknete schneller, als sie die Füllfederhalter verließ. Einige der Kollegen hatten gar, bar jedes Dresscodes, ihre Schuhe und Strümpfe ausgezogen und kühlten ihre Füße in Schüsseln voll kalten Wassers.

Zu allem Überfluss gab es an jenem 14. August nicht die geringsten aktuellen Meldungen zur politischen Lage zu verzeichnen. Die Spannungen zwischen Deutschland und Polen hatten in den vergangenen Wochen zugenommen, doch seit drei Tagen war es ruhig geblieben. So makaber es in der Rückschau klingen mag, doch wir warteten geradezu sehnsüchtig auf den nächsten Zwischenfall, den nächsten Protest, die nächste Forderung einer der beiden Seiten. Aber nichts geschah. Die bemerkenswerteste Nachricht des Tages betraf noch die Kulturredaktion der Hauptstadt: Das berühmte Gemälde *L'Indifferent* von Antoine Watteau, welches seit Mitte Juni aus dem Louvre verschwunden war, hatte den Weg zurück zu den Behörden gefunden. Der Dieb erklärte, er habe das Gemälde, welches in schlechtem Zustand gewesen sei, lediglich fachgerecht restaurieren wollen ... Unser Amerika-Korrespondent vermeldete, dass der Kostümbildner Adrian die Schauspielerin Janet Gaynor geheiratet hatte. Außerdem habe Präsident Roosevelt angekündigt, den diesjährigen Termin für Thanksgiving – das amerikanische Erntedankfest mit seinen seltsamen Blüten – um eine Woche vorverlegen zu wollen.

Während sich also der Kulturredakteur mühsam, aber doch erfreut über die Abwechslung aufraffte, die erhaltenen Meldungen mit seinen Mitarbeitern in eine druckreife Fassung zu bringen und eine einigermaßen gefüllte Feuilleton-Seite aufweisen konnte, sah es für die Politik- und Wirtschaftsredaktion nach einem Debakel aus. Wie sollte ich dem Chefredakteur eine weiße Seite erklären? „Monsieur Fabry, leider hat die Hitze meinen Kopf völlig ausgedörrt, deshalb werden wir morgen früh unsere Titelseite leider leer lassen müssen"?! Über solche Phantastereien brauchte ich gar nicht weiter nachzudenken, wenn ich nicht vorhatte, zum nächstmöglichen Zeitpunkt eine neue Tätigkeit als Berichterstatter mit halber Besoldung in den Wüsten Französisch-Mauretaniens anzutreten.

In diesem Augenblick klingelte das Telefon. Träge hob ich den Hörer ab und krächzte ein mühsames „Ja?" hinein.

„Fabry hier. Sind Sie das, Genty?"

Von einem Augenblick auf den anderen wurde ich hellwach. Das war geradezu unheimlich. Eben noch hatte ich an den Chefredakteur gedacht, schon hing er am Apparat. Konnte er Gedanken lesen oder hatte ich im Hitzedelirium versehentlich laut gedacht und jemand meine despektierlichen Worte nach oben gemeldet? Eigentlich konnte das nicht sein, befand ich, und bemühte mich, ruhig zu antworten.

„Ja, natürlich, Monsieur Fabry. Bitte verzeihen Sie, ich war gerade mit einer Sache beschäftigt".

„Was auch immer Sie gerade tun – lassen Sie es stehen und liegen, und kommen unverzüglich in mein Büro. Ich muss Sie dringend sprechen. Jetzt".

Oh, oh. Das klang nicht nach einem erfreulichen Anlass. Sollte ich mir doch Sorgen machen?

„Sofort, Monsieur. Ich bin schon auf dem Weg", antwortete ich und erhob mich. Kurz überlegte ich, ob ich noch meine Krawatte umbinden sollte, die ich heute Morgen als erstes abgelegt hatte. Doch entschied ich mich dagegen. Hitze war schließlich Hitze, das musste auch ein Chefredakteur zugestehen. Ich griff lediglich nach einem leichten Gilet, welches über dem Stuhl hing und legte es auf dem Weg zur Treppe an. Dieses verdeckte wenigstens das schon nicht mehr ganz blütenweiße Hemd. Eine Minute später stand ich vor Fabrys Büro und klopfte an. Nichts geschah. Schon wollte ich ein weiteres Mal klopfen, da öffnete sich die Tür und Fabry stand vor mir.

„Ah, Sie sind es, Genty. Kommen Sie doch herein!"

Nicht zu fassen. Jean Fabry, der sonst so unnahbare Chefredakteur des *Le Matin*, hielt mir persönlich die Tür auf und wies mit einer einladenden Handbewegung in sein Büro hinein. Während Fabry hinter mir die Tür schloss, bemerkte ich, dass wir nicht allein waren. In einem der Besuchersessel saß ein schätzungsweise vierzigjähriger Herr mit schmalem Gesicht, Oberlippenbart und einer randlosen Brille, der sich bei meinem Eintritt sofort erhob. Unverkennbar ein Engländer, dachte ich bei mir, und fand mich sogleich bestätigt, als Fabry die Vorstellung übernahm: „Darf ich bekannt machen: Captain Basil Liddell Hart aus Hampstead

– Paul Genty, unser Spezialkorrespondent für Politik und Auslandsfragen".

„Sehr erfreut". Wir schüttelten die Hände, dann meinte ich: „Darf ich annehmen, Sie sind *der* Liddell Hart – der berühmte Militärschriftsteller?"

Gewöhnlicherweise pflegen Gentlemen, noch dazu britische Gentlemen, in solch einem Moment bescheiden abzuwinken und jede Berühmtheit energisch von sich zu weisen. Der Gefragte jedoch verzog nicht die geringste Miene, sondern nickte nur kurz und bestätigte mit einem knappen „Ganz recht". Dann setzte er sich wieder in seinen Sessel und schwieg. Da auch Fabry nichts mehr sagte, nahm ich ebenfalls in dem mir zugewiesenen Sessel Platz und wartete, bis Fabry wieder hinter seinem Schreibtisch angelangt war. Doch dieser machte noch immer keine Anstalten, etwas zu sagen. Daher fragte ich vorsichtig: „Sie hatten mich zu sich gebeten, Monsieur Fabry? Es klang recht dringend, hatte ich den Eindruck".

Fabry hob seine rechte Hand und bedeutete mir zu warten. „So ist es auch", entgegnete er. „Aber bitte einen Augenblick Geduld, wir sind noch nicht vollzählig".

Es konnten zwar kaum mehr als zwei Minuten vergangen sein, dennoch kam es mir wie Stunden vor, die wir schweigend und tatenlos in Fabrys Büro warteten. Schließlich klopfte es erneut, und noch während Fabry „Herein!" sagte, ging die Tür erneut auf und eine attraktive Frau betrat den Raum. Es war niemand anders als Stéphane Roussel.

Stéphane Roussel! Bereits damals galt sie, obwohl erst 37 Jahre alt, als eine Art lebende Legende. Sie war als Stefanie Landeis im Gefolge ihres österreichischen Vaters, der für das französische Außenministerium arbeitete, nach Paris gekommen. Nach einem Sprachenstudium gelangte sie 1930 als Sekretärin an das Berliner Büro unserer Zeitung. Durch ihre enorme Sprachbegabung und ein ungeahntes journalistisches Talent eignete sie sich perfekt für die Berichterstattung von Berlin zur Zentralredaktion in Paris und wurde dadurch praktisch zum ersten weiblichen Auslandskorrespondenten Frankreichs. Kurz darauf machte sie der damalige Generaldirektor Jules-Théophile Docteur zunächst zur kommissarischen, ab 1934 zur offiziellen Leiterin des Berliner Büros des *Le Matin*. Eine ganz außergewöhnliche Karriere, noch nie dagewesen für eine Frau. Da ich zu Beginn der Zwanziger Jahre selbst einige Zeit unser Berliner Büro geleitet hatte, konnte ich einigermaßen ermessen, welch ungeheure Leistungen sie dazu erbringen musste. Noch heute muss ich ihr unumwunden zugestehen, die größere Leidenschaft für ihren Beruf zu haben und ein eindrucksvolleres Bild von Berlin und Deutschland gezeichnet zu haben, als ich es je vermocht hatte. Allerdings war ihr hingebungsvoller Einsatz in Berlin im Jahre 1938 zu einem abrupten Ende gekommen, nachdem auf Veranlassung des Propagandaministeriums unser Berliner Büro geschlossen und eine große Anzahl internationaler Journalisten des Landes verwiesen worden waren. Seitdem arbeitete sie wieder in der Pariser Zentrale. Wir waren gerade dabei, uns an ihren neuen Namen zu gewöhnen, den sie bei der Heirat mit ihrem jetzigen Ehemann angenommen hatte. Im Zuge dessen hatte sie auch den Vornamen Stefanie in Stéphane abgeändert.

Derweil hatte auch Stéphane auf dem letzten verfügbaren Sessel in Fabrys Büro Platz genommen. Der Chefredakteur vergewisserte sich noch einmal, dass die Bürotür auch wirklich fest verschlossen war, bevor er zu reden begann.

„Sie haben sich wahrscheinlich gewundert, weshalb ich Sie so kurzfristig und zugegebenermaßen recht eindringlich zu mir gebeten habe", sagte er, zu uns beiden Journalisten gewandt. „Zunächst einmal können Sie beruhigt sein – es hat nichts mit Ihrer eigentlichen Arbeit zu tun. Es handelt sich vielmehr um ein spezielles Anliegen, mit dem Captain Liddell Hart an mich herangetreten ist. Mr. Liddell Hart benötigt unsere Hilfe in einer – sagen wir, sensiblen – Angelegenheit. Da wir beide seit längerer Zeit gut befreundet sind, sehe ich mich und uns in der Pflicht, ihm zur Seite zu stehen. Außerdem könnte am Ende ein lohnenswerter Bericht für unsere Zeitung stehen, zumindest eventuell. Doch dazu kommen wir später. Basil, wenn ich dich bitten dürfte, die beiden in das einzuweihen, was du vorhin mir erzählt hast?" Mit diesen Worten warf er Liddell Hart eine einladende Geste zu und zog sich erneut hinter seinen Schreibtisch zurück.

Der Captain legte die Pfeife beiseite, die er die ganze Zeit in der Hand gehalten hatte, und strich sich bedächtig seinen Schnurrbart glatt. „Ich muss Ihnen zuerst die Zusicherung abverlangen, dass alles, was ich Ihnen gleich berichten werde, absoluter Vertraulichkeit unterliegt", begann er. „Kann ich mich darauf verlassen, dass kein Wort diesen Raum verlässt?"

Er konnte. Verschwiegenheit in Bezug auf vertrauliche Informationen war und ist für uns Journalisten wahrlich kein neues Erfordernis, haben wir es doch allzu oft mit Quellen zu tun, die nicht genannt werden dürfen, mit Informanten, die unerkannt bleiben müssen und sogar mit Personen, deren

Leben bedroht wäre, sollten sie als Ursprung unserer Informationen aufgedeckt werden. Um welchen dieser Fälle es sich hier handelte, wussten wir noch nicht. Aber wir nickten selbstverständlich zur Bestätigung. Liddell Hart schien zufrieden und fuhr fort.

„Sagt Ihnen der Name Max Hoffmann etwas? Generalmajor Max Hoffmann?"

Überrascht beugte ich mich nach vorn. „General Hoffmann? Aber natürlich", meinte ich.

„Hmhm. Was wissen Sie über ihn?"

„Nun, ich habe ihn Anfang der Zwanziger Jahre in Berlin kennengelernt und interviewt. Das war ... einen Augenblick, ich muss kurz überlegen ... Ende 1921, glaube ich. Ja, es war Dezember 1921, kurz vor Weihnachten jenes Jahres. Mein Interview – oder besser gesagt, Hoffmanns Äußerungen in dem Interview – haben damals in Deutschland für einiges Aufsehen gesorgt".

„Das ist uns bekannt, Genty", winkte Fabry ungeduldig ab. „Was der Captain wissen wollte, ist vielmehr, wie Sie die Persönlichkeit Hoffmanns einschätzen und was Sie über seine Rolle wissen".

„Das ist mir durchaus bewusst, und dazu wäre ich jetzt auch gekommen", entgegnete ich. Diese Ungeduld war eigentlich typisch für den Chefredakteur, weshalb ich mich eben sehr gewundert hatte, dass er die Wartezeit bis zu Stéphane Roussels Eintreffen so ausgesprochen schweigsam und geduldig verbracht hatte. Vermutlich konnte er es kaum erwarten, dass wir endlich zur Sache kamen. Wobei ich immer noch nicht genau wusste, was genau der Anlass dieser Fragerunde sein sollte.

„Für meine Begriffe", fuhr ich fort, „ist General Hoffmann einer der entscheidenden deutschen Militärs an der Ostfront gewesen. Den meisten dürfte er wegen seiner Rolle bei den Friedensverhandlungen von Brest-Litowsk ein Begriff sein. Dort hat er eine maßgebliche Rolle gespielt und durch seine unnachgiebige Haltung und die Februaroffensive von 1918 den Siegfrieden über Russland erzwungen. Außerdem war Hoffmann, was viel weniger Menschen wissen, der eigentliche Kopf hinter dem großen Sieg von Tannenberg und anderen Operationen. Obwohl er es „nur" zum Generalmajor gebracht hat, war er dennoch als General-stabschef des Kommandos OberOst von 1916 bis zum Kriegsende der faktische Befehlshaber der deutschen Ostfront".

„Und nach dem Krieg? Hat er in der Reichswehr noch ein Kommando übernommen? Was doch nicht verwunderlich wäre, wenn er eine so nennenswerte Rolle gespielt hat, wie Sie sagen", wollte Fabry wissen.

„Nein, hat er nicht. Er wollte den Versailler Vertrag nicht hinnehmen und musste deswegen seinen Abschied nehmen. Seitdem verfolgte er unermüdlich den Plan einer Militärintervention in Sowjetrussland und erregte damit allerlei Aufsehen. Darüber hinaus hat er sich nach dem Krieg mit General Ludendorff ziemlich überworfen, weil Hoffmann in allerlei Büchern den Feldherrenstatus von Ludendorff infrage gestellt hat. Abgesehen davon, dass Ludendorff sich durch sein Zusammengehen mit Hitler selbst diskreditiert hat, scheint die Bewertung von Hoffmann recht zutreffend zu sein. Das war allerdings während meiner Begegnung mit Hoffmann noch kein Thema, weil …"

Weiter kam ich nicht, da mich Liddell Hart mit einer Handbewegung unterbrach.

„Gut, gut. Das genügt schon", sagte er. „Wie steht es mit Ihnen, Madame Roussell?"

Stéphane zuckte mit den Schultern. „Ich kenne ihn nur vom Namen her. Sein berüchtigter „Faustschlag" auf den Verhandlungstisch von Brest-Litowsk ist mir natürlich ein Begriff, doch ich weiß sicherlich weit weniger über ihn als der Kollege Genty. Hoffmann soll eine ziemlich schillernde Persönlichkeit gewesen sein, soweit mir bekannt ist".

Liddell Hart nickte. „Das könnte man möglicherweise so sagen … Noch eine Frage, Monsieur Genty: Haben Sie damals Hoffmanns Frau kennen gelernt?"

Das musste ich verneinen. „Ein einziges Mal habe ich damals mit ihr am Telefon gesprochen, meine ich. Aber zu einem persönlichen Treffen mit ihr ist es nie gekommen".

„Und Sie, Madame Roussel?"

Stirnrunzelnd schüttelte Stéphane den Kopf. „Nein, schon gar nicht. Ich verstehe auch nicht ganz, warum Sie mich das fragen – oder vielmehr, warum ich überhaupt hier bin. Mir scheint, dass ich zu Ihren Fragen recht wenig beitragen kann".

„Es wird in Kürze ersichtlich werden, vertrauen Sie mir", versicherte Liddell Hart. „Sie müssen wissen, dass ich die Gelegenheit hatte, die Bekanntschaft von Cornelia Hoffmann zu machen. Zwar auch nicht von Angesicht zu Angesicht, doch wir standen seit einigen Jahren in brieflichem Kontakt. Dieser Kontakt ist seit einigen Monaten plötzlich abgerissen. Leider muss ich für sie das Schlimmste befürchten ..." Er schwieg einen Augenblick. „Doch ich möchte mich mit dieser Befürchtung nicht zufrieden geben. Es gilt herauszufinden, was geschehen ist und es müsste unbedingt der Kontakt zu ihr wiederhergestellt werden. Deshalb bin ich hier. Ich habe Jean Fabry um Hilfe gebeten und er hat mir versichert, dass der Fall bei Ihnen in den besten Händen wäre, Monsieur Genty!"

„Bei mir? Aber … aber wie sollte ich Ihnen in dieser Angelegenheit helfen können?"

„Ich möchte, dass Sie nach Berlin fahren, Genty!" Fabry hatte die ganze Zeit schweigend unserer Unterhaltung zugehört, nun aber meldete er sich, gewohnt bestimmend, mit diesem Ausruf zu Wort. „Finden Sie Frau Hoffmann. Nehmen Sie Kontakt zu ihr auf und, falls es irgendwie machbar wäre, bringen Sie sie und die Papiere außer Landes!"

Abgesehen davon, dass ich von dem Ansinnen, jemanden aus Deutschland herausbringen zu müssen, völlig konsterniert war, machte mich in dem Moment eines vor allem stutzig. „Moment, Moment … Sie sagten: Die Papiere. Welche Papiere meinen Sie damit?"

„Richtig, die Papiere. Dazu war ich noch gar nicht gekommen", entschuldigte sich Liddell Hart, griff hinter sich und nahm von einem kleinen Beistelltischchen einen Stapel Blätter an sich. Er suchte kurz ein bestimmtes Blatt heraus und reichte es mir hinüber.

„Lesen Sie das. Es handelt sich zwar nicht um einen Brief von Frau Hoffmann. Er stammt vielmehr von Barry Sullivan; ein Freund von mir, der im Juni dieses Jahres geschäftlich in Berlin zu tun hatte und den ich überreden konnte, Frau Hoffmann aufzusuchen. Das war der letzte Kontakt, den jemand zu ihr hatte. Der Bericht von Barry dürfte einiges für Sie erhellen".

Stéphane bat den Captain darum, mich den Brief laut vorlesen zu lassen, um ebenfalls im Bilde zu sein, was dieser zugestand. Der Text begann mitten im Satz, war also offensichtlich nur eine Seite aus einem längeren Brief. So las ich folgendes:

> „… sie haben in den Fällen, wo sie die wirklichen Tatsachen kannten, niemals die Wahrheit enthüllt. Aber der finanzielle Druck ist für sie im Moment sehr hoch, und obwohl sie überzeugt ist, dass es ertragreicher wäre, die Briefe im Ausland zu verkaufen, könnte sie dennoch gezwungen sein, sie in Deutschland abzugeben, wenn es kein gutes Angebot von auswärts gäbe.
>
> Unter keinen Umständen scheint sie derzeit darauf vorbereitet, die Briefe herauszuschmuggeln. Sie würde dadurch nichts gewinnen, sie könnte für ihre Lebenshaltung nicht mehr aufkommen, und sie hat eine Tochter, die bei einer Rundfunkanstalt arbeitet (in Karlsruhe, glaube ich). Sie hat mir ganz offen gesagt, selbst wenn der Verkauf ins Ausland scheitern würde, könnte das ihre Position stärken, wenn sie mit den Reichsbehörden verhandeln muss. Aber sie hält es nicht für ausgeschlossen, dass der Verkauf ins Ausland erlaubt werden würde. Ihr verstorbener Mann wird noch immer verehrt; im Herbst wird beispielsweise eine preiswerte „Volksausgabe" seiner Werke erscheinen.
>
> Bezüglich seiner Briefe: Ein kleiner Teil ist im Rahmen seiner Schriften zum Kriege veröffentlicht worden. Einen anderen, viel umfangreicheren Teil hat sie an einen sicheren Platz schaffen lassen, weil er Aussagen über L und H enthielt, die nicht zu veröffentlichen waren. Aber dieser Teil ist nie vernichtet worden".

Langsam ließ ich den Brief sinken. Ich versuchte, die Puzzlesteine zu einem sinnvollen Bild zusammenzusetzen.

„Wenn ich das richtig verstehe, schwebt Frau Hoffmann in einer wirtschaftlichen Notlage und ist deshalb gezwungen, die Briefe ihres Mannes zu Geld zu machen", entgegnete ich. „Müsste sie als Generalswitwe aber nicht zumindest über eine gewisse Pension verfügen können?"

„Offenbar über weniger, als man denken könnte. Warten Sie … hier. Barry schreibt am Anfang seines Briefes, der General habe nach seinem plötzlichen Tod seiner Frau nur wenig hinterlassen, und die gesamten Ersparnisse seien durch die Inflation aufgezehrt gewesen. Dazu kommt, dass sich die Lage seit Anfang dieses Jahres für sie nochmals deutlich verschärft haben dürfte".

„Inwiefern?"

„Nun … Sie müssen wissen, Cornelia Hoffmann ist Jüdin". Der Satz verfehlte seine Wirkung nicht. Betroffen schauten Stéphane Roussel und ich uns an. Damit hatten wir nicht gerechnet. Die Rechtlosigkeit der jüdischen Bevölkerung in Deutschland hatte in den letzten Jahren stetig zugenommen. Für Kriegsteilnehmer und deren Angehörige gab es zwar selbst in den berüchtigten Nürnberger Rassegesetzen noch ein paar Ausnahmen, und als Witwe eines prominenten preußischen Generals mochte Cornelia Hoffmann zusätzlich ein gewisser Schutz zuteil geworden sein. Doch spätestens nach der entsetzlichen ‚Reichskristallnacht' vom November letzten Jahres waren viele Schranken gefallen. Juden wurden verstärkt zur Auswanderung gezwungen. Eine eigens ins Leben gerufene Reichsvereinigung der Juden in Deutschland organisierte gar deren Auswanderung – unter Aufsicht der Gestapo und unter der Maßgabe, fast das gesamte Vermögen im Reich zurücklassen zu müssen. Wer den Geist der Zeit erkannte und es sich leisten konnte, wanderte auf Eigeninitiative hin aus, vorausgesetzt, ein anderes Land erlaubte die Einwanderung. Zunehmend jedoch verschlossen viele Staaten ihre Tore, ob die Schweiz, die Vereinigten Staaten, England, ja sogar unser eigenes Land. Und wenn man über so gut wie keine finanziellen Mittel verfügte, dann sah die Lage erst recht trostlos aus. Angesichts dessen war es sehr nachvollziehbar, dass Liddell Hart über das Schicksal Cornelia Hoffmanns düstere Vorahnungen hatte.

„Das erklärt einiges", meinte ich schließlich. „Sie wollen also Frau Hoffmann retten, weil sie als Jüdin in Existenznot lebt und womöglich in noch größerer Gefahr schwebt?"

Der Captain deutete mit der Hand eine zweifelnde Geste an. „Ihre Herkunft ist zweifellos ein Grund, warum die Situation sehr ernst ist. Jedoch nicht der einzige".

„Sondern?"

„Vergessen Sie schon wieder die Papiere? Sie haben es doch gerade gelesen – Hoffmanns Briefe. Der größte Teil davon ist nie veröffentlicht worden. Werfen Sie nochmals einen Blick auf den letzten Absatz", forderte er mich auf.

Ich tat, wie mir geheißen. Tatsächlich – es stand die ganze Zeit vor meinen Augen. Wie hatte ich das nur übersehen können?

„Jemand will verhindern, dass die Briefe an die Öffentlichkeit gelangen. Das meinten Sie doch, oder?"

„Ausgezeichnet, Monsieur Genty! Exakt das meinte ich", stimmte Liddell Hart zu. „Es steht ganz außer Frage, dass …"

An dieser Stelle unterbrach ihn Stéphane, die uns einigermaßen verwirrt anschaute. „Einen Augenblick bitte, Messieurs. Entschuldigen Sie, dass ich Sie so unhöflich unterbreche, aber ich habe nicht die leiseste Idee, wovon Sie gerade sprechen".

„Kein Problem. Genty, würden Sie Madame Roussel den Brief geben?"

Ich reichte ihr das Blatt hinüber, während Liddell Hart die Erklärung übernahm. „Sehen Sie, Madame, dort steht, dass Frau Hoffmann den umfangreichsten Teil der Briefe an einem sicheren Platz versteckt hält. Warum? Weil er kompromittierende Aussagen über L und H enthält. Genty, wer sind ihrer Meinung nach L und H?"

„Ludendorff und Hindenburg, anders kann es gar nicht sein", erklärte ich überzeugt.

„Ganz zweifellos, richtig. Nicht einmal General Hoffmann selbst konnte es zu seinen Lebzeiten zustande bringen oder überhaupt wagen, diese Korrespondenz zu veröffentlichen. Und nach allem, was ich über den General weiß, hat er es nie gescheut, Konflikte auszutragen und war der letzte, der sich vor irgendwem fürchtete. Sie nicken, Genty? Da Sie den General persönlich kennengelernt haben, dürften Sie das sogar besser beurteilen können als ich. Außerdem hat Hoffmann in seinen Weltkriegsbüchern alles andere getan, als sich mit Kritik an Ludendorff zurückzuhalten. Wieviel brisanter müssen also diese Briefe sein! Kein Wunder, dass es Leute gibt, die alles tun würden, um ihre Veröffentlichung zu verhindern".

„Soweit klingt das ja plausibel", gab Stéphane zu. „Doch Ludendorff und Hindenburg sind mittlerweile beide tot. Wer sollte jetzt noch ein Interesse daran haben, die Briefe zu unterdrücken? Die Erben etwa?"

„Nein, die meine ich nicht. Sie vergessen, verehrte Stéphane, dass die Reichswehr jetzt Wehrmacht heißt, der oberste Befehlshaber Hitler, und dass Hitlers Reich sehr eifersüchtig über die Ehre seiner Helden wacht. Tatsachen aus erster Hand sind dabei manchmal sehr unliebsame Störungen. Wir wissen außerdem, dass das Reich schon versucht hat, die Papiere in die Hände zu bekommen. Dazu muss ich ihnen noch eine Passage aus Barrys Bericht vorlesen – einen Augenblick". Liddell Hart holte ein anderes Blatt vom Stapel, überflog es kurz und hatte dann den Abschnitt gefunden, den er suchte. Diesen las er uns vor:

> *„Kurz nachdem die Nazis an die Macht gekommen waren, begann sich das Reichsarchiv für die Briefe zu interessieren und schlug ihr vor, dass sie diese der Nation für einen symbolischen Preis überlassen solle. Kürzlich kam ein anderer Mann, von dem sie wusste, dass er mit dem Reichsarchiv in Verbindung steht auf sie zu; sie nimmt an, dass sie die Papiere nunmehr kaufen wollen. Dieser letzte Versuch geschah im Frühling, aber sie ist sich sicher, dass ein neuerlicher erfolgen wird".*

Liddell Hart legte das Blatt beiseite. „Es scheint doch so zu sein: Das Reich – also irgendwer aus der Regierung, Hitlers Umgebung oder der Wehrmachtführung – versucht, an die Papiere heranzukommen. Zuerst versucht man die Witwe zu überreden, sie als Nachlass dem Reichsarchiv zu übereignen. Das tut sie natürlich nicht. Dann bietet man etwas Geld an, aber es scheint noch zu wenig gewesen zu sein. Frau Hoffmann wendet sich an mich und teilt mit, mangels eines besseren Angebots aus dem Ausland muss sie vielleicht doch dem Betrag zustimmen, den ihr die Regierung bietet. Können Sie dem soweit folgen?"

Wir versuchten, den vorliegenden Informationen mögliche Alternativen abzugewinnen, doch mussten wir seine Interpretation letztlich als durchaus wahrscheinlich anerkennen.

„Nun wird es undurchsichtig", fuhr er fort. „Cornelia Hoffmann vermutete, man würde mit einer neuerlichen Offerte an sie herantreten. Ist das inzwischen geschehen? Wissen wir nicht. Falls ja, und sie hätte sie angenommen – warum antwortet sie dann nicht mehr? Andernfalls – wenn sie ein neuerliches Angebot weiterhin abgelehnt hat oder man zu dem Schluss gekommen wäre, weitere Versuche seien zwecklos, was dann? Ist es nicht möglich, dass man dann zu ganz anderen Maßnahmen gegriffen haben könnte, um an die Papiere heranzukommen?"

Nachdenklich starrte ich den Captain an. „Angesichts dessen, dass sie als Jüdin ohnehin äußerst angreifbar ist und keinen Rechtsstaat hinter sich weiß … nein, angesichts dessen ist das leider nicht auszuschließen. Im Gegenteil, mich beschleicht ein ganz ungutes Gefühl, was das Wohlbefinden von Frau Hoffmann betrifft".

„Genauso ist es", meinte Fabry. „Dieses Gefühl hatten – oder vielmehr haben – wir auch. Deshalb wiederhole ich meine Bitte: Wären Sie bereit, nach Berlin zu reisen, um Licht in die Sache zu bringen und möglicherweise zu helfen, sowohl sie als auch die Papiere außer Landes zu bringen? Nicht dass Sie mich falsch verstehen – das persönliche Wohlergehen von Cornelia Hoffmann steht selbstredend an erster Stelle. Doch die Veröffentlichung der Briefe des Generals wäre fraglos eine politische und journalistische

Sensation ersten Ranges. Es versteht sich natürlich von selbst, dass sämtliche Erlöse aus einer Veröffentlichung in vollem Umfang Frau Hoffmann zugutekommen würden. Dazu jedoch müssen wir sie erst einmal haben. Also, Genty – wie sieht es aus?"

Drei Augenpaare waren erwartungsvoll auf mich gerichtet. Ich brauchte allerdings nicht lange zu überlegen.

„Unter diesen Umständen bin ich selbstverständlich dazu bereit, das ist gar keine Frage", erklärte ich. „Doch das Unterfangen dürfte alles andere als einfach werden, das ist Ihnen sicherlich bewusst?"

Alle nickten. Es war ihnen klar. Ich war mir immer noch nicht sicher, warum sie ausgerechnet mich auf eine solche schwierige und gefährliche Mission schicken wollten, aber genau dazu wollte ich noch einmal nachhaken.

„Zwei Fragen hätte ich allerdings noch, Monsieur Fabry. Die erste wäre, wie ich überhaupt nach Berlin gelange, ohne Verdacht zu erregen. Ich bräuchte ja irgendeinen plausiblen Reiseanlass, eine Akkreditierung als Journalist wird sicher kaum möglich sein".

Fabry lächelte geheimnisvoll. „Ganz im Gegenteil, mein lieber Genty. Sie werden ganz offiziell reisen – mit Akkreditierung. Und zwar zum Internationalen Kongress für Archäologie, welcher in einer Woche in Berlin beginnt. Unser Wissenschaftsredakteur, der dazu eine Akkreditierung erhalten hat, wird – zumindest werden wir das verlautbaren lassen – leider erkrankt sein, so dass Sie als sein Vertreter den Platz einnehmen können. Diese Tarnung ist geradezu ideal, denn die verschiedenen Tagungsstätten und die einschlägigen Museen sind über halb Berlin verstreut. Sie müssen geradezu ständig durch die Stadt unterwegs sein".

Ich schaute Fabry skeptisch an. „Ein Archäologenkongress? Mit Verlaub, aber von Archäologie habe ich nun sehr wenig Ahnung. Wie soll ich diese Rolle glaubwürdig spielen?"

„Dafür wird gesorgt sein", versicherte Fabry. „Captain Liddell Hart hatte dazu eine ganz ausgezeichnete Idee. Doch lassen Sie uns gleich im Anschluss darüber reden. Sie sagten, Sie hätten noch eine zweite Frage?"

„Ja, durchaus. Auch, wenn ich bereit bin, nach Berlin zu reisen – es ist etliche Jahre her, seit ich das letzte Mal dort war. Und das war vor der Machtergreifung der Nazis. Ich fürchte, die Verhältnisse in der Stadt werden jetzt völlig andere sein, als ich Sie damals gewohnt gewesen war. Auf meine damaligen Kontakte werde ich sicher auch kaum noch zurückgreifen können. Das dürfte meine Bemühungen ernsthaft behindern", gab ich zu bedenken.

„Völlig richtig, Genty", stimmte mir Fabry zu meiner Überraschung unumwunden zu. „Sehen Sie, genau aus dem Grund habe ich die Kollegin Roussell hinzugebeten. Sie waren bis zur Schließung unseres Büros in Berlin dessen Leiterin, Madame Roussell. Das war erst im vergangenen Jahr, Sie sind also noch auf einem sehr aktuellen Stand und kennen sich aus. Wer waren ihre Kontakte? Wo trifft man sich derzeit als Journalist, und vor allem: wo hat man nicht gleich die Gestapo am Nachbartisch sitzen? Der Captain meint zu wissen, dass Frau Hoffmann Malerin ist. Also wäre die Frage, wo würde man sich als Maler oder Künstler aufhalten oder wo könnte man zu finden sein? Instruieren Sie bitte Monsieur Genty, gehen Sie mit ihm den Stadtplan durch, geben Sie ihm alle Informationen, die er brauchen könnte! Kann ich auf Sie zählen?"

35

Stéphane bejahte, ohne zu zögern. „Selbstverständlich! Danke, dass Sie mich in dieser Sache ins Vertrauen gezogen haben. Sie können sich auf mich verlassen. Ich werde versuchen, Paul – Monsieur Genty – alles mit auf den Weg zu geben, dass ihm irgendwie nützlich sein könnte".

„Großartig!", freute sich Liddell Hart. Er nahm den Stapel Briefe zur Hand, hielt kurz inne, als wolle er noch etwas überlegen, reichte mir dann jedoch den kompletten Packen zu. „Hier, das werden Sie brauchen. Jean Fabry vertraut Ihnen. Das ist Grund genug für mich, es auch zu tun. Sie halten jetzt die gesamte Korrespondenz zwischen mir und Frau Hoffmann in den Händen, dazu den kompletten Bericht von Barry Sullivan. Ich habe im Vorfeld meine Sekretärin gebeten, die Briefe und Karten von Cornelia Hoffmann maschinenschriftlich zu kopieren, Sie sollten also keine Schwierigkeiten mit dem Entziffern haben".

Ich versicherte dem Captain, sorgfältig auf die Unterlagen achtzugeben. Inzwischen hatte mich schon längst die journalistische Neugier gepackt und ich konnte es kaum erwarten, mehr über Cornelia Hoffmann und die begehrten Unterlagen zu erfahren. Dass mich vor wenig mehr als einer Stunde noch Hitze und Mattigkeit beinahe zur Untätigkeit zu verdammen schienen, hatte ich völlig verdrängt.

Fabry erhob sich. „Dann schlage ich vor, dass Sie keine Zeit verlieren, Genty! Reden Sie miteinander, bereiten Sie sich vor – alles Weitere besprechen wir morgen früh".

Drei Tage später saß ich im morgendlichen Expresszug von Paris nach Strasbourg und mein Kopf rauchte noch immer von all den Informationen, die seit Montag über mich

hereingebrochen waren. Mein Abteil verfügte glücklicherweise über einen recht geräumigen Tisch am Fenster, auf
welchem ich all die verschiedenen Unterlagen auszubreiten
versuchte, die ich mir mitgenommen hatte. Gewöhnlich bin
ich ein recht systematisch arbeitender Mensch, jedoch
musste selbst ich mir Mühe geben, den Überblick über die in
der Zwischenzeit recht ansehnlich gewordene Anzahl von
Notizzetteln zu behalten. Stéphane und ich waren alles
andere als untätig gewesen und hatten versucht, alles
zusammenzutragen, was für den Auftrag von Interesse sein
konnte – so gut es in der Kürze der Zeit eben ging.

Eine Frage, die uns am Anfang ziemlich beschäftige, hing
mit dem besorgten Captain Liddell Hart selbst zusammen.
Wieso wollte er eigentlich nicht selbst nach Berlin reisen, um
die Angelegenheit aufzuklären, verfügte er doch über alle
Informationen aus erster Hand und hatte überhaupt erst den
langjährigen Kontakt zu Cornelia Hoffmann aufgebaut?
Einige Recherchen sorgten schnell dafür, das Bild zu
erhellen. Liddell Hart war nicht nur der umtriebige
Militärhistoriker, dessen zahlreiche Bände zum Weltkrieg
und zu Feldherren verschiedener Jahrhunderte auch einige
Regale unseres Verlagsarchivs füllten. In den Dreißiger
Jahren wirkte er als verteidigungspolitischer Korrespondent
einiger der bedeutendsten britischen Tageszeitungen wie
dem *Daily Telegraph* und der *Times*. Wenige dagegen wussten,
dass ihn Neville Chamberlain, der britische Premier, 1937 zu
seinem wichtigsten strategischen Berater für militärische
Fragen gemacht hatte. Seitdem war Liddell Hart damit
beschäftigt, Vorschläge für die Reorganisation der britischen
Armee auszuarbeiten. Wie sich später herausstellte, hatte er,
ähnlich wie Guderian in Deutschland, schon früh die

Bedeutung einer mobilen Panzertruppe erkannt, drang damit jedoch in London nicht durch. Das alles erklärte hinreichend, dass es sich Liddell Hart weder leisten konnte, in einer so brisanten Zeit auf wochenlanger und noch dazu ungewisser Mission unterwegs zu sein, noch vor allem riskieren konnte, bei einer etwaigen Eskalation der Situation mit seinem Wissen und in seiner Rolle in Deutschland festzusitzen. Wenn man es ganz drastisch ausdrücken wollte, sollte ich an seiner Stelle den Kopf hinhalten, weil ich im schlimmsten Fall womöglich entbehrlich war ….

Allerdings würde ich Liddell Hart und auch Fabry Unrecht tun, wenn ich behauptete, die Mission hätte nicht meine Neugier geweckt und meinen Ehrgeiz angestachelt. Wenn es mir tatsächlich gelänge, Cornelia Hoffmann nicht nur zu finden, sondern auch mit ihr und den Papieren wieder nach Paris zurück zu gelangen, käme schon das einer kleinen Sensation gleich. Es wäre ein kleiner Sieg über Hitlers Deutschland, selbst wenn die Unterlagen des Generals nicht so spektakulär sein sollten, wie wir alle erwarteten. Ganz abgesehen von den Auswirkungen auf das Ansehen unserer Zeitung, meine journalistische Reputation und den immer wieder besungenen ‚ewigen Ruhm'. Doch ich eilte den Dingen viel zu weit voraus. Zunächst einmal galt es, die Witwe des Generals überhaupt zu finden, was wahrscheinlich schwierig genug sein würde.

Beginnen würde ich natürlich bei den uns bekannten Adressen, unter welchen Cornelia Hoffmann ihre Briefe an den Captain abgeschickt hatte. Da sie jedoch auf alle Briefe an diese Adressen seit dem Besuch von Barry Sullivan nicht mehr geantwortet hatte, war es mehr als wahrscheinlich, dass sie dort nicht mehr zu erreichen war. Ich würde dann an anderen Stellen ansetzen müssen. Stéphane hatte mir deshalb ausführlich erzählt, welche Lokalitäten sie als Aufenthaltsorte der Berliner Kulturszene kennen- und schätzen gelernt hatte. Als Malerin schien Cornelia Hoffmann ein Mitglied der bekannten *Berliner Secession* gewesen zu sein, der Künstlergruppe, die in Deutschland zum Wegbereiter des Impressionismus geworden war. Stammlokal der *Secessionisten* war bis zuletzt das FAUN gewesen, doch nach der Auflösung der *Secession* durch die Nazis Mitte der Dreißiger Jahre schien es Stéphane nicht sicher, ob die Künstler sich noch immer dort trafen. Schlimm genug, dass zahlreiche Impressionisten und Expressionisten ihre Werke als „entartet" gebrandmarkt sehen mussten; noch schlimmer war, dass viele von ihnen auch persönlich verfolgt und beeinträchtigt wurden, selbst wenn sie nicht jüdischer Herkunft waren. Würden sie daher überhaupt noch als Gruppe eines der infrage kommenden Etablissements aufsuchen? Vielleicht das *La Taverna* in der Kurfürstenstraße? Dort trafen sich Künstler und Journalisten, Schauspieler und Diplomaten; und dank ihres Besitzers Willy Lehmann war jenes italienische Restaurant dafür bekannt, die meisten und besten zeitgenössischen Gemälde als Wandschmuck zu besitzen. Zumindest würde ich diese und weitere Lokale aufsuchen müssen. Eine Methode, die mir Stéphane als recht erfolgreich geschildert hatte, würde ich eher nicht einsetzen können – das Warten auf den richtigen Kontakt im Zoologischen Garten. Es sei öfters vorgekommen, dass man sich nach Mitternacht irgendwo im Tiergarten getroffen habe, etwa „hinter den Schimpansen" oder „links von den Bären". Angesichts dieser Beschreibung hatte ich lauthals lachen müssen. Ich konnte mich wohl kaum tagelang neben irgendwelchen Tierkäfigen postieren, außerdem wusste ja Cornelia Hoffmann überhaupt nicht, dass ich nach Berlin kommen würde, um nach ihr zu suchen. Alles andere als eine aktive Suche meinerseits schied schon allein aus Zeitgründen von vorneherein aus.

Kaum hatte ich meine Unterlagen sinnvoll auf dem Abteiltischchen ausgebreitet, musste ich auch schon alles wieder zusammenpacken, so sehr überraschte mich die Ankündigung des Zugschaffners, dass wir in Kürze den Bahnhof Strasbourg erreichen würden. Waren wirklich schon fünf Stunden vergangen? Unfassbar, wie schnell heutzutage die Schnellzüge fuhren, hörte ich mich sagen und musste innerlich den Kopf über mich schütteln. Immerhin sorgte die schnelle Verbindung zwischen den beiden Hauptstädten dafür, dass ich an nur einem Tag nach Berlin gelangen konnte und nicht noch zwischendurch zwangsweise eine Übernachtung einlegen musste.

Die Aufenthaltszeit in Strasbourg war knapp bemessen. So durfte ich nicht trödeln und beeilte mich, mit meinem Gepäck, darunter einem Aktenkoffer mit den ganzen Papieren, zum Bahnsteig für den Schnellzug nach Berlin zu gelangen. Der Zug wurde von der Deutschen Reichsbahn gestellt, und eine lange Reihe Passagierwaggons Erster und Zweiter Klasse, ein Speise- und zwei Gepäckwagen standen schon bereit. Die Lokomotive setzte gerade um und schickte sich an, ihren Platz an der Spitze des Zuges einzunehmen. Es handelte sich um ein offensichtlich fabrikneues Exemplar der neuesten deutschen Stromliniendampflok, so dass ich trotz der knappen Zeit eine Minute riskierte, um dieses imposante Schauspiel zu beobachten. Gewöhnlich firmieren

Dampflokomotiven in einfachem Schwarz, doch dieses riesige Ungetüm der Baureihe Null-Sechs strahlte in einem ungewohnten, fahl glänzenden Weinrot. Die gewaltige, gebändigte Kraft rasender Elemente, getragen von mehr als mannshohen Rädern schob sich näher und näher, mächtig keuchend und von weißem Dampf umhüllt wie ein schleichender, nur mühsam im Zaum gehaltener schnaubender Drache. Obwohl die Riesenlok beim Kontakt mit den Puffern der Waggons sofort stoppte, erbebten nicht nur sämtliche Wagen unter der Berührung, sondern auch der Bahnsteig schien das Zittern in meinen Körper weiterzuleiten. Gebannt stand ich einige Momente im Schatten des stählernen Kolosses, der den Himmel verdunkelte und mich mit heißem, dunklen Atem anzupusten schien. Schwerlich konnte ich mich losreißen und musste es trotzdem, um die Abfahrt nicht doch noch zu verpassen.

Während ich einstieg, focht ich unwillkürlich einen gedanklichen Wiederstreit aus. Da gab es dieses Volk, das so begabt war und derartige Meisterleistungen der Ingenieurskunst zum Leben erwecken konnte. Diese Dampflok war allem weit voraus, was französische Ingenieure je auf Schienen gebracht hatten. Und auf welchem Gebiet waren die Deutschen nicht die Besten? Flugzeuge, Automobile, überhaupt Maschinen aller Art, die neuen Autobahnen, gewaltige und effiziente Fabriken, modernste Bauten – man konnte so vieles aufzählen. Und doch brachte eben dieses Volk mit der gleichen Effizienz die gefährlichsten Ideen, die waghalsigsten Unternehmungen, die größenwahnsinnigsten Machthaber, die schrecklichsten Untaten hervor, stürzte aus höchsten Höhen in die tiefsten

Abgründe, gleichermaßen rastlos und unersättlich wie genial und fleißig. Wie passte das nur zusammen? Wie sehr ich auch diese Gedanken hin und her schob, vermochte ich doch keinen Ausgleich zwischen ihnen herzustellen.

Längst hatte der Zug seine etwa achtstündige Fahrt aufgenommen. Die Zollkontrolle würde in Kehl erfolgen, danach führte die Strecke über Offenburg und Karlsruhe zunächst nach Frankfurt und danach über Erfurt bis Berlin. Eigentlich hatte ich damit sehr viel Zeit, nochmals alle Unterlagen durchzugehen und mich weiter vorzubereiten. Doch ich verspürte überhaupt keine Lust, all die Papiere erneut hervorzukramen, alles auszubreiten, nur um sie bei nächster Gelegenheit – etwa, wenn ich mich in den Speisewagen begeben würde – wieder allesamt einzupacken. So holte ich nur einen Notizblock und Stift aus meinem Koffer, in der Hoffnung, eine unvermittelt vorbeifliegende Idee nicht zu verpassen und aufschreiben zu können. Während mich die unermüdlich rollenden Räder meinem fernen Ziel langsam näher brachten, wanderte meine Erinnerung langsam rückwärts. Ganze 18 Jahre zurück, in die Zeit, wo alles angefangen hatte ….

Das Adlon

Raff | ke, der; -s, -s: umgangssprachl. Ausdruck (berliner. Dialekt) f. einen raffgierigen, gleichzeitig rücksichtslosen und amoralisch-primitiven Menschen. Die Bezeichnung entstand wahrscheinl. in den wirtschaftl. turbulenten Zeiten um 1920.
Baron v. Galéra (Geschichte unserer Zeit, Bd. 3, Leipzig 1930) charakterisiert Raffkes als „jene dunklen städtischen Emporkömmlinge, welche das Wirtschaftschaos mit zügellosem Egoismus zu ihren Gunsten ausnutzten und sich bald zu einer ganz besonderen Gesellschaftsklasse entwickelten (...). Raffkes entstammten meist den untersten Volksschichten und brachten ein reichliches Maß verwegener Amoral mit. Für sie gab es kein anderes Sittengesetz als den finanziellen Nutzen (...) Das geistige Herrenmenschentum der deutschen Oberschicht lehnte die protzigen Parvenüs ab. Raffke ... liebte die vornehme Welt und glaubte, sich mit seinem Geld aufdringlich die Pforten dahin erschließen zu können. Er ist der Typ der Inflation, mit dem Ende der Geldentwertung war auch seine Herrlichkeit dahin".
In der Karikatur werden Raffkes zumeist als kurze, aufgeschwemmte Männer mit fetten, brillantenübersäten Fingern und brutalem Gesicht bzw. kurze, feiste Frauen mit häßlich-ordinären Zügen dargestellt. Eine andere Bezeichnung für Raffke mit teilw. anderer Bedeutung ist der Begriff —> Schieber.

Das Adlon! Schon der Name allein lässt im Kopf des Betrachters unzählige Geschichten und Personen, große Auftritte genauso wie geheime Gespräche, lebendig werden. Mittlerweile ist es beinahe so legendenumwoben wie der berühmte Orient-Express, doch damals, so kurz nach dem Krieg, konnte davon noch längst nicht in diesem Maße die Rede sein. Einst war das Hotel der gesellschaftliche Stolz Berlins und der auserkorene Lieblingsplatz der preußischen Aristokratie gewesen. Obschon von Lorenz Adlon erbaut, galt es in Wahrheit als ein Lieblingsprojekt des Kaisers, und Wilhelm II. ließ es sich nicht nehmen, in das Design des Hauses eine Reihe von charakteristischen Eigenheiten einzubringen. Unmittelbar nach dem Krieg allerdings bildete es die Szenerie einer verbissenen Schlacht zwischen der alten und der neuen Ordnung. Das soziale Leben im Adlon reflektierte wie in einem Spiegel die sozialen Verwerfungen in Deutschland.

Inmitten der katastrophalen Zustände nach der Niederlage im Großen Krieg hielt es immer noch ein gewisses Maß an Exklusivität, als ob es die neue Verfassung, die alle alten Titel für abgeschafft erklärt hatte, mit Verachtung strafen wollte. Im Adlon wurden die Gäste immer noch von unterwürfigen Lakaien in herausgeputzten Livreen mit Anreden wie *Exzellenz, Durchlaucht* und *Hochwohlgeboren* begrüßt, wenn sie derartige Titel trugen. Manchmal, wenn die Trinkgelder hoch genug ausfielen, musste man solche Titel nicht einmal besitzen, um der Anrede würdig gehalten zu werden. Auch die Trinkgelder waren an sich offiziell abgeschafft worden, sie hielten sich allerdings hartnäckig, sehr zum Leidwesen der Aristokraten. Eine neue Plutokratie nämlich, verächtlich als *Schieber* bezeichnet, sorgte dafür. Sie führten einen geradezu schreiend wohlhabenden Lebensstil, wie ihn nur Neureiche pflegen können und waren ehrgeizig darauf bedacht, sich mit Geld eine Ebenbürtigkeit zu erkaufen, die sie ansonsten niemals zu erreichen hoffen konnten. Ihre Präsenz im Adlon war vielsagend. Es hatte etwas von dem Eindruck einer Barbareninvasion, mit welcher eine neue Klientel die alte verdrängte.

Die Vertreter der alten Ordnung suchten das Adlon immer noch als ihren Treffpunkt auf, auch wenn sie dabei die Präsenz der ungeliebten Schieber dulden mussten. Doch immerhin stand auch jetzt noch die Bronzebüste des Kaisers ungestört auf ihrem Marmorsockel im Treppenhaus, als ob er zuversichtlich die leibhaftige Rückkehr aus dem holländischen Exil erwarten würde. Hin und wieder zelebrierte gar einer der Hohenzollern-Prinzen eine Festlichkeit im Adlon, nahm dabei den Ehrenplatz an einem kleinen Tisch mit auserwählten Gästen ein, bekrönt vom farbenprächtigen Blumenfries der Decke im Speisesaal und umgeben von den üppigen Fresken der Jugendstilmaler mit ihren amourösen Launen. Zahlreiche dieser Herren träumten immer noch von der Rückkehr der Monarchie, und im Adlon fanden Visionäre wie Träumer ihre geistige Heimat. Zu welcher Kategorie Max Hoffmann gehörte, zu den Monarchisten, Visionären, Träumern oder Phantasten, das wollte ich an diesem Morgen herausfinden.

Hoffmann empfing mich mit ausgesprochener Liebenswürdigkeit. Das Adlon war in dieser Zeit praktisch zu seinem zweiten Wohnzimmer geworden. Doch es ging in keine der exklusiven Suiten, keinen der separierten Salons für Clubs, Raucher und sonstige Gesellschaften, ja nicht einmal in ein eigenes Appartement. Nein, Hoffmann residierte mitten im großen Frühstückssaal des Adlon. Ich sage deshalb „residierte", da man es kaum anders zu beschreiben vermag, auf welche Art er sich dort eingerichtet hatte. Sein Tisch hätte wohl einem Dutzend Personen Platz geboten, allein er beanspruchte ihn ganz für sich selbst. Zu seiner linken lagen die wichtigsten deutschen und europäischen Tageszeitungen, das *Acht-Uhr-Abendblatt*, die *Vossische Zeitung*, die *Kronen-Zeitung* aus Wien, die *Times* aus London und, wie ich mit Genugtuung feststellte, auch der *Le Matin*. Vor ihm fanden sich Tintenfass, Stifte, Blätter, zahlreiche Zettel mit Notizen, Telegrammformulare und ein paar zusammengefaltete Landkarten. Zu seiner rechten schließlich standen einige Bücher aufgereiht, beinahe wie über dem heimischen Kamin, nach Größe geordnet. Überhaupt sah alles sehr ordentlich angeordnet aus, dafür wiederum keineswegs pedantisch und steril, sondern ganz im Gegenteil eher wie das Büro eines Generalstäblers im aktiven Dienst. Zu allem Überfluss nämlich stand auf einem kleinen Beistelltisch ein angeschlossener Telefonapparat nebst einem Notizblocke, worauf zahlreiche Nummern notiert waren. Das Frühstück des Generals selbst hatte trotz des riesigen Tisches dort gar keinen Platz mehr, sondern dieses befand sich auf einem weiteren Beistelltisch; nur ein Glas mit klarem Wasser hatte er vor sich stehen. Zwei unauffällige spanische Wände links und rechts des Tisches machten den Eindruck eines Büros geradezu vollkommen.

Stühle gab es genau zwei, Hoffmanns eigenen und einen für Besucher wie mich. Als mich der Empfangskellner zu selbigem hinführte, schien Hoffmann zunächst gar keine Notiz davon zu nehmen, während er angestrengt auf irgendein Papier starrte. Der Kellner zögerte einen Augenblick, doch in diesem Moment sagte Hoffmann, ohne aufzublicken: „Wie schön, dass Sie hier sind, mein lieber Monsieur Genty. Ich bin sofort für Sie da", und noch ehe ich den Stuhl erreicht hatte, erhob sich der General von seinem Platz, lächelte mich an und streckte mir seine Hand entgegen. Einen festen, angenehmen Händedruck später saßen wir nahezu wie alte Bekannte beieinander und waren aufs angenehmste in eine der spannendsten Konversationen verwickelt, die mir meine Berliner Zeit je verschafft hat.

„Ich möchte gleich mit dem Überraschendsten beginnen", eröffnete ich unser Gespräch.

„Mit dem Überraschendsten? Sie machen mich beinahe selbst neugierig auf mich", scherzte Hoffmann. „Aber ich wollte Sie nicht gleich unterbrechen. Bitte fahren Sie doch fort."

„Damit meinte ich, dass Sie als deutscher Offizier und General unserem Premier, Monsieur Briand, zur Seite springen und fordern, dass Frankreich nicht abrüsten solle. Zumindest haben etliche Zeitungen" – dabei deutete ich mit einer Kopfbewegung auf das Exemplar des *Acht-Uhr-Abendblattes* auf dem Tisch – „entsprechende Äußerungen von ihnen wiedergegeben. Alle Welt, ob in Washington vertreten oder nicht, bedrängt Frankreich zurzeit auf das Äußerste und fordert um jeden Preis weitere Abrüstungsmaßnahmen von uns. Doch Sie, ausgerechnet Sie, der berühmte Unterhändler von Brest-Litowsk, verteidigen die Politik des französischen Premiers? Ich wäre Ihnen sehr dankbar, wenn Sie mir das begründen könnten. Es klingt einfach zu überraschend, um von Ihnen zu kommen, wenn ich das so sagen darf".

Hoffmann lachte. „So formuliert, hört sich das so an, als sei ich ein begeisterter Parteigänger von Monsieur Briand. Und das fände *ich* überraschend."

„Dennoch stimmt es, nicht wahr?"

„Nun, ich muss Sie zumindest dahingehend korrigieren, dass ich nicht in allen Dingen mit Ihrem Premier übereinstimme. Insbesondere nicht darin, wenn er über die deutsche Gefahr für Frankreich spricht", betonte er. „Aber grundsätzlich haben Sie recht – jawohl, ich unterstütze Briand darin, dass Frankreich nicht weiter abrüsten sollte – nein, darf –, oder zumindest bei weitem nicht in dem geforderten Maße".

„Aber warum? Warum unterstützen Sie diese Haltung, die ja nicht einmal bei uns in Frankreich unumstritten ist?"

Hoffmann, der eben noch über meine Fragen geschmunzelt hatte, wechselte seinen Gesichtsausdruck von einer Sekunde zur nächsten ins Todernste. Er beugte sich leicht nach vorn und entgegnete: „Wegen der bolschewistischen Bedrohung, Genty! Der Bedrohung für Deutschland und für Frankreich!"

Ich muss ihn an dieser Stelle sehr ungläubig angeschaut haben, denn er fuhr sogleich fort: „Sie halten das für unrealistisch, gehe ich recht? Aber das sollten Sie nicht, die Bedrohung ist eine sehr reale". Als ich immer noch nicht wesentlich überzeugter dreinblickte, fragte er nach einem kurzen Augenblick: „Gestatten Sie denn, dass ich etwas aushole? Ich denke, eine Begründung in einem Satz kann ich Ihnen nur schwerlich liefern. Wenn es das ist, was Sie wollen."

„Nein, nein, ganz im Gegenteil, mon General", beeilte ich mich zu versichern. „Eine plausible Begründung ist genau das, was ich von Ihnen hören möchte. Nur dann kann ich unseren Lesern ihren Standpunkt auch, sagen wir, plausibel präsentieren. Im Moment aber vermisse ich dieses Plausible etwas … Sie müssen ja doch wohl zugeben, dass zwischen Deutschland und Sowjetrussland offiziell Frieden herrscht, und an der deutschen Ostgrenze auch kein Millionenheer bereit steht, das jeden Augenblick das Reich überrennen könnte".

Hatte ich an dieser Stelle einen Widerspruch Hoffmanns erwartet, sah ich mich getäuscht, denn wider Erwarten nickte er entschieden. „Sie haben recht, so sieht es in der Tat aus, aber gerade das ist eben das perfide daran", erwiderte er. „Das ist so: Die erste Kampfhandlung bolschewistischer Offensiven ist nicht der militärische Aufmarsch mit gleichzeitigem Beginn der Feindseligkeiten. Nein, sie besteht vielmehr im massiven Vortreiben der bolschewistischen Propaganda, gepaart mit der Bildung revolutionärer Kampforganisationen in den Ländern, gegen welche sich die Offensive der Sowjets richtet – gegen Deutschland zum Beispiel. Erst wenn die bolschewistische Propaganda und diese bolschewistischen Organisationen das zu erobernde Gebiet sturmreif gemacht haben, erst dann erfolgt der eigentliche militärische Angriff der Sowjetregierung".

„Wie sturmreif ist denn Deutschland ihrer Meinung nach bereits gemacht worden?"

„Noch hält die Ordnung – gerade so. Ich möchte an dieser Stelle gerne Lenin zitieren. Der sagte nämlich …"

„Moment bitte", unterbrach ich ihn. „Sie sagten Lenin?"

„Ja, ganz genau", bestätigte Hoffmann. „Lenin hat gesagt, dass die europäischen Staaten die Bevölkerung selbst auf den Bolschewismus vorbereiten – wenn nämlich ihre Schwierigkeiten fortbestehen, die den ganzen ökonomischen

Ruin verursachen. Das heißt, die Dirigenten in Moskau müssen eigentlich nur abwarten. Denn wenn das Deutsche Reich infolge der andauernden ökonomischen Unordnung quer durch Europa nicht mehr im Stande wäre, Lebensmittel in ausreichender Menge zu importieren, könnten die Verzweifelten die Nation dann in die Arme Moskaus treiben. Das ist der innere Faktor. Dazu kommt der äußere. Es ist nicht unmöglich, dass Polen – auch, wenn es sich zuletzt siegreich gegen die Sowjets behauptet hat – durch innere Schwierigkeiten geschwächt früher oder später vor einer neuen russischen Offensive kapituliert. Vollständig abgerüstet, fände sich Deutschland dann in der unmöglichen Lage, sich gleichzeitig gegen eine äußere Attacke der Roten Armee und gegen eine innere Attacke durch kommunistische Unruhen zu verteidigen. Was hätten wir dann? Ein sowjetdeutsches Regime, mitten in Europa! Könnten Sie sich diese massive Bedrohung des internationalen Gleichgewichts überhaupt vorstellen?"

Ich schwieg zunächst und versuchte, das gesagte einzuordnen. Irgendwie klang es durchaus realistisch, was mein gegenüber von sich gegeben hatte, doch etwas störte mich noch.

„Was hat das Ganze aber nun mit Frankreich zu tun? Abgesehen vom Gleichgewicht der Kräfte", wandte ich ein. Hoffmann schaute mich ganz erstaunt an. „Aber das ist doch offensichtlich, Genty! Frankreich muss im ureigenen Interesse verhindern, dass direkt östlich von Ihnen ein riesiger bolschewistischer Staat entsteht! Dann ist Frankreich das nächste Ziel der Sowjetregierung, das können Sie glauben. Wenn Frankreich versucht, durch Militärexpedition die Bildung einer deutschen Roten Armee zu verhindern, müssten sich die bolschewistischen Banden vor den französischen Truppen zurückziehen. Doch damit wäre Frankreich gezwungen, einen großen Teil Deutschlands zu besetzen. Aber wäre Frankreich in der Lage, die riesige Bürde, die dieses Unternehmen erfordert, langfristig aufrechtzuerhalten? Und dabei so stark abgerüstet, wie es im Moment gefordert wird? Wenn das französische Militär soweit abrüstet, dann könnte es gerade noch die linke Rheinseite halten. Nein, nein, die Lage erfordert es auf jeden Fall, den größten Teil der jetzt bestehenden französischen Armee weiter unter Waffen zu halten. Genau deshalb plädiere ich dafür, dass die französische Regierung nicht abrüsten sollte".

Mit seinen doch recht umfangreichen Ausführungen hatte sich Hoffmann im wahrsten Sinne des Wortes warm geredet. Auf seiner Stirn begannen kleine Tröpfchen zu glitzern, und er nahm an dieser Stelle seinen Kneifer ab und polierte ihn mit einem Schnupftuch wieder blank. Im Laufe unserer Unterhaltung hatte ich überhaupt ausreichend Gelegenheit, mein Gegenüber eingehend zu mustern und zu beobachten. Ich konnte mich nur schwerlich gegen das Gefühl wehren, eine geradezu eigentümliche Faszination wahrzunehmen, die von dem General ausging. Er wirkte gleichzeitig jung und doch wie der erfahrenste Mensch zugleich. Seine Gesichtszüge wiesen klare Spuren hunderter schlafloser Nächte und verzehrenden Stresses auf, wie sie so viele Veteranen des Großen Krieges tragen, und doch funkelten seine Augen mit lebendiger Energie. Sein Kurzhaarschnitt, die Pausbacken und der zu klein geratene Kneifer auf der Nase vermittelten das Bild eines harmlosen Schuljungen, und doch drückte er selbst in entspannter Körperhaltung die geradezu zerstörerische Entschlossenheit einer Haubitze aus, die in ständiger Abschussbereitschaft steht. Er trug keine Uniform, das vergaß ich zuvor zu erwähnen, sondern eine der damals erst kürzlich in Mode gekommenen Schneiderjacken mit Piquet darunter, dazu ein tadellos gestärktes cremeweißes Hemd, doch mit einer Fliege anstelle einer Krawatte. Weder war er einem Pariser Modemagazin entsprungen, noch erinnerte er im Entferntesten an einen Offizier des Kaiserreichs; weder wirkte er mit seiner Erscheinung steif und konservativ, noch übermäßig modern. Es war, als sei er das manifest gewordene Sinnbild des Übergangs, das Bindeglied zwischen Altreich und Moderne, ein General im Ruhestand, der dennoch aktiv den nächsten Feldzug vorbereitete. Und genau das war es ja, was er offensichtlich wollte.

So knüpfte ich nunmehr an sein fast schon lobliedartiges Plädoyer an, die französische Armee nicht abzurüsten, und fragte: „Sie würden aber doch nicht erwarten, dass Frankreich allein die Rolle auf sich nimmt, die von Ihnen postulierte rote Gefahr militärisch einzudämmen?"

Sogleich erhob Hoffmann beschwichtigend die Hände. „Aber keineswegs! Nein, ganz im Gegenteil", versicherte er. „Frankreich wird nur ein Teil einer internationalen Streitmacht sein, die aufgestellt werden muss, um Sowjetrussland ein für alle Mal vollständig militärisch niederzuwerfen, das Regime zu beseitigen und eine europäisch-russische Staatsform wiederherzustellen".

„Und welche anderen Teile sollen zu dieser internationalen Streitmacht gehören?", hakte ich nach.

„Das ist recht einfach. Neben Frankreich wären das zunächst England und Deutschland. Alle drei Mächte sollten jeweils eine Million Mann abstellen, möchte ich schätzen. Ja, Sie schauen so erstaunt" – das tat ich wahrscheinlich wirklich – „Drei Millionen Soldaten, gut ausgerüstet, sollten dazu in der Lage sein, eine schnelle und eindeutige Entscheidung herbeizuführen. Nicht mehr, aber auch nicht weniger ist absolut notwendig, das kann ich aus meiner Erfahrung doch einigermaßen fundiert sagen. Ohne mich natürlich selbst zu sehr wertschätzen zu wollen", fügte er jovial hinzu. „Und", fügte er hinzu, „zudem sollten auch die Vereinigten Staaten das Unternehmen unterstützen; sie würden sich ja ohnehin an dem Wiederaufbau-Konsortium beteiligen. Während Frankreich und England die russischen Häfen in Ostsee und Schwarzem Meer blockieren müssten, könnte die amerikanische Flotte die Häfen in Fernost übernehmen".

„Das ist allerdings ein gewaltiges Unterfangen, was Sie da vorschlagen, Monsieur General". Ich überlegte einen Moment und meinte: „Wenn ich Ihre Gedanken richtig verstehe, dann propagieren Sie damit nichts anderes als einen europäischen Kreuzzug gegen den Bolschewismus. Wäre es nicht zuerst eine Sache des russischen Volkes selbst, seine bolschewistische Herrschaft wieder durch eine andere abzulösen?"

Hoffmann sah mich durchdringend an. „Ich fürchte, dass Sie den eisernen Griff Lenins und seiner Bolschewiken unterschätzen", entgegnete er. „Sehen Sie, die Macht der Sowjets ruht auf vielerlei Säulen: der Roten Armee, die gut versorgt ist, während die russische Bevölkerung Hungers stirbt; auf den Offizieren, deren Familien als Geiseln dienen; auf dem blutigen Terror der Tscheka. Außerdem werden die Sowjets durch die Misere der Bevölkerung gestärkt, die es widerstandsunfähig macht – die Unterdrückung der

53

Pressefreiheit, die Ausrottung der Intelligenz und die Sklaverei, die sie den Arbeitern und Bauern auferlegen. Während des Krieges habe ich wer weiß wie oft die gescheitesten Leute sagen hören, die Herrschaft der Bolschewiki sei doch nur von kurzer Dauer, sie werde sich in Kürze selbst erledigen und so fort. Ich habe die ganze Zeit dagegen gehalten, immer wieder betont, dass das nach allem, was wir aus nächster Nähe beobachten konnten, ganz sicher nicht passieren würde. Und?" Er lehnte sich so weit in meine Richtung nach vorn, dass mein Atem fast seinen Kneifer beschlagen ließ. „Und? Wer beherrscht Russland jetzt?"

Unwillkürlich war ich vor ihm zurückgewichen. „Lenin …", konstatierte ich tonlos. Hoffmanns annähernd triumphierende Miene bei seiner letzten Frage hatte eigentlich deutlich gezeigt, dass es keiner Erwiderung bedurft hätte, doch ich sprach es trotzdem aus. „Lenin und seine Bolschewiken".

„Aha", nickte Hoffmann und lehnte sich wieder zurück. „Während Denikin, Wrangel, Koltschak und all die anderen mitsamt ihren Truppen entweder tot oder im Exil sind. Nicht dass Sie mich falsch verstehen", setzte er eindringlich hinzu, „ich bin der erste, der es lebhaft bedauert, dass es kein anderes Mittel gibt, um Russland wieder in die Weltgemeinschaft einzugliedern, als die Sowjets mit militärischer Hand von außen zu stürzen. Aber es ist eben unbestreitbar, dass die russische Nation nicht in der Lage ist, sich selbst aus der Macht seiner Ketten zu befreien".

An dieser Stelle musste ich Hoffmann bitten, kurz innezuhalten, um mit meinen Notizen einigermaßen Schritt halten zu können. Selten hatte ich es erlebt, dass jemand druckreife Sätze von sich gab, die man praktisch wortwörtlich in einen Artikel übernehmen konnte. Hoffmann war ein solcher jemand. Selbst für mich, der ohne Eigenlob sagen kann, einiges an Erfahrung mit Interviews sehr eloquenter Persönlichkeiten gesammelt zu haben, erforderte es daher ein ziemliches Maß an Konzentration, mit seinen Ausführungen Schritt zu halten. Der General nahm es nicht übel, ganz im Gegenteil. Er entschuldigte sich für seine „eindringliche Redeweise", wie er es nannte, und sorgte erst einmal für ein paar Erfrischungen.

Ich hatte überhaupt nicht mehr bemerkt, dass mein Glas seit geraumer Zeit völlig leer dastand und sich mittlerweile ein nicht mehr zu ignorierendes Durst- und Hungergefühl einstellte. Hoffmann erwies sich als ebenso eloquenter Gastgeber wie Gesprächspartner. Wie er dem Oberkellner seine Wünsche mitgeteilt hatte, ist mir bis heute ein Rätsel geblieben. Eine Bestellung hatte ich nicht vernommen, möglicherweise hatte Hoffmann seine Erfrischungswünsche über nicht als solche erkennbare Handbewegungen signalisiert. Man kann sicher auch annehmen, dass das Zusammenspiel zwischen dem ganz hervorragenden Personal des Adlon und ihm als Dauergast seit geraumer Zeit geübt war. Jedenfalls war der Imbiss ganz außerordentlich passend, es gab einige leichte Kanapees, frisches Obst, warm gebackene Hörnchen mit Butter. Dazu ein nur leichtes Bier – hier war der General außerordentlich konsequent, wie ich erfuhr: Bei jeglicher Besprechung im öffentlichen Rahmen und bei seinen Salonzeiten ließ er keine stärkeren geistigen Getränke zu.

Frisch gestärkt setzten wir das Interview fort. Zunächst redeten wir noch einen Moment lang über die Gestalt des internationalen Zusammenschlusses, die für ein Interventionsvorhaben in Russland notwendig sein würde und die Art der Nachkriegsordnung, die man sich danach vorstellen musste. Doch streiften wir diese Zusammenhänge nur vergleichsweise kurz, denn über derartiges war in Zusammenhang mit den Aktivitäten von Hugo Stinnes in London während der vergangenen Wochen schon verschiedentlich berichtet worden. Dieser hatte versucht, die Erschließung der Reichtümer Russlands durch ein Konsortium aus den Vereinigten Staaten, Englands, Frankreichs und des Deutschen Reiches zu vereinbaren; etwas ganz Ähnliches stellte sich Hoffmann vor, wobei er die einvernehmliche Abgrenzung von Einflusssphären vorschlug, um jegliche Schwierigkeiten im Vorhinein auszuschließen. Zum Schluss unseres Gesprächs kamen wir allerdings noch auf einen Aspekt zu sprechen, der aus Sicht meiner französischen Landsleute ganz besonders brisant erschien.

So fragte ich ihn folgendes: „Nur einmal angenommen, man einigte sich tatsächlich auf einen solchen Interventionsplan und stellt eine internationale Streitmacht zusammen – was ich, offen gesagt, derzeit nicht glauben kann, aber gestehen wir es Ihnen für einen Augenblick zu. Dann würde ein Teil dieser Streitmacht doch aus einer starken deutschen Armee bestehen. Wie, um alles in der Welt, könnten Sie garantieren, dass Deutschland diese seine wiederhergestellte Militärmacht nicht augenblicklich erneut gegen Frankreich wenden würde, anstelle gegen Russland?"

Hoffmann schien nicht im Mindesten überrascht zu sein von meiner Frage. Er lehnte sich ganz im Gegenteil recht entspannt zurück und ließ beinahe den Anflug eines

Lächelns in seinem Gesicht erkennen. „Aus der Besorgnis in Ihrer Stimme meine ich zu entnehmen, dass Sie diese Möglichkeit für eine durchaus reale Bedrohung halten, nicht wahr?", entgegnete er. Ich nickte selbstredend, woraufhin er fortfuhr: „Das Ganze ist wesentlich einfacher und harmloser, als Sie vermuten. Wir waren uns doch vorhin einig, dass die bolschewistische Bedrohung unter anderem deswegen so groß ist, weil Deutschland mittlerweile weitestgehend abgerüstet ist. Noch dazu verfügen wir über nahezu keine Rüstungsindustrie mehr, die das benötigte Kriegsmaterial für eine adäquate Armee herstellen könnte. Selbst wenn wir also für das bevorstehende Unternehmen eine deutsche Armee von einer Million Mann aufstellen würden, woher kämen dann die Waffen, Munition, Versorgungsgüter und dergleichen für seinen Unterhalt? Doch nur von seinen Alliierten – Frankreich und England!"
Ich begriff und öffnete den Mund, doch ehe ich meine Ahnung aussprechen konnte, setzte Hoffmann nach. „Im selben Moment, wo sich die deutsche Armee auch nur im Geringsten gegen Frankreich oder überhaupt seine Verbündeten wenden würde, wäre sie sofort von allem Nachschub abgeschnitten, stünde alsbald ohne Munition da und würde aushungern. Ganz zu schweigen davon, dass England unverzüglich seine Seeblockade gegen uns wieder in Kraft setzen könnte, was wir nicht lange aushalten würden. Das wäre die erste Garantie, Monsieur Genty".
Dem konnte ich nicht viel entgegen setzen, vermied es aber, ihn schon wieder in seinen Argumenten bestätigen zu müssen, indem ich bemüht angestrengt auf meine Notizen schaute und mich verbissen auf das Mitschreiben konzentrierte. Doch Hoffmann war nun erst richtig in Fahrt

genommen und zwang mich geradezu, meine Aufmerksamkeit auch sichtlich auf ihn zu richten. „Schauen Sie hier, Genty", sagte er, „ich werde es Ihnen demonstrieren". Mit diesen Worten griff er nach dem zuvor erwähnten Stapel von Landkarten, die er vor sich liegen hatte, schob während des Durchsehens ein, zwei davon wieder beiseite, bis er das richtige Exemplar gefunden hatte. Dieses breitete er zwischen uns beiden auf dem Tisch aus. Es handelte sich um eine ziemlich neue Karte Mitteleuropas aus dem Hause Justus Perthes in Gotha, welche schon die neuen Grenzen und Länder zeigt, die sich zumindest vorläufig nach dem Friedensvertrag ergeben hatten.

„Also, Genty, hier haben wir die russische Westgrenze", meinte er, während er mit seiner linken Hand selbige Grenze von Nord nach Süd hinabfuhr. „Nun passen Sie auf: Wo stünde Ihrer Meinung nach die gemeinsame Interventionsarmee, wenn England, Frankreich und Deutschland gegen das rote Russland marschieren würden?" Wieder schaute er mich dabei erwartungsvoll an. Und wieder hatte er Recht – es war wirklich sehr einfach, wenn man nur einmal auf die Karte schaute. So blieb nur eine Antwort, die ich geben konnte: „Entweder in Ostpreußen, wo das Reich eine gemeinsame Grenze mit Russland hat, oder in Polen. Was vorstellbar wäre, denn die Polen haben sich ja gerade erst im Krieg gegen Sowjetrussland behaupten müssen und würden die Intervention vielleicht wohlwollend unterstützen, um die Ostgrenze ein für alle Mal zu sichern. Und das hieße …"

Weiter kam ich nicht, denn schon setzte Hoffmann meinen Gedanken selbst fort.

„Genau das hieße es, exakt! Neben der deutschen Armee stünden auch eine Million englischer und französischer Soldaten entweder bereits auf deutschem Territorium oder an unserer Ostgrenze, in Polen. Sobald also die deutsche Regierung oder unser Heer auch nur im Geringsten die unterschriebenen Verträge verletzen würden, könnten sich Ihre Truppen unmittelbar ins Innere Deutschlands bewegen. Wieviel Widerstand könnten wir dem wohl leisten, frage ich Sie?". Triumphierend strahlte er mich an. „Da hätten Sie schon eine zweite Garantie. Und ich zeige Ihnen noch eine dritte", fuhr der General mit einer Behändigkeit fort, die nicht zu bremsen war. Diesmal lenkte er meine Aufmerksamkeit auf die deutsche Westgrenze. Er zeigte nacheinander auf mir gut bekannte Punkte auf der Karte: Liege, Metz, Straßburg und den von Verdun bis Belfort reichenden Befestigungsgürtel. „Frankreich hält diese Städte und Festungen, und diese sind realistischer Weise mit den künftigen militärischen Ressourcen Deutschlands für uns uneinnehmbar", erklärte er entschieden. „Damit hätten Sie mehr als genug Garantien, dass wir Frankreich nie ernsthaft gefährlich werden könnten", sprach er, faltete seine Hände in den Schoß und lehnte sich höchst zufrieden zurück.

Ich glaubte meinen Ohren nicht zu trauen. Ein deutscher General redete der Stärkung französischer Festungen an der Rheingrenze das Wort, darüber hinaus faktisch dem dauerhaften Verbleib Elsass-Lothringens bei Frankreich? Wo doch die nationalistischen Vereine und die revanchistische Presse im Reich nichts eifrigeres zu tun hatten, als die erlittene Schmach zu beklagen und auf das heftigste die Wiedererlangung der verlorenen Gebiete zu verlangen? Das mochte ich, mit Verlaub, kaum glauben.

Doch, doch, ich hätte ihn ganz richtig verstanden, versicherte mir Hoffmann auf die geradezu überzeugendste Weise. Er halte nichts von den Revancheforderungen, schon gar nicht im Westen. Selbst während des Krieges hätte er sich gegen Annektierungen im Westen und sogar weitgehend gegen solche im Osten ausgesprochen. Streitigkeiten um Grenzen und Städte im Westen Europas würden nur die Kräfte Deutschlands, Frankreichs und anderer zivilisierter Nationen verzetteln und verschleißen. Davon könnte nur der eigentliche Feind profitieren – der Bolschewismus im Inneren wie Äußeren. „Das können wir einfach nicht wollen", schloss der General seine Ausführungen ab. Die großen Völker Europas – damit meinte er diejenigen, welche in seinem Interventionsplan die Schlüsselrolle spielen sollten – müssten die Katastrophen des Großen Krieges hinter sich lassen und die unseligen Erbfeindschaften begraben. „Nur dann können sie sich für das gemeinsame Werk zur Wiederaufrichtung Russlands vereinigen, nur dann!" Man hätte tatsächlich meinen können, Hoffmann wolle einen feierlichen Eid herbeischwören, so ernst und zugleich leidenschaftlich verfocht er seine Sache.

Manchmal versuche ich mir auszumalen, welchen Eindruck Hoffmann während des Interviews wohl von mir hatte. Hielt er mich für einen adäquaten Gesprächspartner? Einerseits schon, zieht man die Länge und Intensität des Gesprächs in Betracht. Andererseits könnte ich es ihm im Nachhinein nicht verübeln, wenn er mich bisweilen recht überrascht, teilweise gar perplex erleben musste. In genau einer solchen Verfassung befand ich mich auch nach den jüngsten Ausführungen des Generals. Ich hatte seine geradezu sensationellen Vorschläge wohl vernommen und verstanden, fühlte mich aber trotzdem wie ein Schuljunge, der aus Versehen in die falsche Unterrichtsstunde geraten war. Konnten die Ideen Hoffmanns wirklich ernst gemeint sein? Es musste einfach so sein, denn wenn jemand wusste, wovon er redete, dann zweifellos Max Hoffmann. Mit seinen Erfahrungen und den bedeutenden Rollen, welche er in den letzten Jahren eingenommen hatte, war er sich den Implikationen, die ganz besonders seine Äußerungen zum deutsch-französischen Verhältnis auslösen mussten, eindeutig bewusst. Es konnte nur so sein, dass ihm die Konsequenzen seiner Vorstellungen entweder egal waren oder er sie bewusst billigend in Kauf nahm. Es mochte einfach seiner Persönlichkeit entsprechen, da er nicht zuletzt bei den Verhandlungen zu Brest-Litowsk in ebenso furchtloser Konsequenz auf seinem Standpunkt beharrt hatte. Was er für richtig, für geboten hielt, dabei blieb er, koste es, was es wolle.

Max Hoffmann ließ sich jedenfalls nicht anmerken, dass ihm meine Unsicherheit und mein Erstaunen aufgefallen wären. Geduldig warte er ab, bis ich meine Notizen noch einmal durchgeschaut hatte. Einige kurze Rückfragen zu dem einen oder anderen Punkt stellte ich noch, dann war es geschafft. Ich erhob mich von meinem Stuhl und bedankte mich gebührend für seine Zeit und Offenheit.

Der General erhob sich ebenfalls und schüttelte mir zum Abschied geradezu überschwänglich die Hand.

„Es hat mich außerordentlich gefreut, mein lieber Monsieur Genty", meinte er so herzlich, dass ich ob seiner Zuvorkommenheit beinahe verlegen fühlte. „Ich bin sicher, Sie machen etwas sehr lesbares aus all dem. Wobei ich hoffe, ich habe Sie nicht zu sehr mit allem möglichen überschüttet.

Jedenfalls sehe ich dem Bericht in Ihrem Journal mit Spannung entgegen".

Ich versicherte ihm, dass ich mein Bestes geben würde, und verabschiedete mich. Beim Verlassen des Saales warf ich noch einen kurzen Blick zurück, doch Hoffmann saß bereits wieder an seinem „Schreibtisch" und war schon wieder in allerlei Unterlagen vertieft. Mit einem leichten Lächeln verließ ich das Adlon und machte mich auf den Weg in unser Berliner Büro.

17. August 1939

Berlin

Die Stadt

Mit gerade einmal zwei Minuten Verspätung rollte der Express in die hohen Hallen des Anhalter Bahnhofs in Berlin ein. Ein letztes Mal ließ der rote Drache mit einem langen Schnaufen jede Menge Dampf aus seinen Nüstern entweichen, dann kam die Zuglok erwartungsgemäß exakt wenige Zentimeter vor dem Prellbock des Querbahnsteigs zum Stillstand. An den Türen herrschte bereits großes Gedränge, jeder schien der erste sein zu wollen, der den Berliner Boden betreten durfte. Sollen sie doch ruhig drängeln, dachte ich und blieb noch eine ganze Weile sitzen, bis sich der Waggon annähernd geleert hatte. Dann packte auch ich meine Sachen und stand wenig später ebenfalls auf festem Boden. Eine ganze Reihe Reisender, insbesondere aus den Erste-Klasse-Wagen, strömte direkt in den Excelsior-Tunnel. Dieser „längste Hoteltunnel der Welt", wie ihn die Hauptstadtpropaganda titulierte, verband seit 1928 den Bahnhof unterirdisch mit dem Hotel *Excelsior*. Das ersparte den Luxusreisenden den mühsamen Weg durch die Menschen- und Fahrzeugmassen auf dem Askanischen Platz und der Königgrätzer Straße, die es zu überqueren galt. Ich gehörte jedoch nicht zur Klasse der Luxusreisenden und hatte auch keine Übernachtung im *Excelsior* gebucht, weswegen ich den Tunnel links liegen ließ und ganz normal den Hauptausgang benutzte. Außerdem war mir ohnehin kaum etwas mehr vertraut als das Gewühl der Großstadt, schließlich zeigte sich Paris auch nicht weniger belebt und befahren als Berlin. Auf dem Bahnhofsvorplatz musste ich mich den unvermeidlichen Offerten der Zeitungsverkäufer, Gepäckträger und Vermittler für Droschken- und Taxifahrten erwehren, brauchte ich doch keine der angebotenen Dienstleistungen. Mein Hotel lag gleich in der

Anhalter Straße, weniger als hundert Schritte vom Bahnhof entfernt. Die Gegend um den Anhalter Bahnhof wimmelte geradezu von Hotels aller Preisklassen, so dass es mir nicht schwer gefallen war, eine passable Unterkunft zu finden und über das Sekretariat der Zentralredaktion reservieren zu lassen.

Obwohl es an diesem Spätsommerabend noch hell genug schien und das Berliner Klima ganz im Gegensatz zu Paris mit angenehmen Temperaturen und einer frischen, atembaren Luft aufwarten konnte, hatte mich die lange Reise doch einigermaßen müde gemacht. Ich beschloss, lediglich noch einen leichten Imbiss in einem kleinen Café-Restaurant auf der anderen Straßenseite einzunehmen und mich dann frühzeitig zu Bett zu begeben. Lieber wollte ich am nächsten Morgen nicht allzu spät aufstehen und schon den Vormittag gut nutzen, um meine Mission voranzubringen. Heute war der 17. August. Mir bleiben drei Tage, bevor der archäologische Kongress anfangen würde. Dies würde mich in jedem Fall einschränken, da ich den Vorwand nicht bloß Vorwand sein lassen konnte, sondern als offizieller Berichterstatter selbstverständlich auch Präsenz zu zeigen hatte und über die Veranstaltungen auch tatsächlich berichten musste.

Trotz des guten Vorsatzes wurde es dann doch zehn Uhr, bevor ich am anderen Morgen das Hotel verlassen konnte. Offensichtlich war ich noch müder gewesen, als ich gedacht hatte. Sogar mein geliebter Reisewecker hatte versagt und mich nicht, wie eigentlich eingestellt, um halb acht Uhr aus dem Schlaf geweckt. Das nächste Mal, schwor ich mir, würde ich den Weckservice des Hotels in Anspruch nehmen, so etwas durfte mir nicht noch einmal passieren. Die erste Adresse, die ich überprüfen wollte, lag am Kurfürstendamm und lautete auf die Hausnummer 178. Von dort aus hatte sich Cornelia Hoffmann im Februar dieses Jahres das letzte Mal mit einem Brief gemeldet. Es war recht unwahrscheinlich, dass ich dort gleich erfolgreich sein würde, dennoch hatte ich beschlossen, mich von der letzten bekannten Anschrift rückwärts zu arbeiten. Irgendwo auf der Strecke musste einfach irgendeine Spur zu finden sein, der man weiter folgen konnte.

So ging ich zu Fuß zur Station Gleisdreieck und nahm von dort die U-Bahn zum Wittenbergplatz. Innerhalb kurzer Zeit war ich im „Neuen Westen" Berlins angekommen, wieder einmal so eine Titulierung, die den rasanten innerstädtischen Wandel der Stadt charakterisieren sollte. Der „Westen", früher eine abwertende Bezeichnung für den neureichen Geschäfts- und Wohnmittelpunkt westlich der „Mitte", dem historischen Zentrum, Regierungs-, Museums- und Kulturviertel gelegen, hatte nach dem Krieg das alte Berlin weit überflügelt und war seinerseits das Zentrum Berlins der Goldenen Zwanziger Jahre geworden. Der Ku'damm, wie ihn die Berliner selbst nannten, war modern und mondän, geschäftig und beschäftigt, belebt und beliebt, leuchtete weiß am Tage und glänzte funkelnd in der Nacht. Nicht zuletzt die zahlreichen jüdischen Kaufhäuser, Bars und Cafés, Fotoateliers und Kulturstätten hatten sein einzigartiges Flair zusammengetragen. Mittlerweile lagen die jüdischen Geschäfte in arischer Hand, wurden in der ehemaligen Kakadu-Bar deutsche Backwaren verkauft und glänzten in den Schaufenstern der Ateliers die Fotografien der neuen deutschen Uniformen. Doch zumindest beliebt, belebt und geschäftig war die Prachtstraße nach wie vor. Als ob keine Wolken den Himmel über Europa trüben würden, strömten neben den Berliner Anzugträgern, Charlottenburger Dienstboten und nach Sonderangeboten suchenden Hausfrauen die gewohnten Scharen in- und ausländischer Touristen über die breiten Bürgersteige.

Die Nummer 178 erwies sich zwar nicht als eines der größeren Häuser, fiel aber immerhin als recht ansehnlich und gepflegt ins Auge. Es handelte sich um einen vierstöckigen, weißen Jugendstilbau mit einer Reihe von Germania-Köpfen als Verzierung zwischen den einzelnen Stockwerken. Im Erdgeschoss hatte ein Spezialgeschäft für Herrenhüte sein Domizil aufgeschlagen. „Adalbert Straßmann, Hüte für den eleganten Herrn (vorm. Gebr. Weiß)", pries das Schild über dem Schaufenster an. Ob es sich auch hierbei um ein ehemals jüdisches Geschäft handelte? Der Name der Vorbesitzer ließ jedenfalls recht auffällig darauf schließen. Doch schließlich war ich nicht hier, um Recherchen zur Vergangenheit des jüdischen Geschäftslebens anzustellen, sondern um die Jüdin Cornelia Hoffmann zu finden. Also hielt ich Ausschau nach der Haustür zu den Wohnungen in den Obergeschossen, die sich etwas versteckt hinter dem letzten Schaufenster an der linken Seite des Hauses befand. Erwartungsvoll las ich die Namen auf den Klingelschildern – und war gleich darauf maßlos enttäuscht. Keine Cornelia Hoffmann. Die drei vorhandenen Klingeln wiesen völlig andere Namen auf: „A. Rechbg." im obersten Geschoss, „W. Meisters" in der mittleren Wohnung und „B. Junge (Hausw.)" für die Wohnung direkt über dem Laden waren dort zu lesen. Was nun?

Angestrengt überlegte ich, wofür die Abkürzung „Hausw."
hinter dem Namen an der unteren Klingel stehen mochte. In
Paris nämlich gehörte in der Regel die Wohnung im
Erdgeschoss der Concierge. Falls das Erdgeschoss durch ein
Ladengeschäft belegt war, wohnte sie auch schon einmal in
der ersten Etage. Wenn das hier auch so war, konnte dann
das „Hausw." vielleicht für die Bezeichnung *Hausverwalter*
stehen? Ich musste auf jeden Fall versuchen, mehr zu
erfahren. Daher drückte ich kurzentschlossen den
Klingelknopf bei „Junge". Im Vorfeld hatte ich mir eine
Legende zurecht gelegt, die hoffentlich plausibel sein würde.
Da ich infolge meines französischen Akzents ohnehin als
Fremder aus dem frankophonen Ausland erkennbar war,
wollte ich mich als Mitarbeiter einer Anwaltskanzlei
ausgeben, der Berlin zwecks Ermittlung einer möglichen
Erbin für einen Nachlass aufsuchte. Das sollte die
Nachfragen nach dem letzten Aufenthaltsort einer Person
mit dem gesuchten Namen erklären.

Zunächst einmal tat sich gar nichts. Nach einer Minute
drückte ich nochmals den Klingelknopf. Wieder geschah
nichts, so dass ich bereits resignierend von der Tür
zurücktreten wollte. In diesem Augenblick wurde die
Haustür ruckartig aufgerissen, und vor mir stand eine äußerst
dralle Berlinerin mit einem altmodischen Hauskleid und
einem notdürftig um den Kopf geschlungenen Handtuch.

„Wat wolln se denn von uns? Sie sehn doch, dass ick mir
jrade meine Haare wasche, wa?!", fuhr sie mich ziemlich
unwirsch an.

Höflich lüftete ich meinen Hut. „Verzeihen Sie, meine
Dame", entgegnete ich mit einem gewinnenden Lächeln.
„Darf ich fragen, ob Sie vielleicht die Hausverwalterin sind?"

Die Frau runzelte die Stirn und ließ sich von meinem Lächeln überhaupt nicht beeindrucken. „Hausverwalterin? Wat soll dat sein? Meenen se vielleecht Hauswart, wa? Det bin ick schon, jawoll. Aber nu sachen se endlich, wat se wolln!"

Wie geplant, spulte ich meine Geschichte von der Erbschaftsangelegenheit ab. Kannte die Frau vielleicht eine Person namens Cornelia Hoffmann, die einmal unter dieser Adresse zu erreichen gewesen war? Lange schien die Hauswartin nicht zu überlegen, sondern antwortete ziemlich schnell und resolut:

„Hoffmann? Nee. Nie jehört, schon jar nich hier bei uns. Dat können se verjessen, so jemand wohnt hier nich. Ick muss jetze wieder zu meine Haare. Juten Tach noch". Kaum hatte sie das letzte Wort gesprochen, warf sie mir auch schon die Tür vor der Nase ins Schloss.

Reichlich konsterniert stand ich eine ganze Weile einfach da und wusste nicht recht, was ich jetzt tun sollte. Die sprachlich wertvolle Erkenntnis, dass im Deutschen (oder zumindest in Berlin) statt *Hausverwalter* das Wort *Hauswart* verwendet wurde, half mir nicht weiter. Zwar hatte ich durchaus damit gerechnet, dass Cornelia Hoffmann nicht mehr unter der Adresse zu erreichen war, doch hätte ich gerne noch einige weitere Fragen gestellt, aus deren Beantwortung sich eventuell weitere Spuren ergeben haben könnten. Das jedoch war schlechterdings unmöglich geworden. Die Hauswartin ein weiteres Mal herauszuklingeln, widerstrebte mir und erschien außerdem sinnlos. Ein Blick in mein Notizbuch, welches ich glücklicherweise bei mir trug, wies die Richtung, in der ich meine Nachforschungen fortsetzen musste: Maaßenstraße 33.

Diese Anschrift trug die Korrespondenz von Cornelia Hoffmann mit Captain Liddell Hart bis knapp zur Mitte der Dreißiger Jahre. Leider gab es im Briefkontakt zwischen den beiden zwischen jener Zeit und Anfang 1939 eine Lücke von fast vier Jahren, so dass ich nicht wusste, ob der Wohnsitzwechsel erst kürzlich oder doch länger zurücklag. Ich überlegte kurz, ob ich zu Fuß zur Maaßenstraße gehen sollte, entschied mich aber dagegen. Ich konnte zwar entweder über den Kurfürstendamm und dann über die Tauentzienstraße zum Nollendorfplatz laufen (jener teilte die Maaßenstraße in zwei Hälften) oder über die langläufige Lietzenburger Straße. Aber das Ziel lag immerhin reichlich dreieinhalb Kilometer von meinem jetzigen Standort entfernt, was mich sicherlich eine Stunde Zeit kosten würde. Daher hielt ich Ausschau nach einer Kraftdroschke. Davon verkehrten hier reichlich; hauptsächlich, wie es mir schien, um wohlbetuchte Kunden zu den zahlreichen Geschäften zu kutschieren. So hielt bereits nach wenigen Minuten ein Mercedes-Benz Typ 170, welcher damals das gebräuchlichste Taxifahrzeug in Deutschland war. Der Fahrer, der ein ebenso waschechter Berliner zu sein schien wie die resolute Hauswartin, zeigte sich erfreulicherweise weniger resolut und erklärte mir leutselig Umgebung, Bauwerke und Sehenswürdigkeiten, die wir passierten. Obwohl ich nur mit halbem Ohr hinhörte, da ich in Gedanken ständig die nächsten Schritte durchging, blieben doch einige Bemerkungen in meinem Gedächtnis hängen, und die viertelstündige Fahrt verging wie im Fluge. Als mich der Fahrer an der Ecke Maaßenstraße/Winterfeldstraße absetzte, bedankte ich mich deshalb ganz höflich bei ihm und versah ihn mit einem netten Trinkgeld. Letzteres beeindruckte ihn anscheinend ganz besonders, denn er ließ es sich nicht nehmen, mir zu versichern, ich sei der freundlichste Fahrgast, den er je befördert habe und es sei doch außerordentlich schade, dass in letzter Zeit deutlich weniger Ausländer das schöne Berlin besuchen würden. Auch das war Berlin, selbst in dieser dunklen Zeit.

Die gesuchte Adresse war nicht schwer zu finden. Die Nummer 33 gehörte dem letzten, dem Eckhaus der Maaßenstraße. Die Straßenkreuzung grenzte an den winzigen Winterfeldter Platz, an dem ein paar kleine Läden ihren Standort gefunden hatten. Obwohl überhaupt nicht weit von den geschäftigen Straßen und Plätzen des „Neuen Westens" entfernt, erinnerte hier fast gar nichts an das pulsierende Treiben, welches ich eben noch erlebt hatte. Das Eckwohnhaus war diesmal kein herausgehoben schön gestalteter Jugendstilbau, sondern stammte noch aus der Gründerzeit und besaß vier Etagen nebst Dachgeschoss. Diesmal ging ich mit noch geringeren Erwartungen als beim vorigen Mal zum Eingang, um die dortigen Klingelschilder zu studieren. Das war gut so, denn fast schon erwartungsgemäß tauchte der Name Hoffmann auch hier nirgends auf. Es gab auch keinen Hinweis auf einen Hauswart oder ähnliches, weswegen ich unschlüssig war, ob ich überhaupt eine der Klingeln ausprobieren sollte. Einerseits hatte meine Alibigeschichte mit der Erbensuche beim ersten Versuch anscheinend keinen Verdacht erregt. Andererseits hatte mich jener Versuch hinreichend verunsichert, ob das Nachfragen bei wildfremden Personen wirklich Sinn machte. Aber was könnte eine Alternative sein? Nachdenklich ließ ich meinen Blick über die Läden rund um den kleinen Platz wandern. Es gab eine kleine Bierstube, einen Friseur, ein Kolonialwarengeschäft, einen Kurzwarenladen und eine Bäckerei. Allesamt keine modernen, rege von Touristen frequentierten Luxusgeschäfte, sondern beschauliche, einfache und zweckmäßige Allerweltsläden, die von den Bewohnern des Viertels für ihre täglichen Bedarfe genutzt wurden. Aber Moment mal ... tägliche Bedarfe? Mir kam ein verblüffend einfacher Gedanke. Wenn Cornelia Hoffmann hier jahrelang direkt an der Ecke gewohnt hatte, dann war es sehr wahrscheinlich, ja geradezu sicher, dass sie eben jene Läden regelmäßig aufgesucht hatte – wenn nicht täglich, dann so doch wöchentlich. Wäre es nicht naheliegend, dass sich die Geschäftsinhaber an gute Kundinnen erinnern würden? Bei welchem der Geschäfte könnte eine Nachfrage am erfolgversprechendsten sein? Ich schwankte kurz zwischen dem Friseur und der Bäckerei, entschied mich aber dann für letztere. Viele Frauen ließen sich privat die Haare frisieren, und da aufgrund der Umstände Frau Hoffmann mit einiger Wahrscheinlichkeit die sprichwörtliche Ausfragerei beim Friseur nicht unbedingt gesucht hatte, mochte dieser Laden nicht die beste Wahl sein. Um das tägliche Brot jedoch kam kaum jemand herum.

Daher stand ich bald darauf vor dem Ladentisch in der Bäckerei und wartete, dass die vor mir wartende Kundin ihre Besorgungen erledigt hatte. Diese, eine nervöse, zappelige Person, konnte sich nicht entscheiden, ob sie lieber ein Viertel Streuselkuchen oder drei Krapfen – die hier in Berlin Pfannkuchen hießen – für ihr Kaffeekränzchen am Nachmittag nehmen sollte. Bedient wurde sie vom Bäckermeister persönlich, wie ich alsbald merkte. Auch sein Erscheinungsbild sprach dafür: Er besaß eine sehr rundliche

Figur, trug eine ausladende Schürze mit deutlichen Kuchenspuren über einem blütenweißen Hemd und um den Hals eine winzige schwarze Fliege. Im Gegensatz zu seiner Kundin blieb er die Ruhe selbst und plauderte geduldig über Kuchen, Sahne und Marmeladenfüllungen, bis die Dame endlich zufriedengestellt schien und mit ihren Leckerbissen (dem Streuselkuchen) den Laden verließ. Damit war ich an der Reihe und der Meister wandte mir seine ungeteilte Aufmerksamkeit zu.

Anstelle sogleich mit meiner Geschichte über die Erbensuche zu beginnen, bestellte ich zunächst ein halbes Dutzend Pfannkuchen. Es sei doch schade, meinte ich, dass die Kundin eben diese überaus appetitliche Ware mit der vielversprechenden Füllung nicht gewählt habe, und ließ dabei meinen Akzent sehr offensichtlich hervortreten. Daraufhin geschah genau das, was ich mir kurzerhand vorgestellt hatte – der Bäcker strahlte über das ganze Gesicht ob meiner Begeisterung für seine Ware und wollte natürlich interessiert wissen, was ich in dieser vom internationalen Publikum der Hauptstadt doch eher unberührten Gegend verloren hatte. Damit erhielt ich das gewünschte Stichwort und konnte mit leidender Miene und zahlreichen Seufzern versehen meine Enttäuschung schildern, im Haus gegenüber die verzweifelt gesuchte Cornelia Hoffmann nicht angetroffen zu haben. Was dann geschah, hatte ich zwar gehofft, aber doch nicht ganz zu hoffen gewagt. Es erging eine geradezu sprudelnde Erzählung über mich, bei der ich alle Mühe hatte, beim Hören und Verstehen mitzuhalten.

„Nein! Das ist aber schade – ja wie ärgerlich! Da sind Sie extra den langen Weg aus Frankreich hierhergekommen und dann so etwas! Hätte man das gleich gewusst, dann hätte man ja Frau Hoffmann damals fragen können, wohin sie denn umzieht, aber freilich, wer hätte das auch wissen können, dass sie wegzieht … Dabei hätte ich ihr das so gegönnt, wissen Sie, sie hatte ja nicht viel. Eine furchtbare Geschichte war das damals, alles verloren haben die Hoffmanns in der Inflation, wissen Sie, wo wir den einen Tag alle Milliarden in der Tasche hatten, den anderen Tag nur noch Pfennige. Nichts mehr haben sie gehabt, die Hoffmanns, und als dann noch der Herr General so urplötzlich gestorben ist, da war es ganz aus. Nichts mehr hat sie sich leisten können, keine Törtchen mehr für ihre Damenkränzchen, bloß noch Brot und für sonntags zwei Schrippen – also Brötchen sind das, das werden der werte Herr vielleicht nicht wissen. So leid hat mir das getan, da hab ich ihr manchmal einen Pfannkuchen vom Vortag mit in die Papiertüte gesteckt, da ist sie ja so dankbar für gewesen. Immer zweimal ist sie gekommen, am Dienstag und am Samstag. Bis auf den Winter natürlich, da ist sie immer die zwei Monate mit den Rechbergs nach Ahrenshoop gefahren … ein wirklich feiner Zug von dem Herrn Rechberg und seiner Frau, müssen Sie wissen. Als der Herr General gestorben war, da hat die Frau Rechberg zu ihrem Mann gesagt, hier im Laden war das, ‚Arnold‘, sagte sie, ‚wir müssen uns um die Cornelia kümmern‘. Und dann haben sie das auch gemacht. Aber jetzt, wo Sie da sind, da fällt mir regelrecht auf, dass die Rechbergs auch seit einem Jahr nicht mehr da gewesen sind, das wird wohl sein, weil sie die Frau Hoffmann nicht mehr besuchen, wo sie ja nicht mehr da ist. Aber was machen wir jetzt bloß mit Ihnen?! Nun sind sie schon da und finden Frau Hoffmann nicht und die bekommt das Erbe nicht – tragisch, tragisch! Und dann sind Sie noch dazu so ein ausgesprochen netter Herr, ein Ausländer noch dazu! Wissen Sie, ich mag sogar Ausländer, auch …" – bei diesen Worten beugte er sich weit über den Tresen nach vorn, bis sein Mund auf der Höhe meiner Ohren war, und flüsterte leise – „… auch wenn in den heutigen Zeiten das niemand so gerne hört oder sagen darf, wissen Sie!"

Damit richtete er sich wieder auf und fuhr mit seinem Redeschwall fort. Ich hörte allerdings kaum noch richtig zu, während der Bäckermeister weiter und weitschweifig Überlegungen anstellte, welches Schicksal mir wohl drohte, wenn ich ohne die „Erbin" in meine „Kanzlei" zurückkehren würde. Zu viele Dinge schwirrten mir aus der Erzählung im Kopf herum, ohne dass ich sie bereits richtig zuordnen konnte. Es fühlte sich an wie ein Puzzlespiel, dessen Teile vorhanden waren, aber dessen Gesamtbild noch fehlte. Ahrenshoop … irgendwo hatte ich diesen Ortsnamen schon gelesen. Aber wo? Ahrenshoop – Hoffmann … Hoffmann – Ahrenshoop? War das nicht in der Korrespondenz mit Liddell Hart gewesen?! Ich musste dort nachlesen, und zwar sofort.

Mit viel Mühe gelang es mir, dem unverdrossenen Bäcker Einhalt zu gebieten und meinen Abschied in die Wege zu leiten. Für meine Begriffe überschwänglich dankte ich ihm für seine Mühe und Anteilnahme, versicherte ihm, dass ich für die weitere Suche die größtmögliche behördliche Unterstützung suchen würde (was ich selbstverständlich keineswegs vorhatte) und flüchtete hutwedelnd aus dem Laden. Danach musste ich erst einmal tief Luft holen und einige Male durchatmen. Um Himmels Willen, was für ein Schwätzer! Dagegen war Jean-Pierre, mein Coiffeur in der Rue de Rivoli, doch geradezu schweigsam.

Immer noch leicht benommen, setzte ich mich außerhalb der Sichtweite der Bäckerei auf eine Bank und nahm meine Mappe mit der Korrespondenz zwischen Captain Liddell Hart und Cornelia Hoffmann zur Hand. Ungeduldig blätterte ich die Briefe durch … da hatte ich es! Dezember 1938, der erste Kontakt zwischen ihr und dem Captain nach langjähriger Pause, und der Briefkopf trug die Angabe: ‚Haus Sonnenfrieden, Ahrenshoop, Mecklenburg‘. Das musste es sein. Es war ein Urlaubsdomizil, was auch die völlig aus dem Rahmen fallende Adresse erklärte. Was hatte der Bäcker gesagt, mit wem weilte Cornelia dort gleich noch? Mit Arnold Rechberg und dessen Frau?

Der Name sagte mir natürlich etwas. Rechberg, Industrieller und Publizist, hatte sich schon vor dem Großen Krieg für eine deutsch-französische Verständigung eingesetzt und war während des Krieges mit Versuchen zur Auslotung eines Separatfriedens zwischen Deutschland und Frankreich hervorgetreten. Seit Kriegsende gehörte er zu den Unermüdlichen, die einen gewaltsamen Sturz des Bolschewismus zugunsten einer gesamteuropäischen Wirtschaftsordnung forderten und sich – vergeblich, doch unverdrossen – für eine Art neuer Entente stark machte, die Sowjetrussland bezwingen sollte. In Max Hoffmann hatte Rechberg den prominentesten Offizier als Partner gewonnen. Mit Rechberg als wirtschaftspolitischem und publizistischen Kopf sowie Hoffmann als militärischem Kopf hatte es in den Zwanziger Jahren zahlreiche Treffen von Gruppen einflussreicher Personen aus Industrie und Wirtschaft gegeben, die derlei Pläne unterstützenswert fanden. Durch den Tod Hoffmanns war Rechberg allerdings allein auf weiter Flur geblieben, und mit den neuen politischen Verhältnissen seit dem Aufstieg der Nationalsozialisten spielten solche Initiativen von Privatpersonen keine Rolle mehr. Seit einigen Jahren hatte man eigentlich nichts mehr von Rechberg gehört, praktisch keinen Artikel und keinen Beitrag aus seiner Feder mehr gelesen, wiewohl er früher unermüdlich publiziert hatte. Dabei wäre ihm bei uns in Frankreich nahezu jede Zeitung jederzeit mit der verlangten Zahl an Druckzeilen entgegen gekommen, gab es doch nicht viele Deutsche, die wie Rechberg vehement eine Aussöhnung mit Frankreich forderten.

Die Rechbergs hatten sich also nach Max Hoffmanns Tod um dessen Witwe gekümmert. Das war interessant, reichte doch damit die Verbindung zwischen Rechberg und Hoffmann über dessen Tod hinaus. Davon hatten wir nichts gewusst. Demgegenüber bestätigte der Bäcker mit seinen Ausführungen die schwierige finanzielle Lage Cornelia Hoffmanns, von der wir durch Liddell Hart erfahren hatten. Immerhin bestand die Hoffnung, dass die Lage für sie noch nicht ganz hoffnungslos geworden war, denn es schien mir ein positives Zeichen zu sein, dass die Rechbergs noch vor wenigen Monaten Cornelia Hoffmann mit in den Urlaub genommen hatten. Vielleicht gehörte dieses „Haus Sonnen-frieden" in Ahrenshoop sogar den Rechbergs selbst, so dass sie die Witwe ohne Probleme einquartieren …

Im Nachhinein hoffe ich sehr, dass mich in diesem Augenblick nicht allzu viele Berliner Anwohner des Windterfelder Platzes beobachtet hatten. Denn in diesem Fall hätte sich ihnen ein sehr seltsamer Anblick geboten: ein Mann in gutem Straßenanzug, der von einer Parkbank aufsprang, sich mit der Hand an die Stirn schlug, eine Mappe mit Papieren auf die Bank knallte und eine Reihe wütender Sätze ausstieß, die stark nach Flüchen in französischer Sprache geklungen haben mussten. Nämlich mich. Wie konnte ich das nur übersehen! Seit zwei Stunden musste ich es vor Augen haben, und doch hatte ich es gerade eben erst begriffen. Das Haus am Kurfürstendamm, oberste Etage: „A. Rechbg." – das konnte doch überhaupt nichts anderes heißen als „Arnold Rechberg"! Natürlich hatten die Rechbergs Cornelia Hoffmann bei sich einquartiert, aber nicht nur im Urlaub, sondern auch hier in Berlin. Dort, in der Wohnung der Rechbergs am Kurfürstendamm, war Frau Hoffmann dann erreichbar gewesen. Ob nur kurz oder gar bis heute, das musste ich herausfinden. Das bedeutete, zurück zum Kurfürstendamm zu fahren und die Hausnummer 178 erneut aufzusuchen. Ich kann nicht sagen, dass mich sonderlich viel Begeisterung erfüllte, womöglich der seltsamen Hauswartin erneut zu begegnen, doch selbstverständlich führte kein Weg an diesem Versuch vorbei, und das so schnell wie möglich.

Eine halbe Stunde später stand ich zum zweiten Mal an diesem Tag vor der Haustür am Kurfürstendamm 178. Gefahren war ich erneut mit einem Taxi, doch hatte ich mir zuvor noch ein wenig Zeit erübrigt, mich mit den wirklich ausgezeichneten Pfannkuchen zu stärken. Es wäre wirklich schade darum gewesen. Was man auch über den Bäcker und seine Schwatzhaftigkeit sagen mochte, sein Handwerk verstand er jedenfalls ausgezeichnet.

Ich klingelte bei Rechberg und hoffte, die Hauswartin würde sich nicht dazwischenschalten. Unerwarteter Weise hatte ich diesmal wirklich Glück. Nicht nur, dass von der Hauswirtin nichts zu sehen oder zu hören war. Nach nur kurzer

Wartezeit öffnete sich auch die Tür und ich stand tatsächlich Arnold Rechberg gegenüber. Sein Aussehen kannte ich von diversen Fotos in Zeitungsberichten. Diese lagen zwar mindestens zehn Jahre zurück, doch es war unverwechselbar derselbe. Seine energischen Züge, die fast schwarzen Augen und sein prüfender Blick zeugten eigentlich von einem wachen Verstand, und doch zeigten die dunklen Ringe unter den Augen und leicht herabhängende Schultern ein gewisses Maß an Erschöpfung und Resignation, die den einst so emsigen Publizisten mitgenommen hatten.

„Paul Genty, Journalist für *Le Matin* aus Paris", stellte ich mich vor und überreichte Rechberg meine Visitenkarte. „Herr Rechberg, nehme ich an?"

„Ja", entgegnete dieser und musterte kurz die Visitenkarte. Dann fragte er: „Und was wollen Sie von mir?"

„Dürfte ich vielleicht kurz herein kommen? Ich würde Sie gerne in einer wichtigen Angelegenheit sprechen, aber das wäre hier auf der Straße – an der Tür – doch etwas … ungünstig", antwortete ich.

Rechberg verzog keine Miene und sagte erst einmal gar nichts. Er überlegte lange, bis er schließlich ein seufzendes „Also gut" herausbrachte und mich hineinwinkte. Schweigend stiegen wir die Treppen bis zu seiner Wohnung im obersten Stock hinauf. Dort betraten wir einen ziemlich geräumigen Flur mit Garderobe und einigen Sitzmöbeln, ohne dass mich Rechberg im Mindesten zum Hinsetzen aufgefordert hätte. Er schloss lediglich die Wohnungstür hinter sich und schaute mich wortlos an. Das sollte wohl eine Aufforderung an mich sein, mein Anliegen vorzutragen.

Diesmal verzichtete ich auf die sorgfältig zurechtgelegte Geschichte über die Suche nach einer verschollenen Erbin.

Ich hatte unterwegs beschlossen, Arnold Rechberg den wahren Grund meiner Suche nach Cornelia Hoffmann anzuvertrauen. Wenn ich alles in Betracht zog, was die Rechbergs für sie getan hatten, nämlich eine mittellose Jüdin zu unterstützen und zu beherbergen, dann kannten sie auch das Risiko und nahmen es in Kauf. Daher würde der einzig erfolgversprechende Weg, Rechbergs Unterstützung zu gewinnen, nur ein ehrlicher Vertrauensvorschuss sein. Deshalb hatte ich mich eben auch mit echtem Namen und Beruf vorgestellt. Und so erzählte ich ihm in kurzen Zügen die ganze Geschichte, angefangen vom Kontakt Liddell Harts mit Cornelia Hoffmann, seiner Besorgnis über ihr Schicksal und von unserem Anliegen, Kontakt mit ihr aufzunehmen und ihr bei der Veröffentlichung der Papiere Max Hoffmanns – und gegebenenfalls darüber hinaus – zu helfen.

Wie beinahe schon erwartet, reagierte Rechberg eine ganze Weile scheinbar überhaupt nicht. Er schwieg, ich schwieg, da ich alles gesagt hatte. Schließlich meinte er zögerlich: „Nun … was bringt Sie zu der Annahme, dass ich überhaupt Kontakt zu Frau Hoffmann habe … haben könnte?"

Anstelle ihm die lange und selbst für mich nahezu unglaubliche Kette von Ereignissen zu berichten, über die ich an die Verbindung zwischen den Rechbergs und Cornelia Hoffmann gekommen war, zog ich aus meiner Mappe einen Briefumschlag. Diesen hielt ich Rechberg hin.

„Dies hier ist ein Brief von Sir Basil Liddell Hart an Frau Hoffmann. Er bestätigt alles, was ich Ihnen gerade erzählt habe. Wenn er Frau Hoffmann erreichen sollte, könnte sie selbst entscheiden, ob sie darauf eingehen möchte. Sie kennt Sir Basil und könnte die Vertrauenswürdigkeit des Angebots beurteilen. Falls Sie sich also … sagen wir, erinnern können, wie Frau Hoffmann zu erreichen sein könnte, wäre ich Ihnen sehr verbunden. Falls nicht – nun, dann danke ich Ihnen trotzdem für Ihre Bemühungen. Das ist alles, was ich möchte". Ich setzte noch hinzu, dass die Adresse des Hotels, in dem ich abgestiegen war, ebenfalls im Briefumschlag enthalten sei und man mich noch bis zum Ende des archäologischen Kongresses in gut einer Woche dort erreichen könne.

Rechberg zögerte kurz, ob er den Umschlag annehmen sollte, griff dann aber doch zu und nickte langsam. „In Ordnung", sagte er. „Ich werde … nachdenken, ob ich mich erinnern kann. Versprechen aber kann ich Ihnen nichts. Das werden Sie doch verstehen?"

Das sei selbstverständlich, meinte ich. Da es nichts mehr zu sagen gab, zog ich meinen Hut, verabschiedete mich und verließ das Haus.

Die Nachricht

An diesem Tag gab es für mich nichts mehr zu tun. Ich musste abwarten, ob der von mir gestartete Versuchsballon über Arnold Rechberg Erfolg haben würde, doch das konnte selbst im günstigsten Falle einige Tage dauern. Für neue Recherchen war der Nachmittag zu weit fortgeschritten. Daher beschloss ich den Tag in einem gemütlichen kleinen Bierlokal und dachte darüber nach, welche Schritte sich als nächstes anboten.

Am folgenden Morgen tat der Weckdienst seine Schuldigkeit und brachte mich deutlich rechtzeitiger auf die Beine, als mir das am Vortag gelungen war. Vorsichtshalber fragte ich an der Rezeption, ob eine Nachricht für mich eingetroffen sei, was allerdings nicht der Fall war. Daher bat ich den Empfangschef darum, auf möglicherweise für mich eingehende Mitteilungen zu achten, ich würde mich im Laufe des Tages danach erkundigen. Anschließend machte ich mich auf den Weg zur Preußischen Staatsbibliothek.

Ich hatte zuerst überlegt, ob ich vielleicht schon einmal die voraussichtlichen Tagungsstätten des archäologischen Kongresses erkunden sollte. Da der Kongress am Montag beginnen würde, könnte es schließlich nicht schaden zu wissen, wo und wie welches der Museen, Universitätsgebäude und Hallen zu erreichen war. Im vorab an die Teilnehmer verschickten Programm stolperte ich dann jedoch über den Hinweis auf die Preußische Staatsbibliothek, in welcher ein Rundgang angeboten werden sollte. Dabei kam mir eine Idee. In dieser Bibliothek, einer der größten und bedeutendsten in Deutschland, würde man doch sicherlich einige Informationen über Ahrenshoop finden, den Urlaubsort von Cornelia Hoffmann und den Rechbergs. Ich war zwar keineswegs sicher, dass mir eine

Recherche nach Ahrenshoop neue Erkenntnisse bringen würde, die mich auf der Suche nach Frau Hoffmann oder gar den Aufzeichnungen ihres Mannes entscheidend weiterbringen würden. Doch irgendwie hatte ich das Gefühl, dass die Wahl des Urlaubsortes kein Zufall war, sondern einen bestimmten Grund hatte. Darüber hoffte ich mir Aufklärung verschaffen zu können.

Normalerweise bin ich als Journalist schwierige und so manches Mal auch frustrierende Recherchen gewöhnt. Der Besuch in der Preußischen Staatsbibliothek in der Prachtstraße *Unter den Linden* stellte allerdings einen sehr unerwartet frustrierenden Meilenstein unter meinen Recherchen dar. Die ganze Bibliothek schien einzig darauf ausgerichtet zu sein, ihre Wissensschätze vor jedem Zugriff zu beschützen und möglichst kein Auge einen Blick auf ein geschriebenes oder gedrucktes Wort werfen zu lassen.

Schon der Eingang wurde von einem hageren, bebrillten und dennoch bärbeißigen Pförtner schärfer bewacht, als Cerberus einst den Hades bewacht haben musste. Wie – ich wollte die Bibliothek nutzen? Besaß ich denn einen Bibliotheksbenutzungsausweis? Nein? Dann kein Zutritt. – Aber gewiss wäre es doch möglich, einen solchen Ausweis zu erhalten, fragte ich. – Dazu sei ein Antrag notwendig. Bearbeitungszeit drei Tage. – Ich versuchte deutlich zu machen, dass ich so viel Zeit nicht hatte. Schließlich sei ich ein akkreditierter internationaler Journalist, der über den Kongress in der Reichshauptstadt berichten sollte. Dabei wedelte ich mit meinem Akkreditierungsschreiben des Propagandaministeriums vor seiner Nase herum. Dies brachte den Cerberus immerhin zum Grübeln. Er zögerte lange, beugte sich schließlich der unsichtbaren Macht des

Hauses Goebbels' und bequemte sich zu der Aussage, falls ich eventuell nichts ausleihen wollte, wäre es durchaus möglich, mich zum (ausschließlichen) Besuch des Lesesaals zuzulassen. Mehr wollte ich ja auch gar nicht. So bedankte ich mich und schickte mich an, die heiligen Hallen zu betreten, als mich ein scharfer Befehl zurückpfiff.

„Halt! Mantel und Tasche an die Garderobe!", bellte der Cerberus.

Ganz ruhig, Paul, ganz ruhig, sagte ich zu mir. Gehorsam wanderte ich zur Garderobe, händigte einem gelangweilten Garderobenfräulein die störenden Gegenstände aus und durfte dann tatsächlich den großen Lesesaal der Bibliothek betreten.

An der Stirnwand des Saales erhob sich ein breites Podest, auf welchem hinter einer geschlossenen Balustrade aus Holz zwei Bibliothekare thronten. Einer der beiden war verbissen damit beschäftigt, lose Blätter in verschiedene Ordner abzuheften und blickte kein einziges Mal auf. Daher wandte ich mich an die scheinbar freie Bibliothekarin und brachte mein Anliegen vor, dass ich etwas Bestimmtes über einen Platz namens Ahrenshoop suchen würde. Die Dame musterte mich durch ihre Hornbrille mit einer Strenge, die Marschall Foch alle Ehre gemacht hätte, bevor sie mich in Gestapo-Manier zu verhören begann. Auf welches Wissenschaftsfach bezöge sich denn mein Interesse? Sei ich Geograph oder Geologe? Meereskundler? Architekt für ländliche Bauten? Ökonom, der Fischerei und des Hafens wegen?

Ich verneinte das alles und wagte zu fragen, wozu dies alles dienen solle. – Ohne Wissenschaftsdisziplin werde sie den Katalog nicht befragen, belehrte sie mich. – Aha. Und wenn ich den Katalog selbst durchsuchen dürfte? – Bei diesem Ansinnen empfing ich einen durchdringenden Blick solcher Art, wie er wahrscheinlich Medusas Opfer zu Stein verwandelt hatte. Das ginge auf gar keinen Fall, der Katalog sei nur zum Gebrauch durch das Bibliothekspersonal vorgesehen. – Aber ich bräuchte doch nur ein Werk mit allgemeinen Informationen über den Ort Ahrenshoop, bat ich fast schon verzweifelt. – Für allgemeine Informationen dürfte ich jederzeit das große Brockhaus-Konversationslexikon konsultieren, meinte sie und deutete mit einem Bleistift, den sie schon die ganze Zeit in der Hand hielt, auf die gegenüberliegende Wand. Dort waren die etwa dreißig Bände des Lexikons fein säuberlich aufgereiht, wie eine braune Wand. Mit mühsam unterdrücktem Schnauben tat ich wie geheißen und nahm widerwillig den betreffenden Lexikonband zur Hand, ahnte ich doch, was mich erwartete. Tatsächlich, ein ganzer Dreizeiler: „Ahrenshoop. Gemeinde auf der Halbinsel Darß in Vorpommern, 437 Einwohner" – nicht im geringsten hilfreich. Einen letzten Versuch wagte ich noch und sprach die Bibliothekarin an, ob es nicht einen einfachen Reiseführer für Ahrenshoop oder die Umgebung gäbe, den sie mir empfehlen könne. – Ein Reiseführer?! Ich hätte wohl vergessen, wo ich mich befände, zischte sie mir mit einer unglaublichen Mischung aus Zorn und Entsetzen entgegen. Eine wissenschaftliche Bibliothek sei nicht dazu gedacht, Einsicht in Reiseführer zu gewähren. Solle ich doch die nächstgelegene Buchhandlung für billige Unterhaltungslektüre aufsuchen und gefälligst nicht die ernsthafte Arbeit hier in dieser Institution unterbrechen, jawohl!

Das reichte mir. Ohne noch ein einziges Wort zu verlieren, drehte ich mich um, verließ den Lesesaal, holte Tasche und Mantel von der Garderobe und stand kurz darauf wieder auf der Straße. Sehr verärgert, und doch seltsamerweise auch ein wenig erleichtert. Erleichtert, weil ich dieser unfassbar eingebildeten Einrichtung jetzt nicht auch noch Dankbarkeit schuldete. Immerhin, dachte ich voller Ironie, der ungewollte Rat der Medusa bezüglich der Buchhandlung war gar nicht so schlecht. Hoffentlich hatte am heutigen Samstag die eine oder andere Buchhandlung auch geöffnet.

Lange brauchte ich glücklicherweise nicht zu suchen. An einer Ecke der Friedrichstraße, in die ich von *Unter den Linden* aus eingebogen war, fand ich einen kleinen, aber solide aussehenden Laden, welcher in seinem Schaufenster neben allerlei schöner Literatur auch einige Reiseführer ausliegen hatte. In dem Laden begrüßte mich eine freundliche junge Dame, das ganze Gegenteil der Medusa von vorhin. Aus ihren Augen und ihrem ganzen Wesen strahlte förmlich die Freude, jemandem einen Schatz aus dem Reich der Bücher in die Hände legen zu können.

„Ahrenshoop? Ja, ich glaube, da habe ich etwas für Sie", meinte sie sogleich und holte nach nur kurzer Suche gleich zwei Büchlein aus den Regalen, die sie mir vorlegte. „Schauen Sie, hier hätten wir einen Reiseführer über den Darß – die Halbinsel, auf der Ahrenshoop liegt. Dieser wäre ideal, wenn Sie gerne wandern; er beschreibt die Wanderpfade, enthält eine große Karte und die Adressen von Pensionen und Unterkunftsmöglichkeiten in den Ortschaften. Das andere Buch ist eher ein Kunstführer zu den Denkmälern und Sehenswürdigkeiten in Vorpommern. Aber hier, sehen Sie, gibt es ein schönes Kapitel über die

Künstlerkolonie Ahrenshoop. Wenn es das ist, was Sie interessiert". Bei diesen Worten schlug sie die entsprechende Seite in dem Buch auf und ließ mich einen Blick hineinwerfen.

Künstlerkolonie Ahrenshoop? Davon hatte ich noch nichts gehört, doch ich musste unwillkürlich daran denken, dass Cornelia Hoffmann Malerin war. Gab es da vielleicht eine Verbindung? Kurzerhand erwarb ich beide Bücher, worüber sich die nette Buchhändlerin sichtlich freute. Eingerahmt von Schauspielhaus, Französischem und Deutschem Dom erstreckte sich unmittelbar anschließend der Gendarmenmarkt, einer der schönsten Plätze Berlins überhaupt. Ich setzte mich auf einer Bank in die warme Mittagssonne, nahm den Kunstführer zur Hand und blätterte den Abschnitt über die Künstlerkolonie Ahrenshoop auf.

Die Anfänge dieser Künstlerkolonie reichten, wie ich erfuhr, bis ins Jahr 1892 zurück. Damals gründeten sechs Maler, die im Wesentlichen der Stilrichtung Landschaftsmalerei zugerechnet werden konnten, sowohl die Künstlerkolonie als auch eine Malschule. Der Ort Ahrenshoop und seine Umgebung auf der Halbinsel Darß bot offenbar eine große Fülle an abwechslungsreichen Motiven, wie die Fischerdörfer, Fischfang und Bootsverkehr, Landschaft und Dünen, landwirtschaftliche Szenen und natürlich die Ostsee selbst. Zum anderen bildete die Gegend, wie andere Küstenorte auch, ein willkommenes Refugium für die zumeist aus Großstädten stammenden Künstler. In den Jahren vor und nach dem Weltkrieg gaben sich augenscheinlich zahlreiche Vertreter der bedeutendsten deutschen Kunstvereinigungen auf Ahrenshoop die Klinke in die Hand. Viele der Personen sagten mir nicht viel, doch die Künstlergruppen, zu denen sie gehörten, kannte ich: Die „Brücke" und die „Neue Kunstvereinigung" aus München, der Hamburger Künstlerverein, sein Berliner Gegenpart und der „Verein der Berliner Künstlerinnen".

An dieser Stelle wurde ich hellhörig. Cornelia Hoffmanns Name wurde zwar nirgendwo erwähnt, doch wenn sie in Berlin wohnte und Malerin war, schien die Vermutung naheliegend, dass sie etwa in letztgenannter Vereinigung Mitglied gewesen war. Natürlich weilte sie dann auch gelegentlich oder sogar regelmäßig auf Ahrenshoop, um mit ihren Kolleginnen und Kollegen dort die Szenerie zu teilen. Womöglich war es demzufolge genau andersherum, als ich zuvor vermutet hatte, und nicht die Rechbergs hatten ihr Urlaubsquartier für Cornelia Hoffmann geöffnet. Viel wahrscheinlicher hatten sie ihrer mittellosen Freundin die Reisen finanziert und sie dorthin begleitet, wo jene schon lange zu künstlerischen Aufenthalten weilte. Bei dem „Haus Sonnenfrieden" mochte es sich daher gut und gerne um das langjährig besuchte Quartier der Hoffmanns handeln.

Nachdenklich ließ ich das Büchlein sinken. All diese Informationen halfen mir schon einmal dabei, das Umfeld von Cornelia Hoffmann und ihr Verhältnis zu den Rechbergs besser einzuordnen – vorausgesetzt, ich stellte die richtigen Überlegungen an. Ob mir das Wissen etwas nützte, musste sich zeigen. Für den Fall, dass ich Frau Hoffmann hier in Berlin nicht finden und der Kontaktversuch über Arnold Rechberg nicht erfolgreich sein würde, bliebe mir eventuell nichts anderes übrig, als nach Ahrenshoop zu fahren und unter Umständen dort eine Spur zu finden. Das würde allerdings mit der Aufgabe kollidieren, auch über den archäologischen Kongress berichten zu müssen. Wie man es auch drehte, meine Mission schien tatsächlich so kompliziert zu werden, wie wir ansatzweise geahnt hatten.

Nach einem recht ereignislosen Nachmittag, an welchem ich mir dann doch keine der Tagungsstätten für den anstehenden Kongress mehr angesehen hatte, kehrte ich zum Hotel zurück. Kaum hatte mich der Concierge erblickt, winkte er mich auch schon zu sich.

„Guten Abend, Herr Genty. Für Sie ist eine Nachricht hinterlegt worden", eröffnete er mir und reichte ein kleines Kuvert herüber. Ich staunte. Konnte das tatsächlich schon eine Antwort von Arnold Rechberg oder gar Cornelia Hoffmann sein? Ungeduldig riss ich den Umschlag auf. In ihm befand sich ein Zettel, auf welchem lediglich eine Ziffer notiert war: 3497. Das sah ganz nach einer Telefonnummer aus.

„Wissen Sie, wer diese Mitteilung abgegeben hat?", fragte ich.

„Leider nicht", bedauerte der Empfangschef. „Ich weiß nur, dass der Umschlag genau so für Sie hinterlegt wurde. Stimmt etwas damit nicht?"

„Nein, nein. Alles in Ordnung", versicherte ich. „Haben Sie hier einen öffentlichen Fernsprecher?"

„Aber sicher, mein Herr. Dort drüben, gleich hinter jener Säule". Er zeigte auf eine kleine Kabine, die mir bis dahin noch nicht aufgefallen war, da sie halb von Topfpflanzen verdeckt hinter der besagten Säule in einer Ecke der Eingangshalle stand. „Sie brauchen nur den Hörer abzunehmen und einmal die Wählscheibe drehen, dann meldet sich die Vermittlung".

Ich bedankte mich und bemühte mich, nicht zu schnell zur Telefonkabine zu hasten. Es sollte schließlich nicht auffallen, wie aufgeregt ich dem Anruf entgegen sah. Die Vermittlung stellte zügig durch, und ich wartete auf das Durchläuten. Jetzt. Es klingelte einmal, zweimal, dreimal … nichts. Endlich, nach dem sechsten Klingeln, wurde der Hörer abgenommen. Eine männliche Stimme meldete sich.

„Ja?"

„Hier spricht Paul Genty. Ich habe eine Nachricht mit Ihrer Telefonnummer erhalten. Deshalb nehme ich an, ich soll mich bei Ihnen melden", erklärte ich. Als Antwort erhielt ich erst einmal ein längeres Schweigen. Schon wollte ich erneut etwas sagen, da sagte die Stimme: „Kommen Sie doch heute Abend in das Gasthaus *Zur Zwiebel* in der Knesebeckstraße. Gegen acht Uhr". Damit legte der Mann auf.

Etwas überrascht starrte ich in den Hörer. Aber was hatte ich erwartet? Doch nicht ernsthaft Frau Hoffmann am Telefon, das musste ich mir eingestehen. Es war auch keineswegs sicher, dass ich sie heute Abend in diesem Lokal treffen würde; genauso gut mochte es ein weiterer Kontaktort in einer längeren Kette sein. Was half es, lange darüber zu grübeln? Ich überbrückte die Wartezeit mit einem Blick auf den Stadtplan, um mich zu vergewissern, wo sich die Knesebeckstraße befand und wie ich dorthin gelangen konnte. Kurz nach sieben Uhr machte ich mich auf den Weg. Die Knesebeckstraße entpuppte sich als eine ausgesprochen ruhige Wohnstraße mit langen Reihen gutbürgerlicher Stadthäuser zu beiden Seiten. Obwohl unweit der geschäftigen Hauptstraßen gelegen, erinnerte hier nichts an die Hektik der Großstadt. Alle zwei, drei Häuser waren kleine Läden in die Grundstücke eingebaut. Die *Zwiebel* versteckte sich so winzig und unscheinbar zwischen zwei Wohnhäusern, dass ich sie beinahe übersehen hätte. Die Uhr gab mir noch eine Viertelstunde Zeit, doch draußen mochte ich nicht warten. Im Inneren wirkte das Lokal durchaus geräumiger als von außen, aber gut besucht schien es nicht zu sein. Lediglich zwei Tische waren besetzt. An einem Tisch saß ein Ehepaar beim Abendessen, an einem anderen ein einzelner Mann mit einem Glas Bier und las in einem Buch. Ich setzte mich an einen der freien Tische und bestellte ein Glas Berliner Weiße. Außer „Guten Abend" und „Bitte" sagte der Wirt, obwohl er durchaus freundlich dreinblickte, nicht viel. Daher fiel es mir schwer zu beurteilen, ob er die Stimme am Telefon gewesen sein mochte. Möglich war es zumindest, aber ich sprach ihn wohl besser nicht darauf an. Acht Uhr kam und verstrich, ohne dass jemand erschien. Acht Uhr fünfzehn, acht Uhr dreißig, nichts geschah. Die drei anderen Gäste saßen noch immer an ihren Tischen und leerten Gläser mit diversen Getränken. Sollte es möglich sein, dass einer dieser Gäste mein Kontakt war? Etwa der einzelne Herr? Er hatte mich zwar wahrgenommen, doch weder in seinem Blick noch in seinem Verhalten konnte ich irgendein Anzeichen erkennen, welches eine Art von Interesse oder einen Kontaktversuch signalisierte. Sollte ich doch den Wirt ansprechen? Ich bestellte ein letztes Glas Berliner Weiße und fragte ihn dabei, ob sich jemand nach mir erkundigt oder etwas für mich abgegeben habe. Der Wirt schüttelte den Kopf.

„Bedauere, der Herr", meinte er nur.

Kurz darauf zahlten nacheinander das Ehepaar und der andere Gast und verließen die Kneipe. Jetzt saß ich allein hier, und noch immer geschah nichts. Gegen neun Uhr beschloss ich, dass es wohl an der Zeit war aufzugeben.

„Zahlen, bitte!", rief ich dem Wirt zu. Dieser kassierte knapp zwei Reichsmark für meine drei Weißen und bedankte sich.

„Guten Abend, der Herr", verabschiedete er sich. Bereits im Weggehen begriffen, drehte er jedoch plötzlich noch einmal den Kopf in meine Richtung und sagte: „Sie dürfen sich gerne einen Bierdeckel als Andenken mitnehmen". Dann verschwand er in der Küche.

Dies war der längste Satz, den der Wirt an diesem Abend überhaupt zu mir gesprochen hatte. Seltsam. Auf meinem Tisch lag nur ein einziger Bierdeckel, nämlich der, auf welchem mein Glas gestanden hatte. Ich nahm den Pappdeckel zur Hand. Die Vorderseite machte Reklame für eine Brauerei, die Rückseite war … weiß, aber tatsächlich standen dort, in winziger Schrift mit Kopierstift geschrieben, einige Worte am Rand! Hatte der Bierdeckel etwa die ganze Zeit so auf dem Tisch gelegen? Oder hatte ihn der Wirt gerade eben doch gegen einen anderen ausgetauscht?

Aber letztlich war das nebensächlich. Mühsam versuchte ich, die Schrift zu entziffern, doch es gelang mir nicht. Die Buchstaben waren zu klein und die Beleuchtung in dem Lokal zu schlecht. Wohl oder übel musste ich meine Neugier bezwingen und mich bis später gedulden. Im Hotel würde ich besseres Licht und im Handgepäck außerdem eine Lupe zur Verfügung haben. Zum Glück brauchte ich nur wenige Minuten zu laufen. Bereits an der Einmündung der Knesebeckstraße in den Savignyplatz stolperte ich beinahe über ein Taxi, dessen Fahrer die letzten Strahlen der untergehenden Sonne für eine Zigarettenpause genutzt hatte und sich anschickte, wieder einzusteigen. Er freute sich über einen prompten Fahrgast, ich mich über eine prompte Fahrgelegenheit. Der Verkehr um diese Zeit war erfreulich leicht, und so schloss ich nur zehn Minuten später die Tür des Hotelzimmers hinter mir und konnte zum Schreibtisch eilen.

Im Lichte der Schreibtischlampe und mithilfe der Lupe war es ein leichtes, die Schriftzeichen zu entziffern. Nachdem ich den Inhalt realisiert hatte, schüttelte ich zunächst ungläubig den Kopf, musste dann jedoch beinahe lauthals lachen. Offensichtlich erwartete mich genau das, was ich vor wenigen Tagen noch für ausgeschlossen gehalten hatte. Wie hatte ich im Zug nach Berlin noch überlegt? Dass ich mich wohl kaum tagelang neben irgendwelchen Tierkäfigen im Zoo postieren können würde? Nun aber lautete die Nachricht auf dem Bierdeckel unmissverständlich genau so: „Die Seelöwen im Zoo werden um 10 Uhr gefüttert". Das konnte gar nichts anderes sein als ein Hinweis auf den nächsten Treffpunkt, daran bestand kein Zweifel. Es stand zwar nichts sonst da, weder ein Tag noch ein Datum, doch gemeint war sicherlich der morgige Tag, Sonntag. Hatte der Zoologische Garten überhaupt sonntags geöffnet? Ich musste wohl davon ausgehen.

Rätselhaft schien mir vorerst, wie mich Cornelia Hoffmann — falls sie morgen dort auftauchen würde — überhaupt erkennen sollte. Eine Möglichkeit war, dass statt ihr eine der Personen, die ich schon getroffen hatte, dort sein würde, wie Arnold Rechberg. Oder man würde mich gut genug beschreiben, damit ich identifizierbar wäre. Für eine solche Beschreibung käme außer Arnold Rechberg eigentlich nur noch der Kneipenwirt infrage, welchen ich mittlerweile fest zum Kreis der Eingeweihten in dem doch recht geheimnisvollen Umfeld der Hoffmanns rechnete. Diese Frage würde mir noch reichlich Stoff zum Nachdenken bieten, bevor ich an den notwenigen Schlaf denken konnte.

Zumindest der Hinweis auf den Zoologischen Garten an sich war kein Irrweg gewesen, wie ich am nächsten Morgen erfreut feststellen konnte. Der Tierpark öffnete um neun Uhr, und als ich gegen halb zehn die Pforten des Haupteingangs passierte, strömten bereits eine beachtliche Menge Berliner an mir vorbei auf die Menagerien, Gehege und Anlagen zu. Wahrscheinlich trug das Wetter nicht unbeträchtlich dazu bei, denn es schien ein ungewöhnlich warmer Spätsommertag zu werden. Kein Wölkchen war am Himmel zu sehen, die Temperatur hatte die Marke von 20 Grad Celsius schon weit überschritten. Ein Getränkepavillon nahe des Eingangs begrüßte bereits seine ersten Kunden mit kalten Getränken, kühlem Bier und anderen Erfrischungen.

Gemächlich schlenderte ich die breiten Pfade entlang. Zu meinem Zielpunkt war es nicht weit, und ich hatte noch reichlich Zeit. Praktischerweise verfügte der Zoo gleich am Eingang über eine große Tafel, auf der die Lage der wichtigsten Gehege verzeichnet war. Für Kinder und Ausländer prangten neben den Aufschriften auch kleine Bilder der dort jeweils gezeigten Tiere. So war es leicht, die Seelöwen zu lokalisieren, welche am sogenannten Robbenfelsen lebten. Schließlich setzte ich mich auf eine Bank in Sichtweite der Robbenanlage und beobachtete eine Weile die possierlichen Tiere, während die Zeit verstrich. Auch ohne Fütterung boten sie ein sehr kurzweiliges Schauspiel.

Kurz vor zehn Uhr nahm die Menge der Schaulustigen rasch zu. Es war leicht zu verstehen, warum gerade dieser Treffpunkt gewählt worden war. Zahlreiche Kinder drängten sich um die besten Plätze am Geländer. Ihre Eltern und all die anderen neugierigen Zoobesucher versuchten, in zweiter Reihe einigermaßen sinnvolle Stellen mit halbwegs unverdeckter Sicht zu erhaschen. Kinderwagen standen im Wege und wurden unter vielen Diskussionen beiseitegeschoben. Belegte Brote und mit Senf bestrichene Würste fielen aus der Hand und führten zu erbosten Wortwechseln. Kurzum, es herrschte ein völlig unübersichtliches Gedränge, in welchem eine Einzelperson absolut unauffällig untertauchen konnte.

Angesichts dessen hoffte ich, dass mein in letzter Minute gewähltes Erkennungszeichen seine Wirkung nicht verfehlen würde. Der – hoffentlich als solcher wirkende – Geistesblitz war mir beim Frühstück gekommen. Gleich nach meiner Ankunft am Donnerstag hatte ich beim Hotelportier für die Dauer meines Aufenthalts die tägliche Morgenausgabe des *Le Matin* bestellt. Als mir der Kellner heute Morgen die Zeitung an den Frühstückstisch brachte, wusste ich, was ich tun würde: am vorgesehenen Treffpunkt die gefaltete Ausgabe des *Le Matin* in der Hand halten. Natürlich wusste jeder, dass ein derartiges Erkennungszeichen beinahe in jedem zweiten Kriminalfilm vorkam, der in den Filmtheatern gezeigt wurde. Dennoch passte wohl nichts besser zu mir, der ich mich gerade gegenüber Arnold Rechberg mit meinem wirklichen Beruf und Auftraggeber vorgestellt hatte.

Und wirklich, meine Hoffnung erfüllte sich. Während ich versuchte, das unübersichtliche Gewühle vor meinen Augen zu überblicken, tippte unversehens jemand an meinen linken Arm. Ich drehte mich dorthin um. Neben mir stand eine nicht allzu groß gewachsene Frau mit dunkelbraunem Haar, die als geflochtener Kranz hochgesteckt waren, bekleidet mit einer leichten, hellbeige gefärbten Tagesjacke und einem passenden Sommerhütchen. Sie lächelte entschuldigend und fragte: „Monsieur Genty, nehme ich an?"

„Ganz recht", nickte ich.

„Sind Sie zufällig auf der Suche nach einer Frau Hoffmann?"

„Wieder richtig", entgegnete ich. „Aber nicht zufällig. Ich versuche, sie dringend zu finden. Es ist wirklich wichtig. Können Sie mir dabei helfen?"

Die Dame musterte mich einen tiefen, intensiven Augenblick lang mit funkelnden, grauen Augen, dann erschien auf ihrem Gesicht ein behutsames Lächeln.

„Ich denke, das kann ich. Sie haben sie gefunden".

23. Dezember 1921

Berlin

Das FAUN

Cornelia Hoffmann seufzte.

Wie oft würde sie heute noch den Hörer des Telefons abnehmen und einem dieser unsäglichen Anrufe zuhören müssen? Die ihr nachhallten in Ohr und Kopf, die verletzten, verstörten und zugleich wütend machten? Zum ersten Mal in ihrem Leben bedauerte sie es, einen Fernsprechanschluss überhaupt zu besitzen. Wie stolz war sie doch gewesen, nicht nur wie früher als Nutznießerin ihres Elternhauses regelmäßig das Telefon nutzen zu können, sondern als moderne Frau in einer modernen Zeit einen eigenen Anschluss im eigenen Haushalt zu führen. Zugegeben, nach Max' Karriere im Krieg und seiner Schlüsselstellung für das Ostheer wäre spätestens bei seiner Rückkehr im Dezember 1918 seine ständige Erreichbarkeit per Telefon unverzichtbar und ihre Wohnung damit ausgestattet geworden. Doch sie hatten den ihrigen noch im Frühjahr 1914 erhalten, lange vor Kriegsausbruch. Und sie war es gewesen, die Max davon überzeugte, nicht umgekehrt. Sie benötige das Telefon, hatte sie erklärt, um mit ihren Freundinnen und Mitverbundenen der wachsenden literarischen und künstlerischen Zirkel vernünftig und zeitnah Kontakt halten zu können. Gerade die Wirren um die *Berliner Secession* seit 1910, die in der Austrittswelle von 1913 ihren traurigen Höhepunkt fanden, bewiesen mehr als nachdrücklich, wie geboten es längst gewesen wäre, sich kurzfristig und mit mehr als nur ein paar Worten auf einem Briefbogen austauschen zu können. Die fernmündliche Verständigung kam dazu mehr als zupass. Doch heute erlebte sie zum ersten Mal, dass der moderne technische Segen auch seinen modernen Fluch mit sich brachte. Die

ständige Erreichbarkeit war bei weitem nicht nur ein Vorteil
…

Das Geräusch des sich drehenden Schlüssels von der Wohnungstür her riss sie aus ihren Gedanken. Max war zurück, endlich. Noch ehe sich die Klinke bewegen konnte, war Cornelia zur Tür geeilt und kam ihrem Mann zuvor. Ungeduldig riss sie ihm die Tür vor der Nase auf.

Max Hoffmann hatte die Hand bereits in der Luft, um nach der Klinke zu greifen. Überrascht schaute er seine Frau an und setzte bereits zu einem Schmunzeln an, als er ihren tief besorgten Gesichtsausdruck bemerkte. Sogleich verschwand der Ansatz des Lächelns, und seine Miene wurde ernst. „Gab es schon wieder einen Anruf?", fragte er.

„Wenn du wüsstest! Vier! Du warst nicht einmal eine Stunde weg, und alle paar Minuten hat das Telefon geläutet. Ich möchte schon gar nicht mehr den Hörer abnehmen, weißt du das?!", brach es aus Cornelia heraus.

Hoffmann blickte betroffen. „Es tut mir leid, Schatz, wirklich. Damit habe ich nicht gerechnet. Wenn ich das gewusst hätte …" Er schüttelte den Kopf. „Nein, wenn ich das gewusst hätte, dann wäre ich nicht fortgegangen, das kannst du mir glauben. Du musst mir alles erzählen – aber kann ich erst einmal hereinkommen?"

„Oh, entschuldige!" Erschrocken legte Cornelia ihre Hand auf den Mund. „Wie unhöflich von mir, dich einfach in der Tür mit all dem zu überfallen", entgegnete sie.

Hoffmann schob seine massige Gestalt durch die Wohnungstür, die er nun endlich hinter sich schließen konnte. Während er die Stiefel gegen bequemere Hausschuhe tauschte, hängte Cornelia seinen schweren Wintermantel an die Garderobe und klopfte dabei ein paar

Schneereste ab. Auch Max' Hut zeigte deutliche Spuren des Winterwetters, die es zu beseitigen galt. Eben schickten sich beide an, im Salon Platz zu nehmen, als erneut das Telefon schrillte.

Cornelia Hoffmann stöhnte. „Was habe ich dir gesagt? Es geht unentwegt weiter, Max", meinte sie traurig und machte Anstalten, zum Telefon zu gehen. Doch Max drückte seine Frau sanft wieder auf das Sofa zurück. „Bitte bleib sitzen. Du darfst dich nicht zu sehr aufregen. Es wird ohnehin für mich sein, nehme ich an", sprach er, erhob sich und marschierte zum Telefon.

„Hoffmann!", bellte er knapp in den Hörer. Cornelia hörte zwar das kratzende Geräusch, das aus dem Apparat tönte, konnte aber nur die Worte ihres Mannes verstehen. Das ganze klang seltsam abgehackt, da seine noch dazu kurzen Sätze immer wieder durch die Pausen beim Zuhören unterbrochen waren: „Nein. – Auf gar keinen Fall. – Wie kommen Sie darauf? – Unsinn. – Ich verbitte mir das. – Nein, ich spreche nicht offiziell für das Reich. – Ich bin Privatmann, das hat zu genügen. – Nein. – Ja, sagen Sie das ruhig Ihrem Staatssekretär. – Bestimmt. – Guten Tag." Damit war das Gespräch beendet. Max hängte energisch den Hörer an den Apparat und ging zum Buffet, um sich einen Cognac einzugießen.

„Wer war es diesmal", fragte Cornelia vom Sofa her. „Etwa wieder dieser Herr vom Auswärtigen Amt?"

„Ein Legationsrat Kaiser, ja. Der hat also vorher schon einmal angerufen?"

„Ja. Er war der zweite. Ein sehr insistierender Mensch, so unangenehm. Er hat nach dir verlangt und hat mir unterstellt, ich würde dich nur verleugnen". Sie schwieg einen Moment. „Was hat er gewollt? Es hörte sich so an, als würde er dich für den Sprecher der Reichsregierung halten". Hoffmann hob die Augenbrauen. „So ungefähr. Ich hätte mit meinen Äußerungen die Politik unseres Außenministers bei den Verhandlungen in Washington infrage gestellt. Offiziell zurückziehen soll ich sie – das ist lachhaft. Auf einmal bin ich alles andere als im Ruhestand. Jetzt plötzlich". Er ballte die rechte Faust und führte einen Luftschlag aus. „Aber da haben sich die feinen Herren in mir geirrt. Wieder einmal. Nichts wird zurückgezogen, gar nichts!", sagte er entschlossen und trank den Cognac aus.

Cornelia schaute ihn erwartungsvoll an. „Dann solltest du das aber auch den anderen sagen, Max. Den anderen Anrufern, meine ich – um die musst du dich auch noch kümmern. Bitte. Ich hoffe so sehr, dass sie uns irgendwann endlich in Ruhe lassen".

„Du hast Recht, an die anderen Anrufer habe ich in diesem Moment gar nicht gedacht. Aber ja, selbstredend. Wen haben wir denn da noch?"

„Der erste war irgendein Reporter von der *Roten Fahne*, kannst du dir das vorstellen? Wieso diese Kommunisten überhaupt auf den Gedanken kommen, dich anzurufen? Wo er dir doch ohnehin nur drohen wollte. Deine – wie sagte er: Kriegstreiberei, das war es – würde noch Folgen haben, und die kommunistische Presse würde dafür sorgen, dass ein entsprechender Aufschrei erfolgen würde …" Sie seufzte erneut. „Es ist einfach so schlimm, diese Anfeindungen hören zu müssen, weißt du?"

Max Hoffmann hatte sich erhoben und strich Cornelia beschwichtigend über die Schulter. „Es tut mir so leid, dass dich das so mitnimmt". Stirnrunzelnd schüttelte er den

Kopf. „Ich verstehe auch gar nicht, wieso man heute allenthalben hier zuhause anruft, wo doch ganz Berlin weiß, dass ich täglich im Adlon zu erreichen bin". Er überlegte kurz. „Wegen der *Roten Fahne* muss ich mich mit Rechberg besprechen, es ist vielleicht besser, wenn wir das Problem gemeinsam angehen. Das kann ich heute Nachmittag machen, er wollte mich ohnehin im Adlon aufsuchen".

„Wenn du meinst …" Cornelia war nicht sonderlich überzeugt, dass der umtriebige und von Max so geschätzte Arnold Rechberg das Patentrezept für den Umgang mit der kommunistischen Presseavantgarde sein würde, aber wahrscheinlich war es immer noch besser, als dass Max sich persönlich um alles und jeden kümmern musste.

Hoffmann bemühte sich, Zuversicht zu verbreiten. „Wir werden es sehen, ich denke schon. Als zweites war dann also Kaiser am Apparat, und danach?", fragte er.

„Kaum, dass Kaiser auflegte, war Claß vom Alldeutschen Verband in der Leitung. Er hat sich fast verschluckt, als er merkte, dass er mich am Telefon hatte. Wie kann man ihm auch zumuten, mit einer Jüdin zu sprechen", meinte Cornelia sarkastisch.

Hoffmann schnaubte verächtlich. „Dieser ewige Antisemit! Der tummelt sich doch nur noch in der völkischen Ecke umher und paktiert mittlerweile mit sonst wem aus den obskursten Ecken. Neuerdings hat er sich mit diesem Hitler aus München zusammengetan, habe ich zumindest gehört … Lass mich raten, was er wollte: Die Erbfeindschaft mit den Franzosen verbietet es auf das Entschiedenste, einem Ausgleich mit Frankreich das Wort zu reden, so wie ich es getan habe?"

Jetzt musste Cornelia beinahe sogar lächeln. „Als wärest du selbst am Apparat gewesen, wirklich! Ziemlich genau das waren seine Worte. Obwohl ich nicht allzu lange zugehört habe, muss ich zugeben. Du hättest hören sollen, mit welcher Abscheu er das Wort ‚Judenfreunde' gebraucht hat – unfassbar. Nach einer Weile habe ich einfach den Hörer aufgehängt. Was zu viel ist, ist zu viel. Aber unternehmen müsstest du wahrscheinlich ziemlich bald etwas, Claß klang recht aggressiv in seinen Ankündigungen, das nicht auf sich beruhen lassen zu wollen". Bevor Max etwas antworten konnte, setzte sie noch hinzu: „Obwohl du wahrscheinlich zuallererst mit Georg Bernhard sprechen musst, noch vor allen anderen".

„Bernhard? Georg Bernhard? Der hat hier angerufen? Und sich bei mir beschweren wollen?"

„Ebender. Das war kurz, bevor du nach Hause gekommen bist. Er klang beinahe wie dieser Kommunist, hat von militaristischen Aggressionen gesprochen und … Ach, ich war – ja, nicht darauf gefasst, von ihm so anklagend behandelt zu werden".

Hoffmann schaute sie fragend an. „Das verstehe ich nun überhaupt nicht", meinte er verwundert. „Selbst wenn er etwas gegen mich hätte, weiß er doch, dass du mit seiner Frau gut befreundet bist und ihr euch praktisch jede Woche seht. Wenn er mir etwas zu sagen hat, dann hätte ich ihm den Anstand zugetraut, es mir selbst zusagen".

„Deshalb sagte ich ja, dass ich auf seine Art, sein Reden so gar nicht gefasst war. Aber zumindest will er dich immer noch sprechen. Deshalb solltest du dich alsbald bei ihm melden. Er sagte nämlich, er wolle dir Gelegenheit geben, dich zu erklären – wenn du dich innerhalb der nächsten zwei

Stunden bei ihm meldest. Andernfalls werde die *Vossische* ohne weitere Rückfrage deine Äußerungen kommentieren". Max Hoffmann hielt es nicht mehr auf seinem Stuhl. Aufgebracht sprang er auf und stemmte die Fäuste an seine Hüften. „Was denkt dieser Kerl denn, wer er ist? Das ist doch glatte Erpressung, nichts weiter! Der wird von mir hören, das kann ich dir sagen. Aber nicht, weil ich vor ihm zu Kreuze krieche, sondern um ihn ganz energisch in seine Schranken zu weisen".

„Max, bitte!" Cornelia war ebenfalls aufgestanden und verschränkte ihre Arme um seine Schultern. „Das hat doch wenig Zweck. Vielleicht kannst du versuchen, vernünftig mit ihm zu reden. Wenigstens versuchen. Bitte".

Hoffmann rührte sich nicht. Cornelia spürte, wie sehr es in ihm arbeitete. Sie schwieg bewusst und hielt ihn einfach weiter fest. Minutenlang blickte er starr geradeaus, bis sich sein Blick löste und er die Arme aus den Hüften nahm.

„Also schön. Ich rede mit ihm und versuche, ihn am Leben zu lassen ... vorerst. In Ordnung?"

Cornelia nickte. „Ja. Rufst du gleich an?"

Er schüttelte den Kopf. „Nein, ich rufe nicht an, ich werde ihn persönlich aufsuchen. Es könnte ja sein, dass ein direktes Gespräch etwas mehr bewirkt. Nein, keine Angst – ich werde schon ruhig bleiben. Kein zweiter Faustschlag auf den Verhandlungstisch". Mit diesen Worten zwinkerte er ihr zu und löste ihre Hände von seinen Schultern, die dort immer noch geruht hatten. „Das heißt natürlich auch, dass ich jetzt schon wieder gehen muss. Ich nehme ein Taxi zum Ullstein-Haus, Bernhard muss ja in der Redaktion erreichbar sein. Danach fahre ich von der Kochstraße direkt ins Adlon". Den traurigen Blick seinen Frau aufnehmend, fügte er hinzu:

„Tut mir leid, dass ich dich ausgerechnet jetzt schon wieder allein lassen muss, Cornelia".

„Ich weiß doch. Mach dir keine Gedanken", beschwichtigte sie ihn und ging zur Garderobe. „Hier, dein Mantel. Der Hut ist bloß noch ein bisschen nass. Aber er muss ja zum Glück nur bis zum Taxi reichen".

Während Hoffmann Mantel, Hut und Stiefel wieder anlegte, fiel ihr noch etwas ein. „Wir werden uns heute wohl erst sehr spät sehen, Max".

„So?"

„Wenn du aus dem Adlon zurückkommst, bin ich wahrscheinlich schon lange aus dem Haus. Der Künstlerzirkel kommt doch heute Abend zu seiner Weihnachtsfeier zusammen. Ich musste eben daran denken, während du es wahrscheinlich vergessen hast, richtig?"

„Das hab' ich wohl. Aber warte – siehst du dann heute nicht sogar Fritze Bernhard?"

Cornelia verneinte. „Fritzi ist doch keine Malerin, sie gehört nur zum Literaturkreis. Und der trifft sich erst nächste Woche wieder".

„Ach so. Schade". Max wandte sich zur Tür, hielt aber noch einmal inne. „Wenn es dir zu viel wird, kannst du doch das Telefon ausstecken. Bevor noch der nächste Anruf kommt. Dann hättest du wenigstens ein paar Stunden Ruhe".

Cornelia seufzte. „Nein, ich fürchte, das kann ich nicht. Gerade wegen heute Abend muss ich doch erreichbar bleiben. Bestimmt möchte wieder mindestens eine der Kolleginnen noch etwas besorgt haben für den Abend oder hat vergessen, wo wir uns diesmal treffen. Und ich wette mit dir um deinen Kneifer, dass Hedwig – Hedwig Weiß – wieder anruft und fragt, ob wir uns ein Taxi zum FAUN teilen können. Leider wird mir also der Apparat die ganzen Stunden wie ein Damoklesschwert im Nacken sitzen".

Ein letztes Mal runzelte Hoffmann seine mächtige Stirn. „Nun gut, das lässt sich wohl nicht ändern. Ich hoffe wirklich, dass es erträglich bleibt. Falls doch jemand nach mir verlangt, ich bin ab zwei im Adlon zu erreichen. Meinetwegen auch für jeden". Ein Kuss, eine Umarmung, dann war er im Treppenhaus und eilte die Stufen hinunter.

Cornelia Hoffmann schloss die Tür und weinte.

Einige Stunden später saß sie im Taxi und bemühte sich, eine feste Haltung zu bewahren. Ihr Ziel war das FAUN. Auf der schier unendlichen Liste der Berliner Lokale, Veranstaltungsorte und sonstigen Ausgehstätten fand man das FAUN in der Rubrik „Musikbars", irgendwo zwischen vielen anderen ähnlich titulierten Etablissements unter der Adresse Friedrichstraße 180, Ecke Taubenstraße. Die täglich in den Zeitungen und Journalen erscheinende, nicht allzu großflächige Werbeanzeige wies zumeist eine Jazzkapelle als Abendunterhaltung aus. Doch das FAUN war keine der üblichen Amüsement-Bars der zwanziger Jahre, in denen zügellose Tänze zu wilder, exotischer Musik und der reichlich fließende Alkohol die Stimmung prägten. Nein, das FAUN bot modernen und gleichzeitig leisen, oft experimentellen Jazz, der viel zum Zuhören und ein wenig zum Mittanzen einlud. Namhafte wie unbekannte Kapellen pflegten häufig ihr erstes Berliner Gastspiel im FAUN zu geben, um das Zusammenspiel und die Wirkung ihrer Musik auf das deutsche Publikum zu erproben. Nicht selten kam es vor, dass aus dem Kreise der Gäste ein mutiger Solist oder ein Nachwuchsmusiker, die Klarinette, Trompete oder das

Saxophon im Gepäck, nach vorne trat und fragte, ob er bei der einen oder anderen Improvisationsnummer mitmachen dürfe. Und ebenso oft geschah es, dass die Bandleader dem bereitwillig nachgaben und gemeinsam mit den Neulingen aufspielten. Nicht nur ein Talent wurde auf diese Weise entdeckt. Entsprechend zog das FAUN eine Menge wirklicher Liebhaber moderner Musik an, die die gepflegte Unterhaltung schätzten und wussten, dass sie nahezu jeden Abend aus etwas Besonderes gespannt sein durften.

Allerdings hatten die Berliner Secessionisten das FAUN nicht in erster Linie aufgrund der exzellenten musikalischen Unterhaltung zu ihrem Treffpunkt für gesellige Anlässe auserkoren. Alois Burckhardt, der Besitzer des Lokals, zeigte sich neben seinem Faible für gepflegten Jazz auch als glühender Verehrer von Lovis Corinth. Daher stellte er ihm und den Mitgliedern der Secession kostenfrei einen großen Salon zur Verfügung, wann immer sie ihn für eine Feier, eine Vereinssitzung oder ein anderes Treffen benötigen mochten. Und was für ein Salon das war: Er befand sich im obersten Stockwerk des Gebäudes und verfügte über acht große Dachfenster, die den Raum wie ein riesiges Atelier wirken ließen. Etwas Besseres konnten sich die Künstler kaum wünschen, denn damit eignete sich der Raum vorzüglich dafür, mitgebrachte Kunstwerke zu betrachten und zu begutachten. Insbesondere in den Sommermonaten, wo die Sonne lange genug schien, verging kein Treffen, zu welchem nicht mindestens zwei bis drei der malenden Mitstreiter ein neues Werk dabei hatten. Diese wurden den anderen vorgestellt und von der Gemeinschaft diskutiert, wobei das großzügige Licht ermöglichte, alle Farbnuancen zur Geltung zu bringen. Lediglich die bildenden Künstler hatten es etwas schwerer. Das Licht hätte nicht geschadet, aber es konnte doch kaum eine Skulptur so einfach in das Dachgeschoss getragen werden. Marg Moll setzte schließlich durch, dass zum Vorstellen neuer Skulpturen zweimal im Jahr, jeweils einmal im Frühjahr und einmal im Herbst, das Gebäude der Secession selbst für diese Treffen herhalten sollte. Abgesehen davon, blieb jedoch das FAUN unbestritten beliebt, und es verstrich kaum eine Woche, in welcher sich nicht eine kleinere oder größere Gruppe der Secessionisten dort traf. Mitunter begab man sich nach dem eigentlichen Treffen auch in das Hauptlokal hinunter und ließ sich von den Kollegen aus der Musikerzunft inspirieren. Besonders ein junger, farbiger Amerikaner namens Duke Ellington, der erst kürzlich mit seiner frisch gegründeten Band aus Washington angereist war, hatte es vielen der Malerinnen angetan.

Cornelia Hoffmann stand der Sinn an diesem Abend nicht nach Musik. Selbst im Normalfall beanspruchte die Organisation der Weihnachtsfeier (eine Aufgabe, die irgendwie an ihr hängen geblieben war) einen Einsatz von ganzer Kraft und Aufmerksamkeit. Doch heute war angesichts des ganzen Ärgers um Max' Interview, verstört von den Ängsten und gezeichnet von der Traurigkeit, an die nötige Konzentration überhaupt nicht zu denken. Wie erwartet, hatte sich auch noch Hedwig Weiß bei ihr gemeldet. Ob Cornelia sie abholen könnte? Diese brachte es nicht über das Herz, die Bitte abzuschlagen. Hedwig war schon geraume Zeit von ihrer schweren Krankheit gezeichnet. Welche es genau war, damit wollte sie nicht herausrücken. Alle vermuteten, dass es sich um eine Krebserkrankung handelte. Mittlerweile konnte sie nicht

110

mehr arbeiten, ihre Ersparnisse waren aufgebraucht und so hätten selbst die Kosten für die Taxifahrt ihre Möglichkeiten zu arg strapaziert.

Kaum, dass Hedwig Weiß dem Taxi zugestiegen war, überraschte sie Cornelia mit der Eröffnung, sie habe in der Zeitung von dem Interview mit dem *Le Matin* gelesen. Ob ihr Mann das wirklich ernst meine mit dem Kreuzzug gegen Russland?

Cornelia fiel aus allen Wolken. Wie kam Hedwig zu einer Tageszeitung, konnte sie sich doch ein Abonnement unmöglich leisten?

„Oh, die Nachbarn geben mir immer die *Vossische*, nachdem sie sie gelesen haben. Das gibt mir wenigstens das Gefühl, nicht ganz von der Welt abgeschnitten zu sein", meinte Hedwig mit leichter Verbitterung in der Stimme.

„Du weißt genau, Hedwig, dass du von uns nie ganz abgeschnitten sein wirst. Die Kunst ist deine Welt, und darin wirst du immer einen Platz haben. Einen mehr als geschätzten Platz", versicherte Cornelia.

Hedwig lächelte sie dankbar an. Wahrscheinlich würde sie nicht mehr lange unter ihnen weilen, und sie wusste das. Die Secession hielt das Andenken ihrer verblichenen Mitglieder selbstverständlich hoch, doch man konnte es Hedwig nicht verdenken, dass sie sich an jeden Augenblick klammerte, der ihr im Kreise ihrer Kolleginnen noch verblieb. Hedwig drückte Cornelias Hand. Für den Rest der Fahrt schwiegen sie. Cornelia war erleichtert, dass Hedwig den Gesprächsfaden nicht wieder aufgriff, doch sie ahnte, dass an diesem Abend das letzte Wort über Max und seine irritierend mehr und mehr aufregenden Äußerungen noch nicht gesprochen worden war.

Cornelia sollte sich nicht getäuscht haben. Wiewohl der Abend recht harmlos begann und man sich zunächst mit den zahlreichen kleinen Leckereien aus der Küche des FAUN beschäftigte, führte das Gespräch irgendwann ganz unvermeidlich zu den kleinen und großen Neuigkeiten aus dem Kreise Secessionisten. Es war Käthe Kollwitz, die schließlich als erste Cornelia auf den Artikel in der *Vossischen* ansprach.

„Hast du denn gewusst, dass dein Mann diesen unsäglichen Interventionsplan gegen Russland verficht? Hat er da konkret etwas an der Hand, oder ist das bloß ein Hirngespinst?", fragte sie.

Cornelia wunderte sich nicht, dass gerade Kollwitz das Thema aufgegriffen hatte. Der Tod ihres Sohnes Peter, der schon Ende 1914 in Flandern gefallen war, hatte sie tief traumatisiert hinterlassen. Jede Nachricht von Ereignissen aus dem Weltkrieg führte zu neuen Verstörungen, genauso wie die Januarkämpfe des Jahres 1919 und der Putsch der Kappisten aus dem letzten Jahr in Berlin. Cornelia konnte zumindest nachvollziehen, warum die anscheinende Ankündigung eines neuen Krieges Käthe Kollwitz so bewegte. Sie zwang sich deshalb, ruhig zu bleiben.

„Das ist alles viel weniger schlimm, als es vielleicht klingen mag. Max ist eben überzeugt, dass der Bolschewismus in Sowjetrussland eine so große und gefährliche Bedrohung ist, dass etwas unternommen werden muss, um Schlimmeres zu verhindern. Und, falls du es nicht bemerkt hast, das Entscheidende ist der Wiederaufbau und die friedliche Gemeinschaft nach einer Intervention", bemühte sich Cornelia, die Sache zu entschärfen.

Doch Kollwitz ließ das nur bedingt gelten: „Eine Gefahr abwenden ist das eine, zugegeben. Doch ob die wirklich so groß ist – und das bezweifle ich schon einmal –, dass sie einen Krieg rechtfertigt? Außerdem hat der Artikel zum Ende hin unmissverständlich erwähnt, dass es um – wie war das doch gleich – ja, um die Erschließung der gewaltigen Reichtümer Russlands ginge. Wenn das nicht nach einem Krieg um des Gewinns willen klingt?"

Käthe Kollwitz stand mit ihrer eher heftigen Ablehnung nicht allein. Unterstützung erhielt sie vor allem von Käte Lassen. Lassen gehörte eigentlich zur neu gegründeten *Hamburgischen Secession*, die erst seit zwei Jahren bestand. In den Wintermonaten hielt sie sich jedoch zumeist in Berlin auf, wo sie dann recht selbstverständlich die Gemeinschaft mit ihrer Berliner Schwestervereinigung suchte. Nach Kriegsausbruch waren Lassens Gemälde düsterer geworden und setzten sich zunehmend mit den unter dem Krieg leidenden Menschen auseinander. Zu ihrer heftigen Verärgerung hatte Max Slevogt angesichts einer der grauschwarzen Zeichnungen sarkastisch von der „Grauen Periode" Käte Lassens gesprochen; ein Begriff, der sich hartnäckig zu halten vermochte.

„Ich kann nicht glauben, dass in einer solchen Weise Terror und Elend in dem Land herrschen, wie es von deinem Mann dargestellt worden ist. Sicherlich gibt es in jedem Land Europas elende Verhältnisse, aber die sind ja gerade das Ergebnis des letzten Krieges. Wo der Krieg und Bürgerkriege zu Ende sind, kann es nur besser werden, auch in Russland. Niemals würde ein neuer Krieg, unter welchem Namen er auch geführt wird, das Los eines Menschen dort verbessern, niemals!", sprach sie voller Leidenschaft.

„Aber Max hat die Gräuel der Bolschewiken *gesehen*, er *weiß*, dass es so ist", versuchte Cornelia zu erklären. „Fast jeden Tag während des ganzen langen Krieges hat er mir geschrieben, alles erzählt und berichtet … wenn jemand genau weiß, wovon er spricht, dann ist es Max".

„Dein Mann ist Soldat, Offizier, General. Kann er als Soldat objektiv und neutral genug sein? Ich denke eher, nicht", hielt Kollwitz dagegen.

Das ließ wiederum Cornelia nicht gelten. „Kann denn ein Künstler neutral sein? Jeder von uns stellt seine Gefühle, seine Sicht der Dinge, sein Verständnis des Geschehens dar. Jeder anders, subjektiv, und doch jeder gleichberechtigt wahrhaftig. Niemals würden wir doch voneinander anzweifeln, dass wir das Tatsächliche beschreiben".

Die Diskussion zog sich auf diese Weise eine ganze Zeit lang hin, ohne dass eines der Argumente die jeweils andere Seite spürbar überzeugen konnte. Während Augusta von Zitzewitz, Julie Wolfthorn und Clara Siewert eher Cornelia Hoffmann unterstützten, schloss sich Hedwig Weiß dem Blickwinkel von Kollwitz und Lassen an. Allerdings sprach sie deutlich zurückhaltender, schätzte sie doch ihr gutes Verhältnis zu Cornelia und bemühte sich, alles in einem verbindlichen Rahmen zu halten. Die Mehrzahl der männlichen Kollegen verhielt sich ausgesprochen ruhig oder ignorierte die Diskussion. Es war schließlich der Deutschamerikaner Eugene Spiro, welcher nach längerem Zuhören das Wort ergriff.

„Freunde, man kann ja über vieles geteilter Meinung sein. Womöglich auch darüber, ob solch eine Intervention das Patentrezept für die Russen oder auch uns wäre. Vielleicht haben wir auch tatsächlich zu wenig Einblick in die Situation, mag sein. Aber!", holte er aus, „Viel interessanter ist doch das, was die löbliche *Vossische* in ihrem Bericht *nicht* schreibt", meinte er und hob betonend den Zeigefinger.

„Wie meinst du das denn?", wunderte sich Käthe Kollwitz.

„Ganz einfach. Ich habe das originale Interview im *Le Matin* gelesen. Die Zeitung ist in meinem Mantel – Moment, ich hole sie eben", sagte Spiro und ging schnellen Schrittes zur Garderobe. Von allen Anwesenden hatte er die meisten Jahre in Paris verbracht und zeigte sich ausgesprochen frankophon, obwohl er während des Krieges wegen der damit verbundenen ausgesprochenen Deutschfeindlichkeit seinen Pariser Wohnsitz verlassen musste. Verständlich, dass sich jemand wie er als ein ordentlicher Leser dieser französischen Tageszeitung zeigte.

Spiro kehrte zum Tisch zurück und breitete die *Matin*-Ausgabe vom Vortag mit dem auf der Titelseite prangenden Interview vor den anderen aus. Außer Cornelia, die den Artikel aus Max' Belegexemplar kannte, lehnten sich alle Diskutanten gespannt nach vorn, während Spiro auf bestimmte Abschnitte des zweispaltigen Artikels zeigte.

„Hier, seht her: Erstens fehlt dieser ganze dritte Abschnitt, '''Wenn die Sowjets in Berlin regieren würden'''. Er beschreibt mehr oder weniger, dass Frankreich als Schutzmacht für Deutschland funktionieren könnte oder sich selbst genügend schützen müsste, falls es bei uns zu einem bolschewistischen Umsturz käme. Das wäre ein Grund, warum Frankreich nicht abrüsten solle. Was übrigens der Kernpunkt des Interviews ist, wie mir scheint. Allerdings kommt das in dem Bericht der *Vossischen* praktisch nicht zum Ausdruck", erklärte er.

„Moment", unterbrach ihn Lassen, „es steht freilich drin, gleich im ersten Satz!"

Spiro wiegte den Kopf. „Schon, aber auch nur in diesem Satz – sonst nicht. Die Intervention in Russland ist der Tenor schlechthin, wenn man der *Vossischen* folgt. Aber das ist eben nur die halbe Wahrheit".

„Du sagtest eben ‴erstens‴. Gibt es denn noch etwas, das weggelassen worden ist?", hakte Julie Wolfthorn aufmerksam nach.

„Oh ja, und ob. Der ganze vorletzte Absatz – diese lange Passage dort – fehlt ebenfalls. Der wäre vielleicht gerade für euch beiden Kät(h)es" – hiermit sah Spiro bewusst Käte Lassen und Käthe Kollwitz an – „ganz interessant, weil er nämlich ausführt, warum es künftig zwischen Frankreich und Deutschland nicht mehr zum Krieg kommen kann, wenn man Max Hoffmanns Strategie folgt".

Käthe Kollwitz blieb misstrauisch. „Wie soll das denn bewerkstelligt werden? Wünschenswert, ja ersehnt von so vielen wäre das, aber um welchen Preis? Den einen Krieg vermeiden um den Preis eines anderen, den man führen müsste?"

„Aber nicht nur. Allein die Stationierung der französischen Truppen in Deutschland als Bollwerk gegen die Bedrohung aus dem Osten wäre schon einer der entscheidenden Faktoren, wenn ich das richtig verstanden habe. Der eigentliche Preis ist etwas ganz anderes, überraschendes – die Preisgabe Elsass-Lothringens. An Frankreich, und wohl für immer". Spiro verschränkte seine Arme. „Ich weiß nicht so recht, ob ich als Deutscher davon so begeistert sein soll. Doch immerhin wäre es ein Vorschlag, der uns die Franzosen gewogen machen sollte".

Nun mischte sich auch Lovis Corinth in die Diskussion ein. „Wie bitte? Elsass-Lothringen preisgeben? Ich vermag es kaum zu glauben, dass ein deutscher General dergleichen vorschlagen sollte?!"

Spiro hob die Zeitung ins Licht und begann, eine Passage zu übersetzen: „Hier heißt es auszugsweise, ‴dass Frankreich nicht nur die Befestigungslinien von Verdun bis Belfort besetzt, sondern auch Liege, Metz und Straßburg … damit sich die Deutschen ihrer nicht bemächtigen können … eine deutsche Armee … wäre daher außer Stande, Frankreich anzugreifen‴. Gut, Hoffmann könnte damit auch einfach eine Hinnahme des derzeitigen Status quo meinen, ohne die Gebietsfrage dauerhaft als erledigt zu betrachten. Dennoch klingt es für mich stark nach für immer, muss ich sagen".

Corinth hob abwehrend die Hände und meinte: „Also wenn das wirklich so ist, dann ohne mich. Noch mehr als unser Freund Eugene eben muss ich als Deutscher und Preuße feststellen, dieser Preis wäre mir zu hoch".

Käthe Kollwitz war nahe daran aufzuspringen, hielt sich aber doch auf ihrem Stuhl und funkelte Corinth mit eiskalten Augen an. „So, du kannst also mit Bestimmtheit sagen, welcher Preis angemessen ist? Ich bestreite immer noch, dass ein Krieg gegen welches Volk oder welches Regime in Russland nötig ist, aber wenn es um den Preis geht – dann habe ich bereits den höchsten bezahlt, den es gibt: Meinen Sohn. Und was hat es mir, was hat es uns allen gebracht? Nichts", stieß sie bitter hervor. „Und deswegen ist ein Stück Land, sind Erde und Bäume und Mauern ein guter Preis dafür, dass es wenigstens zwischen Franzosen und uns keinen Krieg mehr gibt!"

Obwohl ein jeder Kollwitz' Aufgewühltheit in diesem Kontext verstehen konnte, vermochte doch bei weitem nicht jeder ihrer Ansicht zu folgen. So entspann sich eine lange, teils sehr emotional geführte Diskussion um die Frage, ob Deutschland mit der Loslösung Elsass-Lothringens leben können würde oder nicht, und darum, wie denn sonst ein Frieden mit Frankreich vorstellbar wäre. Cornelias Anspannung wich zunehmend der Erleichterung, dass es nicht mehr um Max und sein Interview ging und auch niemand mehr Anstalten machte, zum Ausgangspunkt des abendlichen Gesprächs zurückzukehren.

So manches Mal wäre die Konversation allerdings beinahe in unschöne Bahnen abgeglitten. Es war dem Geschick Eugene Spiros und der nüchternen Gelassenheit Augustas von Zitzewitz zu verdanken, dass der sachliche Faden nie ganz verloren ging. Den beiden gelang es letztlich auch, für den Kreis die in sich naheliegende Frage aufzuwerfen, es sei doch eigentlich ihre Aufgabe, die Position des *Künstler*s zum Thema zu finden und auszudrücken. Wie stellten sie sich als Künstler dem Frieden, dem Krieg, dem Verlust, der Preisgabe, jedem individuell und allem zugleich?

Noch lange Jahre danach sollten sich die überlebenden Mitglieder der *Secession* daran erinnern, dass an diesem Abend die Idee für die fulminante Herbstausstellung des Jahres 1922 geboren wurde, der „Preis des Krieges". Lovis Corinth zeigte sich zwar anfangs äußerst unwillig, dieses Motto gutzuheißen, ließ sich aber schließlich doch umstimmen. Keiner konnte sich damals vorstellen, dass die *Secessionisten* damit ihre zwar kontroverseste, aber unübertroffen erfolgreichste Ausstellung auf den Weg gebracht hatten.

24. Dezember 1921

Berlin

Das Interview

Die Ereignisse begannen, mich mehr und mehr zu irritieren. Obwohl ich nun schon einige Monate lang als Korrespondent meiner Zeitung in Berlin tätig war, gab es noch immer bestimmte Gegebenheiten und Phänomene, an die ich mich nur schwerlich gewöhnen konnte. Eines dieser Phänomene war das merkwürdige Verhalten der Berliner Öffentlichkeit, was die Rezeption von Nachrichten und Meldungen in den Zeitungen der Hauptstadt betraf.

Aus meiner Heimatstadt Paris war ich selbstredend gewohnt, dass es Zeitungen und Journale der unterschiedlichsten Couleur gab: rechte, linke, republikanische, kommunistische, religiöse, intellektuelle, militaristische und so weiter. Das allein sah in Berlin kaum anders aus. Doch in Paris – und wie ich meine, wohl in ganz Frankreich – pflegte man Äußerungen, die jemand tätigte, zu diskutieren, unabhängig davon, in welchem Blatt sie erschienen. Ein Thema wurde aufgeworfen, also sprach man darüber. So wurde es als völlig normal angesehen, dass eine Frage, die beispielsweise ein Jesuitenpater in einem katholischen Wochenblatt besprach, am nächsten Tag vom *Le Matin* wie von der linken Presse aufgegriffen wurde; genauso, wie eine These, die der Kommunist Maurice Thorez im eigenen Parteiblatt *L'Humanité* propagierte, umgehend in bürgerlichen wie rechtsgerichteten Publikationen ernsthaft Kenntnisnahme fand.

In Berlin stellte sich die Lage ganz anders dar. Themen wurden hier in der Regel nur dann in der allgemeinen Presse und in der Wahrnehmung der lesenden Öffentlichkeit aufgenommen, wenn sie nicht in den einschlägigen Blättern jenes Lagers, zu der die betreffende Person gehörte, zu finden waren. Es mussten also der Kommunist in der katholischen Zeitung, der Liberale in der nationalistischen Presse und der General in dem sozialistischen Blatt veröffentlichen, damit eine wirkliche Diskussion stattfand. Andernfalls bediente man bestenfalls die Leserschaft des eigenen Interessenkreises. Diese aber war von der Ansicht des Schreibers entweder nicht überrascht oder zumindest regte sich, selbst bei kontroversen Thesen, nicht sonderlich darüber auf.

Genau ebendiese Situation fand ich nun in der Angelegenheit des Generals Hoffmann vor. Schon beinahe zwei Wochen vor unserem Gespräch im Adlon hatte er dem *8-Uhr-Abendblatt* (manchen auch als *National-Zeitung* bekannt) ein Interview gegeben, in welchem er, ganz ähnlich wie mir gegenüber, die Gefahren des Bolschewismus und die Notwendigkeit einer Intervention skizzierte. Doch obwohl das Interview auf der ersten Seite des Blattes erschienen war, blieb selbiges das einzige, welches über Hoffmanns Äußerungen berichtete. Weder er noch sein Bekannter Arnold Rechberg, der die Gefahren des Bolschewismus aus dem wirtschaftspolitischen statt aus dem militärpolitischen Blickwinkel beschrieb, wurden außerhalb dieser Zeitung zitiert oder besprochen. Es schien ganz so, als würden sie deshalb, weil sie als Militär und als Nationalkonservativer in einer Zeitung jenes Lagers veröffentlichen, für nicht bemerkenswert gehalten. Wie mir der General berichtete, blieben auch nennenswerte Reaktionen der Öffentlichkeit zu diesem Zeitpunkt fast gänzlich aus.

Bekanntermaßen änderte sich dies schlagartig, nachdem mein Interview mit Max Hoffmann am Morgen des 23. Dezember im *Le Matin* erschienen war. Von einem Augenblick auf den nächsten wurden der General und sein

Interventionsplan zum Stadtgespräch. Nicht nur, dass die liberale Presse das Interview mit hoher Vehemenz aufgriff. Hoffmann wurde gleichermaßen im Adlon und wo er sich sonst zeigte, angesprochen wie angegriffen. Das Telefon im Hause Hoffmann stand kaum noch still, es meldeten sich Journalisten, Politiker, Auswärtiges Amt und Reichswehr. Dabei wurden zunächst einmal gar nicht die aus meiner Sicht sensationellsten Neuigkeiten herausgestellt, nämlich Hoffmanns Bemerkungen zur Nichtabrüstung Frankreichs und der faktischen Preisgabe Elsass-Lothringens. Dies geschah erst mit einiger Verspätung. Durch die Veröffentlichung in unserer Zeitung war offensichtlich der konservative General an einen Platz versetzt worden, wo ihn nunmehr die Öffentlichkeit zu rezipieren geneigt war.

Im Normalfall ist ein Journalist nicht traurig, wenn seine Artikel und Reportagen ein breites Echo finden. Im Gegenteil, je mehr Echo und Aufmerksamkeit ein Bericht seitens der Öffentlichkeit oder seitens der anderen Presse findet, desto eher kann er damit rechnen, künftige Arbeiten auch wieder an prominenter Stelle in seiner Zeitung wiederzufinden. Ganz zu schweigen von der Tatsache, wie durch lebhafte Reaktionen die eigene Arbeit des Reporters Bestätigung finden kann. So war es nur natürlich, dass ich zunächst einmal Stolz dafür empfand, mit meinem Interview von Max Hoffmann auf der Titelseite des *Matin* erschienen zu sein. Angesichts der eben beschriebenen Ignoranz, die die Berliner Öffentlichkeit zuvor den Äußerungen des Generals beigemessen hatte, war ich sehr überrascht, gleichzeitig aber erfreut über den breiten Widerhall, den der Artikel offensichtlich auslöste.

Zu diesem Zeitpunkt wusste ich nichts davon, auf welche Weise die Reaktionen auf das Interview beziehungsweise die Aussagen Hoffmanns selbst in die Privatsphäre des Generals und seiner Frau eingriffen. Mitnichten konnte ich ahnen, dass weder die privaten Gesprächskreise beider Eheleute, Hoffmanns Salon im Adlon, noch der Literaturzirkel und die Künstler-*Secession*, der Cornelia Hoffmann angehörte, von den Auswirkungen verschont blieben und die beiden sich einem sehr energischen Rechtfertigungsdruck ausgesetzt sahen. Nachdem mir diese Umstände bekannt geworden waren, konnte ich nichts weniger, als Bedauern zu empfinden für die Heftigkeit, mit der die Reaktionen einen geordneten Rahmen verließen. Insbesondere tat mir Cornelia Hoffmann leid, die ja nicht einmal irgendwelche Äußerungen getätigt hatte, aber dennoch in die Ereignisse mit hinein gezogen wurde. Zudem sah sie sich verpflichtet, selbst für ihren Mann Stellung zu beziehen und seine Offenheit zu verteidigen. Wie ich fand, hatte aber auch nicht einmal Max Hoffmann den in mancher Hinsicht ruf-schädigenden Umgang verdient, den Teile der Öffentlichkeit ihm angedeihen ließen. Damit soll nicht gesagt werden, dass nicht auch die Pariser Presse in ihrem Stil Angriffe auf persönlicher Ebene kannte. Wenn das Thema kontrovers oder brisant genug war, dann konnten die französischen Blätter durchaus die Schärfe einer Guillotine entwickeln. Doch die öffentlichen Äußerungen einer Person waren das eine, seine privaten Kreise und seine Familie dagegen etwas ganz anderes. Die Diskussion fand in der Öffentlichkeit statt und wurde nicht in das Private hineingetragen, schon gar nicht die Familie behelligt.

Am Weihnachtsmorgen des zu Ende gehenden Jahres 1921 setzte sich die Berichterstattung über Hoffmanns Verlautbarungen fort. Etwas verwundert nahm ich allerdings zur Kenntnis, dass die *Vossische Zeitung* ihre Kommentierung an recht versteckter Stelle mitten in einem Artikel zu einem nur mittelbar mit dem Thema verbundenen Bericht unterbrachte. Der Artikel beschäftigte sich mit der Stellung Polens zwischen den Großmächten Frankreich und Sowjetrussland. Irgendwann im Verlauf des Beitrags führte schließlich ein Nebensatz zu der Aussage, dass kein einziger europäischer Politiker mehr eine bewaffnete Intervention zum Sturze des Bolschewismus auch nur erwäge. Das Interview des Generals Hoffmann mit dem *Le Matin* sei kein Beweis des Gegenteils. Man könne vielmehr davon ausgehen, dass Hoffmann den Bezug zur Wirklichkeit verloren habe und seine Äußerungen weder politischen Sinn noch irgendeine politische Bedeutung hätten. Sie – die Äußerungen Hoffmanns – seien höchstens deshalb bemerkenswert, als er sich damit in der Gesellschaft Ludendorffs befände, der ähnliche Interventionspläne in der amerikanischen Presse verbreitet hätte. Jegliche Interventionspolitik sei gescheitert und der Bolschewismus könne nur durch das russische Volk innerlich wie äußerlich überwunden werden. Soweit ließ sich, wie ich mich erinnere, der Bericht aus, ohne noch einmal auf Hoffmann zurückzukommen.

Das passte nun erstaunlich wenig auf die Schilderung, die mir Hoffmann tags zuvor gegeben hatte. Ich hatte ihn am Nachmittag im Adlon angerufen, um ihn über die zahlreichen in unserem Korrespondenzbüro eingegangene Resonanz zu benachrichtigen. Bei dieser Gelegenheit hatte er mir seinerseits über einige ihm persönlich widerfahrene Reaktionen berichtet. Darunter hob er insbesondere diejenige seitens Georg Bernhards, des Chefredakteurs der *Vossischen Zeitung*, hervor. Dieser habe ultimativ eine Stellungnahme verlangt, weswegen sich Hoffmann veranlasst gesehen habe, unmittelbar die Redaktion der *Vossischen* aufzusuchen und mit Bernhard persönlich zu sprechen. Nach Hoffmanns Beschreibung schien aus dem Ganzen eine unerhörte Vehemenz zu sprechen, die sich jedoch in der im Großen und Ganzen recht beiläufigen Erwähnung im Rahmen des neuerlichen Artikels so gar nicht wiederfand. Zwar war die gewisse Abstempelung als „wirklichkeitsfremd" nicht eben schmeichelhaft, doch konnte man aus dem Verweis, wie bedeutungslos die Vorstellungen Hoffmanns doch seien, schlussfolgern, damit sei der Fall besprochen und abgeschlossen. Wiewohl ich nicht an der Aufrichtigkeit des Generals zweifelte, hielt ich es zu jenem Zeitpunkt noch für möglich, dass er sich über die beschriebene Vehemenz doch zu viele Sorgen machte. Oder vielleicht war ja Hoffmanns Auftreten in der Redaktion der Zeitung der rechte Schritt gewesen und hatte den sprichwörtlichen „Sturm im Wasserglas" zur Ruhe bringen können. Weder wusste ich da schon etwas von den erwähnten Auswirkungen auf den privaten Bereich des Ehepaars Hoffmann noch konnte ich vorhersehen, welch ein mächtiger Sturmangriff am nächsten Tag auf dem Schlachtfeld von Feder und Papier losbrechen würde.

Am darauf folgenden Morgen nämlich, dem ersten Weihnachtsfeiertag des Jahres 1921, prangerte Georg Bernhard in einem umfangreichen Leitartikel auf der

Titelseite der Vossischen Zeitung General Hoffmann auf breiter Front als Kriegstreiber und Abrüstungsgegner an. Er wiederholte in ausführlicherer Form seine These vom Vortag, dass jegliche Intervention in Russland der bolschewistischen Regierung zum endgültigen Triumph verhelfen würde. Außerdem warf er Hoffmann vor, den französischen Militarismus zu schüren und sich dadurch am deutschen Volk regelrecht zu versündigen. In seinem Bemühen, den General zu diskreditieren, zögerte Bernhard dabei nicht, teilweise heftige Spekulationen in seine Ausführungen einzubauen. So schrieb Bernhard etwa, Max Hoffmann habe sich in den letzten Kriegsjahren der Hoffnung hingegeben, ins Reichskanzleramt zu gelangen und träume seit Kriegsende wahrscheinlich davon, von der Entente als Oberkommandierender für eine Russland-Intervention bestellt zu werden. Dadurch, dass Hoffmann ein Bündnis mit Frankreich propagiere, führe er jede Abrüstungsbemühungen ad absurdum und sei einer der schlimmsten Hetzer jener Zeit.

Bis auf die zweite Seite der Zeitung zog sich die ungeheuerliche Tirade hin, und auch ich selbst kam zu meiner großen Verärgerung nicht ungeschoren davon. Bernhard lehnte es strikt ab, die Arbeit der „Pariser Korrespondenten" zu diskutieren und bezeichnete meine – und die Arbeit meiner Kollegen – als Kritiken, Vorwürfe und Unterstellungen.

Man kann sich vorstellen, dass diese so prominent platzierte Polemik eine noch wesentlich stärkere Reaktion der Öffentlichkeit auslöste, als alle bisherigen Veröffent-lichungen und Stellungnahmen. Ja, es ist im Nachhinein betrachtet nicht zu viel gesagt, als dass jene nichts weiter als ein erträgliches Geplänkel gewesen waren. Die Berliner Redaktion des *Le Matin* wurde geradezu überflutet von Briefen, Anrufen, Botschaften und sogar Drohungen. Ich vermochte mir nicht annähernd auszumalen, was Max Hoffmann selbst über sich ergehen lassen musste. Obwohl ich nicht für die Angriffe auf den General verantwortlich war, fühlte ich dennoch eine gewisse Mitschuld, denn mein Interview hatte schließlich den Stein ins Rollen gebracht.

Sobald ich im Laufe des Vormittags etwas Luft zu holen vermochte, griff ich zum Hörer, um bei General Hoffmann anzurufen. An seiner Stelle meldete sich allerdings eine Frauenstimme.

„Cornelia Hoffmann hier, hallo?"

„Guten Tag, hier spricht Paul Genty vom *Le Matin*. Könnte ich bitte den Herrn General sprechen?"

„Ah, Sie sind doch der Journalist, der meinen Mann interviewt hat, nicht wahr?"

„Ganz recht, Frau Hoffmann".

„Mein Mann ist zur Zeit nicht hier zu erreichen", sagte sie. „Wenn es dringend ist, versuchen Sie es doch im Adlon. Es könnte allerdings sein, dass er heute Vormittag einigermaßen okkupiert ist, angesichts der Umstände".

„Ich verstehe. Nun, ich werde es probieren. Und lassen Sie mich bitte sagen, dass es genau die erwähnten Umstände sind, weswegen ich anrufe. Ich wollte – also, es ist mir ein Bedürfnis, Ihrem Mann – und selbstverständlich auch Ihnen – mein Bedauern auszudrücken, dass sich die Dinge so unglücklich entwickelt haben. Es tut mir wirklich sehr leid. Wenn ich etwas für Sie tun kann, so lassen Sie es mich bitte wissen", erklärte ich.

Erst einmal kam gar keine Antwort, so dass ich unsicher zu werden begann, ob das Gespräch vielleicht unterbrochen worden war. Doch dann meldete sich die Stimme erneut.

„Ich danke Ihnen, Monsieur Genty. Das ist sehr freundlich von Ihnen … auch wenn ich nicht glaube, dass Sie momentan irgendetwas tun können. Trotzdem danke".

„Sehr gerne, Frau Hoffmann. Dann … dann probiere ich es jetzt im Adlon. Au revoir, Madame".

„Auf Wiederhören, Monsieur Genty".

Dieser kurze Wortwechsel blieb die einzige Gelegenheit, dass ich mit der Frau des Generals sprechen konnte. Die nächsten Tage und Wochen sprach ich noch gelegentlich mit Max Hoffmann. Danach verebbte angesichts der Feiertage und des Jahreswechsels das Echo zum Interview mit Max Hoffmann glücklicherweise doch weitgehend. Es tauchte allerdings noch in zahlreichen Jahresrückblicken der deutschen Presse auf. So fühlte sich etwa die jung-konservative Wochenzeitung *Das Gewissen* in ihrem Rückblick bemüßigt zu bemerken, dass „der deutsche General und parteilose Edelsozialist Hoffmann" in einem Interview des *Le Matin* erneut zum Kampf gegen Sowjetrussland aufgefordert habe. Doch dabei blieb es, und angesichts neuer Aufgaben verlor ich allmählich die Angelegenheit aus dem Blick. Hätte ich ahnen können, dass mich die Geschehnisse viele Jahre später wieder einholen würden?

20. August 1939

Berlin

Die Maaßenstraße

Der Besuch im Zoologischen Garten zu Berlin wurde zum längsten Aufenthalt in einem Tierpark, den ich je erlebt habe. An der Seite von Cornelia Hoffmann spazierte ich durch die weitläufigen Anlagen, vorbei an Gehegen, Volieren und Käfigen mit all den wundersamen Tieren aus aller Welt. Allerdings hatten weder sie noch ich einen wirklichen Blick für die vielen Geschöpfe, wie beeindruckend oder possierlich sie auch sein mochten. Es dauerte Stunden, von der langen Kette der Ereignisse zu berichten, die mich nach Berlin geführt hatten, und von den Höhen und Tiefen meiner Versuche, den Verbleib der Generalswitwe herauszufinden. Sie wiederum erzählte mir – von Anfang an außergewöhnlich bereitwillig, was mich sehr erstaunte – von den Höhen und Tiefen ihres Schicksals in den vergangenen beinahe 18 Jahren. Die Tiefen überwogen bei weitem, wobei mir einige mittlerweile bekannt geworden waren.

„Es hat mich regelrecht erstaunt, dass Sie mich sogleich erkannt haben", meinte ich schließlich. „Ich hätte nicht gewusst, wie Sie hätte identifizieren können. Ich habe ja nur ein einziges Mal Ihre Stimme gehört, als ich damals mit Ihnen telefonierte, erinnern Sie sich noch?"

„Aber ja", nickte Cornelia Hoffmann und lächelte. „Aber zum einen war Ihre Idee, den Le Matin mitzubringen, eine sehr gute; zum anderen ist mir schon beschrieben worden, wie Sie aussehen, Monsieur Genty. Daher wusste ich, wonach ich Ausschau halten musste".

„Lassen Sie mich raten: Der Wirt in der *Zwiebel*, nicht wahr?", fragte ich.

Cornelia Hoffmann hob die Augenbrauen.

„Vielleicht".

Sie schwieg einen Moment, dann fuhr sie fort.

„Vielleicht hätte ich – hätten wir – damals den Kontakt zu Ihnen nicht abreißen lassen sollen. Nach den unendlich heftigen Reaktionen auf das Interview waren Sie einer der wenigen, die sich ernsthaft besorgt um unser Wohlergehen gezeigt und Unterstützung angeboten haben. Natürlich, kurzfristig gab es nicht allzu viel, was Sie hätten tun können, aber möglicherweise später … Wissen Sie, all diese Ereignisse um Weihnachten 1921 haben unser Leben für immer verändert. Max war danach nie mehr so wie früher".

Cornelia Hoffmann seufzte. Dann ergriff sie energisch meinen Arm und lenkte mich weiter.

„So langsam sollten wir den Zoo verlassen, wir halten uns schon recht lange hier auf. Außerdem könnte ich eine kleine Mahlzeit vertragen. Wie steht es mit Ihnen?"

„Ich hätte nichts dagegen", entgegnete ich. „Wohin sollen wir gehen?"

„Am besten zu mir. Das ist am unauffälligsten".

Eine Viertelstunde später hatten wir den Zoo verlassen. Auf Cornelia Hoffmanns Anraten hin nahmen wir ein Taxi, auch wenn die Fahrt zu ihrer Wohnung nicht allzu weit gewesen wäre. Es sei sicherer so, sagte sie nur. Allerdings nannte sie dem Fahrer nicht ihre Adresse, sondern eine andere, nämlich die Ecke Xantener Straße und Olivaer Platz. Dort stiegen wir aus und begaben uns durch eine Toreinfahrt in einen Hinterhof. Wir passierten noch zwei oder drei weitere Durchfahrten und Hinterhöfe, bis wir vor einer unscheinbaren Tür an der Rückseite eines Hauses standen. Meine Begleiterin schloss die Tür auf, und unvermittelt standen wir in einem Treppenhaus, das mir recht bekannt vorkam. Im zweiten Obergeschoss schließlich erkannte ich, wo wir uns befanden – im Treppenhaus vom Kurfürstendamm 178, den an der Wohnungstür stand unverkennbar der Name „Rechberg" auf dem Türschild. Eine schmale Treppe führte nochmals nach oben. Dort, wo ich nur die Dachkammern vermutet hätte, schloss Cornelia Hoffmann nochmals eine Tür auf. Zu meiner Überraschung standen wir daraufhin mitten in einer bescheiden, aber sauber und freundlich eingerichteten kleinen Wohnung.

„Willkommen in meinem Zuhause", sagte Cornelia Hoffmann.

Nachdem wir uns mit Kaffee und einigen Kleinigkeiten gestärkt hatten, griff ich den Gesprächsfaden wieder auf.

„Vorhin sagten Sie, nach dem Interview sei nichts mehr wie zuvor gewesen. Was muss ich mir darunter vorstellen?"

„Nun … die Vorgänge haben Max so mitgenommen, dass er zunehmend verbitterter geworden ist. Die Zahl seiner Gegner und Anfeinder schien sich schlagartig vervielfacht zu haben. Von da an verbrachte er mehr und mehr Zeit nur noch damit, sich zu rechtfertigen, echte und vermutete Angriffe auf seine Person und seine Reputation abzuwehren, Dinge richtigzustellen und ähnliches mehr".

„Dinge richtigzustellen? Als da wären?"

„Die Schlacht von Tannenberg etwa – wem die entscheidenden Impulse zuzuschreiben seien, also wer die Schlacht in Wahrheit gewonnen hat. In gleicher Weise, wer die entscheidende Rolle in den Friedensverhandlungen von Brest-Litowsk gespielt hat. Die Rechtfertigungsschlacht umfasste noch einige weitere Themen, aber das sind sicher die zwei wichtigsten. Eigentlich hatte Max vorgehabt, in Ruhe seine Memoiren zu schreiben und sie zusammen mit seinen Aufzeichnungen herauszubringen. Dazu ist er letztlich nicht mehr gekommen. Außerdem wollte er ein großes Werk mit seiner Vision von einer neuen europäischen Ordnung verfassen. Doch er hat es lediglich geschafft, die kleine Programmschrift *An allen Enden Moskau* zu veröffentlichen. Und selbst diese hätte es beinahe nicht gegeben".

„Wirklich?"

„Oh ja. Er hat ja darin nicht nur die Verbrechen der Sowjets beschrieben und die Notwendigkeit, die Herrschaft der Bolschewisten zu stürzen. Wesentlicher Teil der Schrift bestand in seiner Aufstellung des internationalen Interventionsplans, der – wie Sie wissen – unter anderem ein Zusammenschluss mit Frankreich beinhaltet. Doch in der vergifteten Atmosphäre der französischen Ruhrbesetzung von 1923 ist die Veröffentlichung, die für dasselbe Jahr geplant war, verhindert worden. Mit Mühe und Not konnte sie zwei Jahre später erscheinen, doch da hat der Kampf gegen Ludendorff schon Max' ganze Kraft beansprucht".

„Von dem Konflikt mit General Ludendorff habe ich bereits gehört", bestätigte ich. „Diese Auseinandersetzung war also tatsächlich so erbittert?"

„Wenn Sie wüssten! Ludendorff und seine Kamarilla waren die Allerschlimmsten. Sie haben Max einfach keine Ruhe mehr gelassen, immer mehr zugesetzt und Attacken der schlimmsten Art unternommen. Zuerst nur verbal, aber letztlich haben sie meinem Mann das Leben gekostet".

Erschrocken starrte ich sie an.

„Was sagen Sie da? Habe ich Sie richtig verstanden? Sie meinen, ihr Mann ist deswegen gestorben?"

„Genau das denke ich!", erklärte Cornelia Hoffmann mit festem Ton. „Ich konnte es nicht beweisen, und es sah wie ein Unfall oder Herzschlag aus – aber ja, ich bin überzeugt, dass Ludendorff dafür gesorgt hat, dass Max zum Schweigen gebracht wurde".

„Was macht Sie da so sicher?", hakte ich nach.

„Ich sagte bereits, Ludendorff war Max' erbittertster Gegner und hat aus seiner Absicht, ihn zu zerstören, schon lange keinen Hehl mehr gemacht. Zum anderen, weil er und seine Unterstützer auch nach Max' Tod nicht aufgehört haben, seine Reputation und sein Andenken zu bekämpfen. Sie haben etwa – und spätestens bei der Gelegenheit muss auch Hindenburg beteiligt gewesen sein – die postume Veröffentlichung von Max' Kriegsaufzeichnungen beeinflusst, so dass sämtliche Aussagen, die auch nur im Geringsten die Rolle von Hindenburg oder Ludendorff hätten schmälern können, unterdrückt worden sind. Und als dann mit der Zeit eine ziemlich umfangreiche Erinnerungskultur an die Zeit des Weltkrieges einsetzte, ist dieser Kampf auch auf diese Ebenen ausgedehnt worden. Sowohl bei dem großen Tannenberg-Film von 1932 als auch bei dem Theaterstück über den Friedensschluss im Osten, in dem die Person Max Hoffmann eine ganz zentrale Rolle einnahm, ist es nicht bei Kritik geblieben, sondern gab es teilweise heftige Auseinandersetzungen".

„Habe ich das recht verstanden: Es hat sogar ein Theaterstück über ihren Mann gegeben? Der Tannenberg-Film ist mir bekannt, doch ein solches Theaterstück ist mir bisher völlig unbekannt gewesen", meinte ich verwundert.

Cornelia Hoffmann nickte. „Streng genommen war es eigentlich kein Stück nur über ihn, aber seine Rolle ist doch am besten angekommen und am prominentesten wahrgenommen worden. Das Drama hieß ‚Brest-Litowsk' und war eines der so genannten ‚Dokumentenstücke', die damals groß in Mode standen", erklärte sie mir.

Ich schaute sie fragend an. „Ein Dokumentenstück? Was muss ich mir darunter vorstellen? Ich muss zugeben, zu meiner Berliner Zeit habe ich weder von diesem Titel selbst noch von dergleichen Stücken etwas gehört".

„Das glaube ich ohne weiteres, und das können Sie wahrscheinlich auch gar nicht. Es war einige Jahre nach Max' Tod, und sehr lange hielten sich diese Stücke nicht. 1933 verschwanden die letzten von den Spielplänen. Warum, muss ich Ihnen nicht sagen". Sie sah, dass ich verstehend nickte, und fuhr fort: „Das erste dieser Stücke müsste Rehfischs ‚Affäre Dreyfuss' gewesen sein. Es kam 1929 an der Berliner Volksbühne zur Aufführung – mit sehr großem Erfolg. Der Name Rehfisch sagt Ihnen dann sicher auch nicht viel, oder?"

Ich verneinte. Abgesehen davon, dass ich nach 1925 nur noch selten und jeweils recht kurz in Berlin gewesen war, gehörte das breite Feld des Feuilleton-Journalismus, zu dem neben Literatur, Musik und Kunst auch Theater, Schauspiel, Film und Kino zählten, nicht eben zu meinen Metiers. Damit soll nicht gesagt sein, dass ich nicht dem ein oder anderen Vortrag und der ein oder anderen Filmvorführung beiwohnte, mitnichten. Einige wenige Namen der zeitgenössischen Kulturszene waren mir daher durchaus geläufig. Allerdings nahm mich das Geschäft als politischer Korrespondent viel zu sehr in Beschlag, als dass ich nebenher auch nur annähernd mitverfolgen konnte, wie die Bandbreite des kulturellen Lebens in Berlin zu jener Zeit ausgefüllt war. Und diese Bandbreite war im Berlin der Zwanziger Jahre schier unüberschaubar groß.

Derweil fuhr Cornelia Hoffmann mit ihrer Erklärung fort. „Hans Rehfisch war zu jener Zeit einer der bekanntesten Theaterschriftsteller in Berlin, hatte sich aber bis dahin eher weniger historischen Stücken gewidmet. Den ‚Dreyfuss‘ hat er zusammen mit Wilhelm Herzog – ein eher linker Dramatiker – verfasst, und es sollte ein politisches Stück sein, welches sich möglichst eng an die mittlerweile bekannt gewordenen Dokumente des Skandals halten würde. Daher eben kommt der Name ‚Dokumentenstück‘. Es mutet heute beinahe komisch an, aber Rehfisch und Herzog wagten es zuerst nicht, das neuartige Stück unter ihrem eigenen Namen zur Aufführung zu bringen. Die Uraufführung lief dann unter dem Pseudonym *René Kestner* an der Volksbühne. Erst nach dem unerwartet großen Erfolg entstanden die weiteren Dokumentenstücke unter den echten Namen der Autoren".

„Ah, einen Moment", warf ich ein. Als Cornelia Hoffmann die Volksbühne erwähnt hatte, war mir nun doch etwas eingefallen. „Sie meinen aber doch nicht, dass es sich bei diesem Brest-Litowsk um eine Inszenierung des ‚Proletarischen Theaters‘ handelte, wie sie Piscator zuerst an der Volksbühne und dann in seinem eigenen Theater gezeigt hat?"

„Also wirklich, jetzt haben Sie mich aber ganz schön aufs Glatteis geführt", schaute sie mich mit erhobenen Augenbrauen an. „Sie kennen sich in der Berliner Theaterwelt ja doch viel besser aus, als Sie eben zugegeben haben".

„Aber nein, ganz gewiss nicht. Mit den Stichworten ‚Piscator‘ und ‚Volksbühne‘ ist mein diesbezügliches Wissen auch schon beinahe erschöpft", versicherte ich ihr. „Es trifft sich lediglich, dass Piscators bahnbrechende

Bühnengestaltung damals eine umfangreiche Reportage in unserer Zeitung erfahren hat. Die gewaltigen Bühnenbilder, gepaart mit neuartigen Film- und Toneffekten, haben auch bei uns in Paris für einiges Aufsehen gesorgt. Ich habe den Artikel mit Interesse gelesen. Fragen Sie mich nicht mehr nach dem Titel des Stückes, aber es müsste um 1927 gewesen sein".

„So ist das also … wie dem auch sei, Sie liegen nicht vollständig daneben, aber doch recht weit entfernt. Piscator hat vielleicht den Anfang gemacht und dem politischen Stück eine neue und spektakuläre Bühne gegeben. Aber diese politischen Stücke waren bewusst sehr parteilich, eben proletarisch, radikal, manchmal revolutionär und klassenkämpferisch angelegt. Die ‚Dokumentenstücke‘ dagegen sollten wieder auf den Boden der Tatsachen zurückführen, wenn man so will. Es wurde versucht, Zeitgeschichte greifbar zu machen. Wertend, keine Frage, aber doch auch ausgleichend, vermittelnd". Sie machte eine kurze Pause. „Wenn Sie wollen, nehme ich Sie ein Stück des Weges mit, zurück an jenen Abend?"

Das Theater

HOFFMANN (entschlossen): Hören Sie, meine Herren: mir passt das nicht mehr! Bei Abschluss des Waffenstillstandes hat man den Russen die Auffassung gelassen, dass der Friede die alten Grenzen von 1914 herstellen werde - -

KÜHLMANN: Jetzt werden die Herren eben das Irrtümliche solcher Auffassung erkennen - -

HOFFMANN (erregt): Jawohl: nämlich, dass man ihnen eine Schweinerei gemacht hat. Darüber müssen die Leute schleunigst aufgeklärt werden. Und wenn Sie, meine Herren, das nicht wollen, dann tu ich's!

CZERNIN: Und wenn es darüber zum Bruch kommt …

HOFFMANN (sehr heftig): Mir egal! Den Schwindel hier mache ich nicht länger mit!

KÜHLMANN (mahnend): Hoffmann - -

CZERNIN (gibt sich einen Ruck, mit plötzlich verändertem, sehr ernsten Ausdruck): Meine Herren - - ich kann es Ihnen nicht länger verheimlichen: der Nahrungsmangel bei uns drängt zur Katastrophe. Ohne Frieden darf ich nicht nachhause kommen. Kaiser Karl möchte am liebste einen österreichischen Separatfrieden mit den Russen schließen - -

HOFFMANN: Aber das ist ja eine glänzende Idee, Herr Graf! Da kriege ich aus der österreichisch-ungarischen Front sofort meine fünfundzwanzig deutschen Divisionen heraus und kann sie nach Westen werfen. Wir brauchten Euch auch nicht weiter durchzufüttern - . Also Schluss mit der Nibelungentreue!

Den Applaus konnte man als ausgesprochen lebhaft bezeichnen. Das Ensemble konnte sich mehrerer Vorhänge erfreuen, der Regisseur Richard Weichert erhielt einen und schließlich auch der Autor Hans José Rehfisch. Ein Vorhang für den Autor gehörte zwar nicht zu den Seltenheiten am Theater des Westens, bildete aber auch nicht die Regel, und so schenkte Rehfisch dem Publikum ein recht zufriedenes Lächeln.

„Eine gelungene Premiere, möchte man fast meinen. Oder was denken Sie, Monty?"

„Zumindest, wenn man das Gesicht des Autors als Maßstab nimmt", entgegnete Monty Jacobs. „Ich fürchte nur, meine liebe Cornelia, dass der – zugegeben ordentliche – Premierenerfolg weniger auf den Verdienst eines überlegenen Dichters zurückzuführen ist, als auf das herausragende Spiel der Akteure auf der Bühne".

„Ach wirklich?", fragte Cornelia Hoffmann, während sie sich gemeinsam mit ihrem Begleiter langsam einen Weg durch die immer noch gut gefüllten Reihen der Loge bahnte. Es dauerte auch im Theater des Westens seine Zeit, bis die Menschenmenge die neuralgischen Punkte eines jeden Veranstaltungsortes, nämlich die Türen vom Zuschauerraum zu den Korridoren und Treppen, passiert hatte. Nach dem Stau an der Tür bildete sich die nächste Schlange wie erwartet vor der obersten Treppenstufe, und die beiden warteten darauf, dass sich das Knäuel an ungeduldigen Theatergästen langsam die Stufen hinunter bewegte. Daher blieb ihnen genügend Muße, den Austausch über die Eindrücke des Abends fortzusetzen.

„Doch, so würde ich es einschätzen. Sehen Sie, an der Macht des Faktischen zweifelt niemand, doch historisches

Aktenmaterial ist nun doch ein eher trockenes Material. Dieses Material allein schafft noch keine Dramatik. Es bedarf belebender Elemente, einer Farbigkeit, Anspielungen, Nebensächlichkeiten, Eigenheiten der Figuren und vielem mehr. All dies muss der Dramatiker, der Stückeschreiber, beisteuern. Nur in diesem Fall, so glaube ich, hat Rehfisch die Mehrzahl dieser Zutaten hauptsächlich aus einer Quelle gefischt, ja diese gleichermaßen überfischt".

„Welche Quelle wäre das? Soweit ich weiß, ist die Anzahl der Berichte und Memoiren zur Konferenz von Brest-Litowsk recht umfänglich, wobei mein verstorbener Mann nicht einmal deren umfangreichste hinterlassen hat?", meinte sie mit leichtem Zweifel in der Stimme.

„Durchaus, da möchte ich Ihnen gar nicht widersprechen. In diesem Akt war das eben gesagte auch weitaus weniger ausgeprägt. Und doch behaupte ich, Rehfisch hat selbst dort mindestens ein Dutzend Momente aus nur einem Werk beigesteuert – den Memoiren von Leo Trotzki. Denken Sie an die Nickligkeiten zwischen Kühlmann und Czernin, Czernins ausgefallene Lektüren, Kühlmanns manchmal unbedachte Bemerkungen, die Geschichten über die russischen Genossen und so weiter. Ich müsste mich schon sehr irren, wenn wir nicht zwischen den Seiten von „Mein Leben" all diese schönen farbigen Details entdecken würden".

Cornelia blickte mit unverhohlener Bewunderung auf den berühmten Theaterkritiker. „Sie haben Trotzki gelesen? Respekt, Respekt. Dann ist es kein Wunder, dass Ihnen dergleichen Details auffallen".

Jacobs lächelte. „Nun, wenn ich nicht zufällig vorher gerade Trotzkis Buch ausgewählt hätte, um mir einen Einblick in die sowjetrussische Perspektive zu verschaffen, bevor ich mir das Stück anschaue, dann wäre auch ich nicht so leicht dahinter gekommen. Aber so … Jedenfalls sind der erste Akt, die Machteroberung der Bolschewiken, und der letzte Akt, das Ringen um die Zustimmung zum deutschen Ultimatum, nahezu allesamt von Trotzki geschrieben, das ist ganz offensichtlich".

„Das sind beiden Akte mit den langen Monologen Trotzkis, stimmt. Und so, wie Sie das beschreiben, kann ich Ihnen jetzt weniger widersprechen", lächelte Cornelia.

KÜHLMANN: Heute muss es mit den Russen zur völligen Einigung kommen – oder zum Bruch.

HOFFMANN: Einverstanden. Und wissen Sie was …? Überlassen Sie mir heute mal ein bisschen die Regie. Ich will unserm Freund Trotzki mal väterlich ins Gewissen reden, dass er aufhören soll, hierromantische Reden zu halten und den Weltbeglücker zu spielen. Wenn er bockig bleibt, dann ran mit den Herren Ukrainern. Aber vielleicht kriege ich Trotzki zur Vernunft. Werfen Sie mir, sobald er wieder unsachlich wird, ganz einfach den Ball zu. Sagen Sie: das Wort hat der General Hoffmann.

KÜHLMANN: Ich wollte, Ludendorff gäbe sich persönlich mal das Vergnügen und die Ehre, hier zu verhandeln! - - Am besten mit Herrn Lenin direkt. - - Aber nein, das wäre auch noch nicht die erste Besetzung: die wirklichen Protagonisten von Brest-Litowsk heißen Bismarck und Karl Marx. - -

HOFFMANN: Ach nee. - - Da ist Freund Trotzki.

143

KÜHLMANN: Also kann man anfangen. (geht nach hinten)
(Trotzki kommt von hinten, Zeitungen in der Hand und in
    der Tasche, grüßt)
HOFFMANN: (geht nach links hinüber, bleibt vor Trotzki
    stehen): Na, Herr Volkskommissar – was melden so
    die Gazetten - ? Wie stehen die Aktien der
    Weltrevolution - ?
TROTZKI (höflich): In Berlin streiken fünfhunderttausend,
    - im ganzen Reich über eine Million.
HOFFMANN: Sehen Sie mal an. - - Und das soll in Berliner
    Zeitungen stehen - ?
TROTZKI (sehr höflich): Nein – die Zensur würde das
    niemals durchgelassen haben.
HOFFMANN: Ach so … Sie haben Ihre direkten
    Informationen - ?
TROTZKI (verbeugt sich bejahend)
HOFFMANN: Wir übrigens auch, Herr Trotzki. – Na, denn
    man los. - -

Mittlerweile hatten sie die endlose Treppenschlange
glücklich passiert und das Foyer erreicht. Dort stand an der
Garderobe unübersehbar die nächste Menschentraube,
jedermann und –frau die Arme empor gereckt,
Garderobenmarken zwischen den Fingern. Einige wenige
Damen harrten, sittsam an einer Seitenwand aufgereiht, auf
die Rückkehr ihrer Kavaliere aus der Schlacht an der
Garderobe. Jacobs und Cornelia verspürten kein großes
Bedürfnis, in diese Schlacht zu ziehen, und so steuerten sie
kurzentschlossen das Theatercafé an. Dieses hatte wegen des
Premierenabends noch geöffnet und war ganz im Gegensatz
zum Intermezzo zwischen den Akten nur spärlich besetzt.

144

Jacobs steuerte einen Zweiertisch am Fenster an und orderte beim Ober einen Kaffee und einen Cognac.

„Wo waren wir stehen geblieben?", fragte Jacobs, nachdem beide Platz genommen hatten.

„Bei Trotzkis Monologen, glaube ich. Lassen Sie mich kurz nachdenken … Wenn ich richtig zugehört habe, dann wäre der dritte Akt der einzige von allen, zu welchem Sie *nicht* gesagt haben, er wäre weitgehend Trotzki zuzuschreiben".

„Ausgezeichnet beobachtet! Ja, zweifellos ist der dritte Akt Rehfischs stärkste Leistung gewesen. Bezeichnenderweise der Dialog zwischen Ihrem Mann, General Hoffmann, und dem Kaiser. Eben eine Unterredung, von der wir das Ergebnis kennen, aber nur spärliche Hinweise zu ihrem Verlaufe haben. Hier spürt man den echten Dramatiker, die echte, wirkungsvolle Atmosphäre, die Rehfisch sozusagen neu komponieren musste. Ich würde mich beinahe zu der Interpretation hinreißen lassen, der General könnte geradewegs einem Marquis Posa gleichkommen, der seinem Kriegsherrn unbequeme Wahrheiten nicht verschweigt".

„Wirklich? Der Marquis Posa aus Schillers Don Carlos? Gewagt, gewagt. Was die Wahrheiten anbetrifft, mag es ja noch hingehen", räumte Cornelia ein. „Jedoch hat Posa seinen Monarchen am Ende verraten. Was mein Mann ganz sicher nicht getan hat, möchte ich klarstellen".

„Gewiss, gewiss", beeilte sich Jacobs zu versichern, während der diensteifrige Kellner die Getränke auf dem Tisch platzierte. „So eng war das auch nicht gemeint. Meine Interpretation bezog sich rein auf die mahnende Rolle der Figur, einen Kunstgriff, den Rehfisch hier geradezu perfekt zur Wirkung hat kommen lassen".

HOFFMANN: Ich darf daran erinnern, dass der Fürst Bismarck Deutschland innerhalb seiner Grenzen von 1871 für saturiert erklärt und keinen Gebietszuwachs gewünscht hat.

KAISER: Aber Deutschlands industrieller Aufschwung benötigte den Weltmarkt.

HOFFMANN: Gleichwohl bin ich der Meinung, dass wir keinen Frieden anstreben sollten, der England oder Frankreich oder Italien verstümmelt oder auf Jahrzehnte zu Boden schlägt. Nein, Majestät: Alles, was die Staaten Europas einander gegenwärtig noch antun können, wiegt leicht gegenüber dem ungeheuren Anschlag, der jetzt gegen alles gerichtet wird, wofür wir leben und leiden …

KAISER: Von was für einem Anschlag reden Sie da - ?

HOFFMANN: Die Männer, die sich heute Russlands bemächtigt haben, sind keineswegs die harmlosen Phantasten, für die wir sie voriges Jahr hielten, als wir sie im plombierten Eisenbahnwagen durch Deutschland nach Hause reisen ließen, um in Russland die Verwirrung zu steigern. Lenin und die Seinen haben drüben die Macht. Und wer heute in Wallstreet, in Paris und anderwärts über die Manieren der russischen Volkskommissare die Nase rümpft und witzelt – dem schlottern nächstens die Knie und klappern die Zähne - -

KAISER: Mein Gott, Sie reden ja in einer wahren Panik! – Haben die Reden des Herrn Trotzki Sie so beeindruckt!

HOFFMANN: Majestät! Nur heute noch ist Zeit. Morgen nützen Tanks, Geschütze, Flieger und Handgranaten nichts mehr gegen die Gewalt der Ideologie. - -

KAISER: Na, dann schicken Sie doch in Gottes Namen ein paar Kompagnien Landwehr nach Petersburg und schaffen dort Ordnung.

HOFFMANN: Das genügt nicht, Majestät. Es muss mehr geschehen: Wir müssen nach Russland unsere besten Menschen schicken, um – zugleich mit einer Regierung von Ehrenmännern – eine geordnete Verwaltung zu erreichen, das Riesenreich urbar zu machen und dem russischen Volk menschenwürdige Lebensbedingungen zu schaffen, wie es dem Zaren niemals gelungen ist.

KAISER: Der Zar darf mir auch unter keinen Umständen zurück!

HOFFMANN: Ob in Zukunft monarchisch regiert wird oder demokratisch, das erscheint mir als eine untergeordnete Frage - -

KAISER: - Hoffmann - !

HOFFMANN: Euer Majestät – es sind neue Gedanken in der Welt. Und wenn sich jemals die hohe Idee vom deutschen Wesen verwirklichen soll, so muss jetzt Russland an ihm genesen können. Und ein genesenes, ein glückliches Russland – unverstümmelt, keiner Provinzen beraubt – vertrauend und dankbar im Wirtschaftsbunde mit uns: das bedeutet die Rettung Europas vor seiner tödlichsten Gefahr – und zugleich die Gewähr für Deutschlands glückliche Zukunft. Majestät, es ist jetzt die zwölfte Stunde. Den Zeiger rückwärts stellen bloß Kinder und Schwindler. Und

147

wir ließen schon manche Gelegenheit versäumt. Ich spreche als deutscher Mann, ich spreche als Euer Majestät Offizier – und als guter Europäer.

KAISER: Russland im Wirtschaftsbund mit uns … ? (nachdenklich, abwägend): … Da müsste man den Herren Sozialisten entgegenkommen – na ja, wir haben ja heute schon die Zwangswirtschaft, das Reich kontrolliert die gesamte Produktion und setzt die Höchstpreise fest. Wir sind ja heute eigentlich gar nicht weit entfernt von der Sozialisierung. Aber die Zwangswirtschaft auch nach dem Frieden beibehalten und durchführen? Bitte: wie stellen Sie sich das praktisch vor? (er blickt HOFFMANN an): Halten Sie unsere Schwerindustrie, unsere Großbanken und Agrarier im Mindesten für geneigt, für so etwas auch noch parlamentarisch zu stimmen? Und auf dem Verordnungsweg kann ich doch nicht den Weltsozialismus einführen. (geht hin und her): - - Deutschland im Bunde mit dem revolutionären Osten - - (er schüttelt den Kopf): - Hoffmann, das ist keine lebensfähige Idee! Das ist nicht organisch aus der Geschichte erwachsen – das bleibt ein Produkt Ihrer privaten Verängstigung! Schon gut, vor den Konsequenzen bekämen Sie selber eine Gänsehaut. Lassen Sie nur -. Jedenfalls danke ich Ihnen für ihren soldatischen Freimut. So gehört es sich -: glaubt der Deutsche, eine neue Wahrheit gefunden, eine Gefahr erkannt – dann beunruhigt er nicht auf eigene Faust die Öffentlichkeit – nein: dann geht er hin und macht höheren Orts seine Meldung. - - Damit wird ihm die

Verantwortung abgenommen und den Schultern eines Anderen aufgebürdet. – Na, Hoffmann: ich denke, jetzt wird Ihnen leichter ums Herz sein - .

HOFFMANN: Majestät, mir ging's nicht darum, leichten Herzens zu sein - -

KAISER: Ich weiß! – Also Ludendorff denkt über das alles anders als Sie. Ihm genügt es, wenn die baltischen Provinzen unter einen deutschen Herzogshut kommen – und Teile von Polen zu Deutschland. Und gegen das Übergreifen der Petersburger Ideen soll uns eine militärische Absperrung sichern –

HOFFMANN (mit verzweifelter Eindringlichkeit): Gegen Ideen hilft keine chinesische Mauer! Keine Blockade und kein Stacheldraht - ! - -

Cornelia nahm einen kleinen Schluck aus ihrer Tasse. Der Kaffee schmeckte erstaunlich gut, es stimmte also wohl doch, dass das Theater seinen Kaffee und Kuchen aus dem Café Kranzler kommen ließ. Bei den unüblich moderaten Preisen im Theatercafé, verglichen mit anderen Bühnen, war das durchaus bemerkenswert.

„Es stimmt, die Atmosphäre in dem Gespräch mit dem Kaiser wirkt schon sehr lebensecht", meinte Cornelia. „Trotz einer gewissen Verherrlichung der Rolle von Max ist es damit vielleicht auch ein Gegenstück geworden, um die Rolle von Trotzki nicht gar zu übermächtig werden zu lassen".

„Unbedingt, denn Rehfisch wollte sicherlich zwischen links und rechts gleichermaßen …"

Weiter kam Jacobs nicht. Mitten im Satz wurde er von einem lauten Ausruf unterbrochen: „Monty! Alter Freund! Wir haben uns ja schon ewig nicht mehr gesehen!"

Jacobs und Cornelia Hoffmann schauten überrascht auf. Unbemerkt von beiden, war ein großer, schlanker Herr in hellem Anzug, mit Brille und Victor-Emanuel-Bart im Gesicht an ihren Tisch getreten und strahlte Monty Jacobs regelrecht an. Dieser zeigte einen Augenblick lang eine Mischung zwischen Ärger über die Störung und Verdutztheit, dann aber hellte sich seine Miene auf. „Rudolf!", rief er mit ebenso lauter Stimme wie der Neuankömmling eben, sprang vom Stuhl auf und schloss den Mann in seine Arme. Dieser erwiderte die Umarmung und klopfte Jacobs herzlich auf die Schultern.

„Mensch, Rudolf! Das ist ja eine gelungene Überraschung! Du hier! Dabei dachte ich, du wohntest seit langem wieder in Wien."

Der Herr winkte lächelnd ab. „Das tue ich ja auch. Aber die Arbeit führt mich gelegentlich dann doch wieder nach Berlin. So wie heute. Bist du auch beruflich hier? Da du in Damenbegleitung weilst, war ich mir dessen eben nicht sicher".

„Ach du liebe Güte!" Jacobs drehte sich erschrocken um und schaute Cornelia schuldbewusst an. „Das ist mir aber sehr peinlich. Habe ich Sie doch für einen Moment völlig vergessen! Wie unhöflich von mir", entschuldigte er sich. „Darf ich vorstellen: Doktor Rudolf Lothar – Dramatiker, Librettist und Schriftsteller. Freund und Kollege." Zu Lothar gewandt, sagte Jacobs: „In meiner Begleitung – Frau Cornelia Hoffmann – Malerin, Literaturfreundin und kunstsinnig engagierte Bekannte".

Lothar zeigte sich als formvollendeter Wiener Kavalier. Er trat zu Cornelia hin, verbeugte sich liebenswürdig und reichte ihr seine Hand. „Sehr erfreut, Sie kennenzulernen, gnädige Frau. Ich bitte sehr darum, mein unhöfliches Hereinplatzen in ihre Besprechung hoffentlich entschuldigen zu wollen!"

Cornelia lächelte und schüttelte bereitwillig die dargebotene Hand. „Die gnädige Frau dürfen Sie getrost weglassen. Die Freude ist ganz meinerseits. Nicht jeden Tag lernt man eine Berühmtheit kennen".

Lothar tat, als sei er erschrocken. „Eine Berühmtheit? Aber nicht doch, gnä' Frau – oh pardon, das wollten wir ja weglassen!"

Nun lachten alle drei. Jacobs entführte dem benachbarten (leeren) Tisch kurzerhand einen Stuhl und lud Lothar ein, doch bei ihnen Platz zu nehmen. Dieser ließ sich nicht lange bitten, nicht ohne jedoch zuvor beim Kellner eine Flasche Wein und drei Gläser zu erbitten.

„Auch wenn Sie sich nicht unbedingt als ‚berühmt' ansehen – Ihren Namen kenne ich durchaus. Ich kann mich noch gut an '''Casanovas Sohn''' erinnern. Das Stück haben wir damals im *Kleinen Theater* gesehen, das müsste Anfang 1921 gewesen sein", meinte Cornelia.

„Donnerwetter, Sie haben ein ausgezeichnetes Gedächtnis! Das stimmt ganz genau. Wer hätte gedacht, dass sich nach beinahe zehn Jahren noch jemand an mein kleines Lustspiel erinnern mag", staunte Lothar.

„Oh, ich kann dir versichern, dass Frau Hoffmann über ein ganz vorzügliches Gedächtnis verfügt und außerdem die Berliner Kulturszene ebenso vorzüglich kennt und schätzt", erklärte Jacobs. „Herr Lothar und ich haben uns übrigens schon vor dem Krieg kennen gelernt. Er war zu jener Zeit Feuilleton-Redakteur beim Berliner *Lokalen Anzeiger*, während ich als Theaterkritiker des *Berliner Tagblatts* tätig war. Da sind wir uns recht häufig über den Weg gelaufen ... na ja, alte Zeiten. Für welches Blatt schreibst du jetzt eigentlich, Rudolf?"

„Für das *Neue Wiener Journal*. Ich habe mir hier in Berlin zuerst Bruno Franks *'''Sturm im Wasserglas'''* angesehen, aber neben der Komödie darf natürlich die groß angekündigte Premiere des neuesten Dokumentenstücks nicht fehlen. Also dann, auf die alten Zeiten! Zum Wohl!"

Inzwischen war der Kellner mit dem Wein erschienen und hatte allen eingeschenkt, weswegen die drei erst einmal die Gläser erhoben und sich zuprosteten. Jacobs nahm den Gesprächsfaden wieder auf und fragte: „Und? Wie fällt dein Urteil aus? Wir waren auch eben dabei, das Stück Revue passieren zu lassen. Es hat durchaus ambivalente Facetten, fanden wir. Wie steht es bei dir? Ist *Brest-Litowsk* ein echter Sturm im Wasserglase oder doch nur ein laues Lüftchen?"

Lothar musste schmunzeln. „Ach, wie liebe ich doch Klischees! Da erwähnt man schon einmal eine Metapher, wenn auch als Titel eines anderen Stücks, und schon muss sie für alles herhalten". Er überlegte kurz. „Doch im Wesentlichen hast du es durchaus gut getroffen. Ich würde meinen, es war eine sehr schwache Brise, der auch ein gewisser Beifallssturm nicht beistehen kann, das Schicksal eines absteigenden Genres abzuwenden. Auch wenn uns schon demnächst ein weiteres Stück, der Panama-Prozess von Herzog, bevorsteht".

„Interessant. Worauf gründen Sie denn dieses doch recht abwertende Urteil, wenn ich fragen darf?", fragte Cornelia.

Lothar beugte sich nach vorn und ahmte mit seinen Händen lautlos einen Applaus nach. „Der Applaus, meine Verehrteste, der Applaus! Sicherlich ist Ihnen aufgefallen, dass Trotzki seinen Applaus bekommen hat, der General Hoffmann als sein Gegenspieler, ja sogar der Kaiser dafür, dass ihn die Sorge um Deutschland umtreibt. Rehfisch will das „Drama des europäischen Friedens" darstellen und lässt doch jedem die gleiche Wertigkeit zukommen. Aber so geht das nicht – so funktioniert kein Theater, kein Drama! Ein Dramatiker kann nicht Partei für alle Parteien ergreifen, er muss werten, eine der Seiten muss Herz und Verstand des Publikums erobern können."

Jacobs schlug die rechte Faust in seine linke Hand. „Gut gesagt! Da hast du völlig Recht. Genau das war uns auch aufgefallen. Gerade vorhin, als du kamst, sprachen wir über den Ausgleich zwischen links und rechts, das Gegengewicht von Trotzki gegenüber Hoffmann. Rehfisch versucht, möglichst genau die Mitte zwischen den beiden zu treffen, die Mitte zwischen zwei Extremen – und das macht das Stück zu mittelmäßig".

„Richtig! Geradezu symbolisch, wie bei dem Vorhang für den Autor der Rehfisch genau zwischen den beiden Schauspielern gestanden ist, Hoffmann links und Trotzki rechts, beiden gleichermaßen kräftig die Hände geschüttelt hat, ein so vielsagendes Bild. Wenn es nicht die vorzügliche Leistung der Akteure gegeben hätte … Die, also die Rollen, waren allerdings glänzend besetzt", betonte Lothar.

Cornelia blickte, leicht amüsiert, abwechselnd die beiden Theaterjournalisten an. „Haben Sie beide eigentlich immer dieselbe Meinung? Es ist wirklich faszinierend, aber mit fast identischen Worten – das herausragende Spiel der Akteure, wenn ich mich recht entsinne – hat Monty Jacobs ganz genauso zum Ausdruck gebracht, dass eher die Schauspieler für den Applaus an diesem Premierenabend verantwortlich sind, als die Arbeit des Stückeschreibers".

Rudolf Lothar hob salomonisch seine Handflächen nach oben und entgegnete, schelmisch lächelnd: „Nun ja, wenn wir offenbar beide derselben Meinung sind, dann wird es sich wohl um eine Tatsache handeln, nicht wahr, Monty? Doch Scherz beiseite, zweifellos haben die Schauspieler prächtig gespielt. Schon Paul Bildt als Kaiser Wilhelm hat der Figur eine ausgeprägt starke und charakteristische Persönlichkeit verliehen. Und erst Friedrich Kayßler als General Hoffmann – eine geradezu umwerfende, knorrige Schlichtheit, eine urdeutsche Geradlinigkeit und brutale Ehrlichkeit. Das hätte kaum ein anderer Schauspieler besser darstellen können als er".

„Hm. Würden Sie damit sagen, dass die Darstellung des Generals Hoffmann seiner Persönlichkeit gerecht geworden ist?", fragte Cornelia. Bei dem Wort ‚Hoffmann' zwinkerte Cornelia kurz zu Monty Jacobs hinüber, der beinahe unmerklich nickte und damit signalisierte, dass er verstanden hatte. Sie wollte Lothar noch nicht wissen lassen, mit wem sein Freund gerade die Vorstellung besucht hatte. Offenbar hatte der Name Hoffmann bei dem Theaterkritiker noch keine Assoziationen ausgelöst, als sie einander vorgestellt worden waren.

Der Gefragte schien kurz überrascht von dieser Frage, antwortete aber fest und ohne zu zögern. „Ich würde schon meinen, ja! Auch die anderen Schauspieler haben mehr aus ihren Rollen herausgeholt, als Rehfisch in sie hineingeschrieben hat. Wenn man an Leo Reuß denkt, der den

Grafen Czernin als lächerlichen Aristokraten zu spielen hatte, was jener gewiss nicht war; oder an Oskar Homolka, der trotz eines schier uferlosen Redemeeres in zweien der Akte – hier haben wir wieder die Wassermetapher – den Trotzki noch flammend und fanatisch zu spielen vermochte. Doch einen preußischen General noch echter, nobler und würdevoller darstellen zu können als es Kayßler gelungen ist, scheint mir kaum vorstellbar. Wenn es eine Figur gab, die gleichermaßen dramatisch überzeugend und immer noch vollständig authentisch zum Tragen kam, dann zweifellos Hoffmann".

Monty Jacobs konnte sich ein breites Grinsen nicht verkneifen und beschloss, noch ein wenig weiter zu bohren. „Authentisch gespielt, schön und gut. Doch was Frau – hm – Cornelia meinte, war vielleicht eher die Frage, ob der General Hoffmann auf der Bühne derselbe Hoffmann war, wie er im richtigen Leben existiert hat. So ganz aktengerecht und charaktertreu, dokumentenecht, wenn man so will".

Auf Jacobs' Insistieren hin runzelte Lothar nun doch ein wenig die Stirn, vergewisserte sich bei Cornelia „War es tatsächlich das, was Sie meinten?", und auf ihr zweideutiges „Vielleicht" hin nahm er bedächtig seine Brille ab und entgegnete vorsichtig: „Nun, was soll ich sagen? Da habt ihr – Sie – mich jetzt durchaus auf dem falschen Fuße erwischt. Ich bin ja weder politischer Journalist noch gar ein Historiker, und den Hoffmann habe ich schon gar nicht gekannt. Doch stimmt das Gezeigte, soweit ich die Geschichte kenne, doch recht exakt mit den Tatsachen überein. Daher muss ich einfach annehmen, dass auch der Charakter der Person weitgehend nahekommt. Was sich

155

durch den Beifall gerade für diese Rolle ein wenig zu bestätigen scheint".

Cornelia gab sich noch nicht zufrieden. „Moment, Herr Lothar! Der Beifall zeigt vielleicht, dass der Charakter so gezeigt wurde, wie ihn sich das Publikum gerne wünschen würde – nicht unbedingt, dass der Charakter des Generals tatsächlich genau so aussah".

Mittlerweile wirkte Lothar zunehmend irritierter. „Sie verstehen es wirklich, hartnäckig zu bleiben, das muss ich schon sagen! Sie arbeiten nicht zufällig selbst als Theaterkritikerin, Frau Hoffmann? In diesem Falle …" Er hielt inne, versuchte dann fortzusetzen: „… in diesem Fall wäre …", stockte dann aber endgültig, während seine Augen größer und größer wurden. „Moment", sagte er, um Fassung ringend. „Moment. Hoffmann – Hoffmann!! Jetzt sagen Sie bloß nicht, dass Sie mit dem General Hoffmann verwandt sind?!"

Cornelia Hoffmann und Monty Jacobs konnten nicht umhin, den völlig perplexen Rudolf Lothar mit einem herzhaften Lachen zu bedenken. Dann legte sie ihre Hand beruhigend auf seinen Arm. „Ganz recht, Sie haben es erraten. Max Hoffmann war mein Ehemann. Ich begleite Herrn Jacobs deshalb eher aus sentimentalen Gründen, nicht in erster Linie zu dem Zweck, ihn bei seiner Theaterkritik fachlich zu beraten", meinte sie augenzwinkernd.

„Do legst di nieder!" Lothar hatte seine Fassungslosigkeit noch nicht ganz überwunden, konnte aber wenigstens wieder sprechen. „Verzeihung – da kam der Österreicher in mir durch. Aber ich bin immer noch ganz sprachlos, haben Sie mich doch so erfolgreich hinters Licht geführt".

„Augenblick, Rudolf! Von hinters Licht geführt kann keine Rede sein, schließlich haben wir dir nichts Falsches erzählt", stellte Jacobs richtig. „Du hast lediglich nicht rechtzeitig die richtige Schlussfolgerung gezogen, das ist alles".

„Gut, das mag so sein", gab Lothar zu. „Doch lasst uns nicht streiten. Ich bin ja durchaus nicht böse deswegen. Im Gegenteil, eigentlich ist es vielmehr eine freudige Überraschung – eine Ehre geradezu – meinerseits die Gattin einer so berühmten Persönlichkeit kennenzulernen".

Monty Jacobs grinste. „Nun bist du schon wieder ganz der alte und lässt deinen Wiener Charme spielen. Aber du bist gewarnt – Frau Hoffmann lässt sich von Charme nicht so schnell einwickeln, wie du bemerkt haben solltest".

„Oh, ich finde Charme durchaus angenehm", betonte Cornelia und lächelte. „Seit langem habe ich mich nicht mehr so amüsiert wie heute Abend. Ach ja – die Antwort übrigens auf die Frage ist: Grundsätzlich, aber zu überhöht". Als sowohl Monty Jacobs als auch Rudolf Lothar sie fragend anschauten, fügte sie hinzu: „Meine Frage, ob die Darstellung der Person meines verstorbenen Mannes gerecht geworden sei. Dies wäre meine eigene Antwort gewesen".

„Richtig", bestätigte Jacobs. „Sie hatten, denke ich, von einer etwas zu starken Verherrlichung des Generals gesprochen". Zu Lothar gewandt, fügte er hinzu: „Das war allerdings, dramaturgisch gesehen, notwendig als Gegengewicht zu Trotzki, meinten wir".

„Was Sie nicht sagen, Frau Hoffmann! Interessant, wirklich interessant. Wenn Sie mir noch etwas näher ihre diesbezüglichen Eindrücke erläutern könnten? Ich wäre auch bereit, für weitere Getränke zu sorgen, die uns den Abend erhellen könnten".

„Liebend gerne, ich habe nichts dagegen. Doch sollten wir vielleicht überlegen, ob wir den Abend wirklich hier verbringen oder doch an einem anderen Ort fortsetzen wollen? Zudem scheint es mir, dass das Theatercafé bald zusperren wird, schlimmstenfalls mit uns darinnen".

Monty Jacobs schaute sich um und nickte. „Stimmt, wir sind die letzten hier. Aber ich kenne da eine sehr nette Bar, welche mit sehr ausgedehnten Zeiten aufwarten kann. Ich schlage vor, dann begleitet Sie mein Freund doch am besten schon einmal zur Garderobe, während ich mich um die hiesige Rechnung kümmere. Wäre Ihnen das recht, Cornelia?"

Es war ihr recht. An der Garderobe herrschte mittlerweile gähnende Leere, und so konnten die drei ohne weitere Verzögerung das Theater verlassen und mit einem rasch herbei gerufenen Taxi in die Berliner Nacht entschwinden.

22. September 1932

Berlin

Der Film

Doktor Walther Friedmann wischte sich den Schweiß von der Stirn. Seit beinahe zwei Stunden saß er nun bereits im Vorzimmer der Film-Oberprüfstelle, und noch immer ließ der Aufruf seines Falles auf sich warten. Dabei sollte die um neun Uhr angesetzte Verhandlung die erste des Tages sein, weder vor noch nach ihm waren weitere Rechtsvertreter, Beschwerdeführer oder sonstige Beteiligte an anderen möglichen Verfahren erschienen. Friedmann vermutete stark, dass es sich bei der langen Wartezeit um eine gezielte Schikane handelte, die ihm von vornehrein die Aussichtslosigkeit seines Ansinnens vor Augen führen sollte. Aber davon wollte er sich nicht beeindrucken lassen, trotz der unerträglichen Hitze an diesem ungewöhnlich warmen Septembermorgen.

Das Gebäude des Innenministeriums, zu dem die Film-prüfstelle gehörte, war eine dieser neumodischen Zweckbauten im Bauhaus-Stil. Dementsprechend verfügte es über ausgeprägt viele Fensterflächen und dünne Betonwände, welche im Sommer die Hitze und im Winter die Kälte kaum abzuhalten vermochten. Friedmann liebte die alten, wilhelminischen Prachtbauten aus dickem Sandstein, die in den Jahrzehnten vor und nach der Jahrhundertwende die Stadtarchitektur geprägt hatten. Diese von den Modernisten als dunkel und düster verschrienen Kolosse mochten vielleicht nicht so helle Räume aufweisen, dafür überwogen seiner Meinung nach die Vorzüge. Die dicken Wände aus Naturstein oder im Zweifelsfall auch gebrannten Klinkern schluckten praktischerweise die meisten Geräusche, so dass weder Straßenlärm noch Geschehnisse in anderen Büros oder Sälen die Arbeit störten. Dazu blieben die Steinbauten im Sommer herrlich kühl und speicherten im Winter bei weitem besser die Wärme im Inneren. Ganz abgesehen davon, dass die Ästhetik der sogenannten Neuen Sachlichkeit das allerletzte war, was einem auch nur einigermaßen vernünftigen Menschen zugemutet werden konnte. Obwohl, in diesem Fall passte ausnahmsweise die Hässlichkeit des Gebäudes zu seiner Funktion, dachte Friedmann. Filmzensur war eine hässliche Aufgabe, die weit über ihr ursprünglich maßvolles Ziel hinausgeschossen war, und gehörte ebenso wie die Auswüchse der extremen Zweckhaftigkeit in der Architektur abgeschafft.

Die Uhr neigte sich schon fast der Mittagszeit zu, als sich endlich die Tür des Sitzungssaals einen Spalt breit öffnete. Ein steif blickender Protokollbeamter streckte seinen Kopf hinaus und hielt Ausschau.

„Rechtsanwalt Dr. Friedmann?", fragte der Beamte.

Friedmann erhob sich. „Ganz recht. Seit neun Uhr pünktlich am warten", entgegnete er mit bissigem Tonfall. Entgegen seiner sonst recht sachlichen Art hatte er sich nicht zurückhalten können, seinen inneren Unmut wenigstens anklingen zu lassen.

Der Beamte verzog nicht die geringste Miene, sondern schob die Tür vollends auf und deutete mit einer zackigen Handbewegung in den Saal hinein.

„Sie dürfen eintreten, die Kommission ist jetzt soweit".

Noch einmal tief Luft holend, schritt Friedmann durch die Tür und betrat den Sitzungssaal. Dieser war nicht weniger heiß als der Wartebereich im Vorzimmer, so dass sich der Rechtsanwalt fünf körperlich bereits sichtbar erhitzten Kommissionsmitgliedern gegenüber sah. Der Vorsitzende der Kommission schickte den Protokollbeamten mit einer Kopfbewegung hinaus und wies Friedmann auf einen Stuhl,

161

der vor dem riesigen Konferenztisch aufgestellt worden war, hinter welchem sich die Kommission praktisch verschanzt hatte.

„Nehmen Sie doch bitte Platz, Herr Fried… – ach nein, Herr *Doktor* Friedmann, ich vergaß, Herr *Kollege*", begrüßte ihn der Vorsitzende, wobei er die Wörter „Doktor" und „Kollege" bewusst überbetonte.

Gut, dass ich ausreichend Luft geholt habe, dachte Friedmann und bemühte sich, ein nicht allzu gequält aussehendes Lächeln zu zeigen. Bloß nicht gleich in den ersten Minuten provozieren lassen, das konnte sehr schnell sehr verhängnisvoll enden. Ministerialrat *Doktor* Ernst Seeger provozierte gern – und konnte es sich leisten. Seit acht Jahren leitete Seeger die oberste Filmzensurbehörde des Staates und bildete die letzte Instanz, die über Filmzulassungen, -verbote und Teilzensurmaßnahmen entschied. Auf seine letztinstanzliche Entscheidung gingen einige spektakuläre Filmverbote zurück, etwa für Eisensteins *Panzerkreuzer Potemkin* oder die Verfilmung von Remarques' *Im Westen nichts Neues*. Zwar entschied die Kommission rein formal per Mehrheitsvotum, doch die Beisitzer hatten Seeger faktisch nichts entgegenzusetzen. Noch dazu bestand die Kommission derzeit aus Leuten, die Seegers restriktive Zensurlinie ohnehin mehr oder weniger mittrugen: Kommerzienrat Ludwig Scheer aus München; Professor Rudolf Langhammer, Leiter einer Lehrerbildungsanstalt im Sudetenland; ein Hauptlehrer Walter Heerde aus München und schließlich Anny von Kulesza, Abgeordnete des Preußischen Landtags und noch dazu Erste Vorsitzende des Reichsverbandes Deutscher Volksschullehrerinnen. Gerade die Lehrer neigten dazu, ausgesprochen strikt darüber zu befinden, was den Kinobesuchern – ob unbedarfte Jugendliche oder reife Erwachsene – zugemutet werden sollte. Friedmann ahnte, dass der jetzt zu verhandelnde Einspruch seiner Mandanten gegen die Zensurmaßnahmen einen schweren Stand haben würde.

Derweil hatte Seeger die Formalia der Sitzungseröffnung und verschiedene Protokollfragen hinter sich gebracht. Im gewohnt umständlichen Juristendeutsch widmete er sich nun dem Inhalt der Verhandlung.

„Wir verhandeln also heute den Einspruch der Firma Praesens-Film, vertreten durch Doktor Walther Friedmann, gegen die Nichtzulassung der Reklame zu dem Filmwerk „Tannenberg" – genauer gesagt, Teilen der Reklame", verbesserte er sich. „Der Herr Reichsminister des Innern hatte die Nichtzulassung von insgesamt fünf Reklamebildern beantragt, namentlich die Nummern 11, 45, 46, 48 und 56. Die besagten Fotografien liegen uns vor. Die Filmprüfstelle hat dem Antrag des Innenministeriums stattgegeben, doch dagegen hat die Firma Praesens-Film Einspruch eingelegt. Herr Kollege, wenn Sie uns doch bitte einmal schildern möchten, worauf sich Ihr Einspruch gründet. Ach ja, Sie dürfen sich ruhig kurz fassen, wir möchten doch bei diesem Klima niemanden unnötig beanspruchen", setzte Seeger mit hintergründig gekräuselten Mundwinkeln hinzu.

Friedmann erhob sich.

„An mir soll es nicht liegen, Herr Vorsitzender. Ich werde mich um äußerste Präzision bemühen, daher wird die Entscheidungsfindung sicherlich ebenso äußerst eindeutig möglich sein.

Die Reklamefotos, die den Gegenstand des Verfahrens bilden, zeigen den gegenwärtigen Herrn Reichspräsidenten in seiner früheren Eigenschaft als Oberbefehlshaber der 8. Armee während der Schlacht von Tannenberg im August 1914. Sie sind bei der Erstellung des gleichnamigen Films „Tannenberg" aufgenommen worden, wobei der General von Hindenburg durch einen Schauspieler verkörpert wird. Damit bin ich gleich beim ersten Einspruchsgrund", führte Friedmann aus und nahm ein Blatt aus seiner Mappe.

„Nach Paragraph 23 des Urheberrechtsgesetzes ist der Herr Reichspräsident nicht nur als solcher, sondern auch als Heerführer eine Persönlichkeit der Zeitgeschichte anzusehen. Daher bleibt ihm der Schutz des Gesetzes verwehrt, was photographische Werke und Kunstwerke betrifft – dazu zählt die Filmkunst mittlerweile ganz selbstverständlich. Dementsprechend darf der jetzige Herr Reichspräsident sehr wohl auf den besagten Reklamefotos abgebildet werden. Und im Übrigen können die vorliegenden Darstellungen nicht schon allein deswegen verboten werden, weil der Herr Reichspräsident durch einen Schauspieler verkörpert wird, weswegen die Abbildungen „nicht echt" seien. Letztere Einlassung des Innenministeriums bitte ich deshalb als abwegig zurückzuweisen". Friedmann legte das Blatt wieder in die Mappe und schien einen Moment zu zögern. Seeger hakte angesichts dessen sofort ein.

„War's das, Herr Kollege? Das wäre in der Tat erfreulich kurz gewesen, nicht wahr?", fragte Seeger in die Runde seiner Beisitzer, die einträchtig nickten.

„Ich fürchte, ich muss Sie leider enttäuschen, Herr Ministerialrat", entgegnete Friedmann und hob teils abwehrend, teils beschwichtigend die Arme. „Einen zweiten

Einspruchsgrund habe ich schon noch. Wenn ich diesen auch noch vortragen dürfte?"

Theatralisch rollte Seeger mit den Augen und winkte Friedmann mit einer duldenden Geste zu. „Dann fahren Sie halt fort, wenn es sein muss", seufzte er.

„Es muss", nickte Friedmann. „Der Herr Innenminister hat nämlich seinen Verbotsantrag begründet mit – ich zitiere – einer ‚Gefährdung lebenswichtiger Interessen des Staates', und sich auf die Dritte Verordnung des Reichspräsidenten vom 6. Oktober 1931 berufen. Allerdings trägt die Notverordnung, wie Sie wissen, die Überschrift „Bekämpfung politischer Ausschreitungen". Es müssen also solche politischen Ausschreitungen vorliegen oder zumindest unmittelbar drohen. Das aber ist mit der Vorführung eines Films und erst recht mit einigen Reklamebildern für diesen Film weder vorgekommen noch zu erwarten. Daher ist die Notverordnung auf den vorliegenden Fall nicht anwendbar. Ich beantrage daher, den Verbotsantrag des Herrn Innenministers abzuweisen".

Friedmann schickte sich an, wieder Platz zu nehmen, richtete sich jedoch nochmals auf und setzte hinzu: „Damit wären meine Ausführungen beendet, Herr Vorsitzender". Sprach's und setzte sich.

Seeger hob leicht amüsiert die Augenbrauen. „Danke für den Hinweis, Herr Kollege – das habe sogar ich bemerkt. Aber Chapeau, mein lieber Doktor Friedmann! Chapeau! Da haben Sie sich also das schlagkräftigste Argument ganz für den Schluss aufgehoben. Doch, doch – Sie brauchen gar nicht so zurückhaltend zu sein", meinte Seeger jovial, als Friedmann bescheiden abwinkte. „Damit dürfte sich eigentlich eine weitere Diskussion erübrigen, denke ich.

165

Oder gibt es aus dem werten Kollegium noch Fragen an den Herrn Doktor?"

Die Gefragten schüttelten mehrheitlich den Kopf. Lediglich Kommerzienrat Scheer schien mit seinen Gedanken woanders zu sein und reagierte zumindest nicht sichtbar auf die Frage des Vorsitzenden. Seeger war dennoch zufrieden und wandte sich wieder an Friedmann.

„Dann beende ich hiermit die Aufnahme zur Sache", erklärte Seeger. „Die Kommission wird sodann die Sachlage beraten und zur Beschlussfassung schreiten. Herr Kollege, möchten Sie gerne warten, bis unser Beschluss vorliegt? Es wird gewiss nicht lange dauern. Da wir Ihnen den Beschluss selbstverständlich ohnehin schriftlich zustellen werden, können Sie natürlich auch ebenso gerne gehen. Liegt ganz bei Ihnen".

Gar nicht so einfach, dachte Friedmann. Das Angebot, auf einen Beschluss zu warten, kam recht überraschend. Normalerweise wurden die Kommissionsentscheidungen immer nur schriftlich zugestellt. Daher war er sich unsicher, ob er Seegers Offerte als ein gutes oder ein schlechtes Zeichen werten sollte. Hatte sich die Kommission vorhin vielleicht tatsächlich darauf geeinigt, die Angelegenheit zügig hinter sich zu bringen? Mochte die unerträgliche Hitze damit zu tun haben, in der sich auch die Kommissionsmitglieder sichtlich unwohl fühlten? Wie dem auch sei, wahrscheinlich war es klüger, das Angebot anzunehmen, wenn der wechsellaunige Seeger es nun schon als augenscheinlich große Ausnahme gemacht hatte.

„Wenn der Herr Vorsitzende erlauben, dann würde ich gerne warten", antwortete Friedmann daher.

Seeger nickte bedächtig. „Schön. Dürfte ich Sie dann bitten, noch einmal draußen Platz zu nehmen? Während wir uns beraten? Wie gesagt, ich versichere Ihnen, es wird nicht allzu lange dauern".

„Selbstverständlich".

Friedmann verließ den Saal, nahm im Vorzimmer allerdings nicht Platz. Gesessen hatte er die ganze Zeit, stattdessen wanderte er nachdenklich auf und ab. Wenn man ernsthaft überlegte – was für ein wahnwitziger Aufwand hier betrieben wurde, und nur wegen eines Kinofilms! Dabei handelte es sich noch dazu um eine Art Nachgeplänkel, der eigentliche Schaden und die eigentliche Unmöglichkeit waren schon vorher geschehen. Heute verhandelte die Kommission ja lediglich die Zulassung der Werbeplakate mit dem Antlitz Hindenburgs, doch der wirkliche Skandal war das von der Filmprüfstelle verhängte Verbot praktisch aller Filmszenen gewesen, in welchen Hindenburg im Laufe des Spielfilms hätte zu sehen sein sollen.

Hindenburg hatte über die Präsidialkanzlei eine Vorauskopie des Tannenberg-Films angefordert, welcher eigentlich am 26. August in Berlin seine Premiere feiern sollte, genau am Jahrestag der Schlacht von Tannenberg in Ostpreußen. Die Filmemacher waren davon ausgegangen, dass Hindenburg, dessen Rolle sorgfältig ausgearbeitet worden und sogar mit einem Schauspieler besetzt worden war, der dem Generalfeldmarschall frappierend ähnlich sah, den Film wohlwollend zur Kenntnis nehmen oder gar eine Anerkennung aussprechen würde. Doch weit gefehlt! Zur Überraschung und Enttäuschung aller Beteiligten ließ Hindenburg über den Reichsminister des Innern eine Verbotsvorlage für sämtliche ihn betreffende Szenen einbringen. Die Filmprüfstelle setzte noch dazu die Begutachtung des Films auf den 29. August fest, womit die so schön geplante Premiere ins Wasser fiel. Das Urteil der Filmzensoren sorgte dann für eine selten gekannte Furore im Blätterwald der Filmpresse: Der Film als solcher wurde letztlich zugelassen, doch sämtliche Szenen mit Auftritten von Hindenburg blieben verboten. Treffend schrieb die *Lichtspielbühne*, dies sei doch wohl die „groteskeste Entscheidung in der Geschichte der Zensur" gewesen. Eine Tannenberg-Film ohne Hindenburg, den alles überragenden Feldherrn? Schlichtweg undenkbar, und dennoch bittere deutsche Realität. Österreich kannte derlei Vorbehalte nicht, die völlig ungeschnittene Version von Tannenberg hatte inzwischen am 30. August in Wien Premiere feiern können. Zwar auch erst nach einem gerichtlichen Einspruch der Wiener Filmtheater gegen das Aufführungsverbot, doch war jenem Einspruch sofort stattgegeben worden. Mit Ausnahme der sozialistischen *Arbeiterzeitung* hatte der Tannenberg-Film von allen Seiten dann auch eine verdiente und ausgesprochen positive Aufnahme gefunden. Die österreichischen Filmkritiken ließen es sich nicht nehmen, auf die Verbotsfrage in Deutschland Bezug zu nehmen. Der Film sei kein Anlass, Verbote und Beschränkungen zu erlassen, urteilte das *Kino-Journal*, und selbst die konservative die *Wiener Zeitung* vermeinte in dem Film sogar eine Mahnung zur Aufrechterhaltung des Friedens unter den Völkern zu erkennen.

Eine Aufhebung des Spielverbots für die beanstandeten Szenen im Deutschen Reich stand nicht mehr zur Debatte. Dies war so klar und eindeutig, dass die Filmgesellschaft letztlich der am 8. September getroffenen endgültigen

Kommissionsentscheidung zugestimmt hatte. Diese hatte darin – immerhin! – zugestanden, dass eine einzige Szene mit dem durch den Schauspieler Karl Körner verkörperten Hindenburg im Film verbleiben durfte, abgesehen von einigen sekundenlangen Aufnahmen des Feldherrn von hinten oder inmitten von Massenszenen. Allerdings handelte es sich bei dieser genehmigten Szene um einen Part, in welchem Hindenburg beziehungsweise der Schauspieler kein einziges Wort zu sprechen hatte. Eine Sprechrolle in der Szene besaß nur Oberstleutnant Hoffmann, gespielt vom mittlerweile bereits verstorbenen Hans Mühldorfer, der den Generälen Hindenburg und Ludendorff am Kartentisch die strategische Lage erklärt. Niemand konnte damit zufrieden sein, doch was half es? Wenigstens die Reklame für den Film sollte nun unbeeinträchtigt bleiben, hoffte doch die Filmgesellschaft berechtigterweise auf die Zugkraft der Figur Hindenburg auf das Publikum. Da es sich bei der verbliebenen Szene um eine stumme Szene des Film-Hindenburgs handelte, konnte man zumindest berechtigte Erwartungen haben, dass die Standbilder auch aus den geschnittenen Szenen weiter verwendet werden durften. Fotografien waren schließlich stumm, daher konnten sie wohl kaum lebenswichtige Interessen des deutschen Staates verletzen, wie der Reichspräsident und das Innen-ministerium geflissentlich behaupteten.

Diesmal musste Friedmann keine zwei Stunden warten, sondern bereits nach einer guten Viertelstunde öffnete sich erneut die Tür des Sitzungssaales. Anstelle des Protokollbeamten, der irgendwo im Gebäude verschwunden war, erschien Ludwig Scheer in der Tür und winkte Friedmann in den Saal herein. Just bevor der Anwalt den

Kommerzienrat passierte, raunte ihm dieser ein kaum hörbares „Es tut mir leid!" ins Ohr. Friedmann konnte zwar noch nicht wissen, was genau dem Münchner Theaterbesitzer leidtat, doch schwante ihm nichts Gutes. Diese Befürchtung sollte sich Sekunden später bewahrheiten.

„Im Namen der Film-Oberprüfstelle verkünde ich folgenden Beschluss", erklärte der Vorsitzende, nachdem sich Friedmann wieder hingesetzt und Scheer seinen Platz am Kommissionstisch wieder eingenommen hatte.

„Erstens ... Dem Antrag des Reichsministers des Innern vom 16. September entsprechend, wird hiermit die Zulassung der Reklamebilder Nummer 11, 45, 46, 48 und 56 endgültig widerrufen. Zweitens ... Der öffentliche Aushang dieser Bilder im Deutschen Reich ist verboten. Drittens – immerhin kann ich Ihnen diese erfreuliche Tatsache bekanntgeben – die Entscheidung ergeht gebührenfrei".

Umständlich breitete Seeger einen Stapel Unterlagen vor sich aus, als müsste er diese für seine folgenden Ausführungen im Blick haben. Dabei richtete er danach nicht einen Blick mehr auf die ausgebreiteten Papiere.

„Tja, wo soll ich anfangen, Herr Kollege ... am besten doch damit, dass ich Ihnen recht gebe! Jawohl, Sie haben richtig gehört, ich gebe Ihnen Recht! Und zwar damit, dass ganz selbstverständlich die vorliegenden Bilder nicht schon allein deshalb verboten werden können, weil der Herr Reichspräsident durch einen Schauspieler dargestellt ist. Wenn es nicht möglich wäre, Persönlichkeiten der Geschichte und Zeitgeschichte durch Schauspieler zu verkörpern, dann wäre es nicht weit her mit der Filmkunst. Aaaaber" – hier holte Seeger betont lange Luft – „wir hatten hier vielmehr zu prüfen, in welcher Weise diese Darstellung erfolgt ist und welche Wirkung auf den Betrachter der Fotos ausgeht. Und dazu stellen wir als Oberprüfstelle eindeutig fest, dass diese Darstellung der historischen Persönlichkeit und des Siegers von Tannenberg in keiner Weise gerecht wird. Sie ist …"

„Aber Herr Vorsitzender, gegen diese Wertung möchte ich ganz entschieden Einspruch einlegen! Um diese Frage ging es doch überhaupt gar nicht!", protestierte Friedmann aufgebracht.

„Also ich muss doch wohl sehr bitten!", blaffte Seeger, dessen Kopf plötzlich hochrot geworden war. „Was fällt Ihnen denn ein, mich zu unterbrechen?! Jetzt rede ich, und ich möchte ernstlich darauf hinweisen, mich ausreden zu lassen! Also, wo war ich stehen geblieben … ja, die Darstellung, sie ist verzerrt und entwürdigend, wie der Widerrufsantrag zutreffend besagt. So, dies dazu.

Sie, *Herr Doktor*, hatten vorhin auf den Kunstfreiheitsparagraphen im Urheberrechtsgesetzt Bezug genommen. Es ist durchaus zutreffend, dass der Herr Reichspräsident sowohl als Oberster Führer und Repräsentant des Staates als auch in seiner Eigenschaft als Heerführer eine Persönlichkeit der Zeitgeschichte ist und ihm aufgrund dessen der Schutz am Urheberrecht des eigenen Bildes versagt ist – wie Sie sehen, gebe ich Ihnen schon wieder Recht, jaja. Doch darauf kommt es hier nicht an, weil hier nicht das Kunstschutzgesetz, sondern das Lichtspielgesetz maßgebend ist. Daher spielt die Kunstfreiheit keine Rolle, sondern es zählen die Verbotsgründe des Lichtspielgesetzes …"

Seeger pausierte kurz und warf Friedmann einen warnenden Blick zu. Dieser hatte nämlich den Mund für eine erneute Erwiderung geöffnet, schloss ihn jedoch prompt wieder und bemühte sich, seinen Ärger hinunterzuschlucken.

„Sie hören zu, das ist sehr gut", meinte Seeger mit einem fast grimmig zu nennenden Grinsen.

„Weiter … Sie haben gefolgert, dass der in das Lichtspielgesetz eingefügte Verbotsgrund der Gefährdung lebenswichtiger Interessen des Staates nur auf Fälle realer oder drohender politischer Ausschreitungen anwendbar sei. Diese Auffassung ist abwegig – vollkommen abwegig. Der Verbotsgrund hat doch allgemein den Zweck, den Staat, seine Organe und Einrichtungen auch gegen vorübergehende Störungen der öffentlichen Ordnung zu schützen. Ich betone: auch! vorübergehend! Damit erfüllt die Herabsetzung der Person des Reichspräsidenten den Verbotstatbestand, nämlich die Gefährdung lebenswichtiger Interessen des Staates, der durch den gewählten Reichspräsidenten repräsentiert wird. Das heißt, das nachträgliche Verbot der Bilder aufgrund des Antrags des Innenministers ist gerechtfertigt.

So leid es mir tut, Herr Kollege – damit ist Ihr Widerspruch gescheitert. Endgültig".

Demonstrativ klappte Seeger den Deckel einer der vor ihm liegenden Akten zu und zeigte damit, dass für ihn die Sache beendet war. Dennoch wandte er sich noch einmal, mit süßlichem Unterton, an Friedmann.

„Oder gibt es Ihrerseits noch eine Frage an die Kommission? Jetzt kann ich Ihnen gerne noch einmal das Wort erteilen, mein lieber Doktor Friedmann!"

Eigentlich gab es noch eine ganze Menge zu fragen und zu sagen. Doch obwohl sich Friedmann für keinen schlechten Anwalt hielt und kein Mensch war, der allzu leicht das Handtuch warf, vermochte er dennoch zu erkennen, wann eine Schlacht verloren war. Dies schien hier so eindeutig der Fall zu sein, dass sich weitere Einwände einfach nicht lohnen würden.

„Nein, Herr Vorsitzender", lautete daher seine schlichte Antwort.

Seeger wirkte erstaunt. Offenbar hatte er gehofft, sich mit dem Anwalt noch ein kleines Wortgefecht liefern zu können, aus dem selbstredend er als Sieger hervorgegangen wäre. So blieb ihm nur eines zu tun.

„Ah so", meinte er. „Dann schließe ich hiermit die Sitzung. Guten Tag, Herr Rechtsanwalt!"

Ein aufmerksamer Beobachter hätte wahrscheinlich beschworen, dass Seegers Miene von einem Ausdruck größter Genugtuung geprägt war, während ein sichtlich konsternierter Walther Friedmann den Sitzungssaal verließ. Letzterer nahm sich allerdings keine Zeit, den Gesichtsausdruck des Vorsitzenden zu studieren, sondern strebte nachdenklich und gesetzten Schrittes dem Treppenhaus zu. Er hatte den Ausgang schon im Blick, als ihn auf halber Höhe der letzten Treppe ein Zuruf stoppte.

„Doktor Friedmann! Doktor Friedmann! So warten Sie doch!"

Der Angesprochene hielt inne und drehte sich in Richtung des Zurufers um. An der Balustrade zum obersten Treppenabsatz stand, heftig durchatmend, niemand anders als Ludwig Scheer. Der etwas korpulente Kommerzienrat schien sich bemüht zu haben, Friedmann einzuholen und zeige sich ob dieser Anstrengung reichlich kurzatmig, weswegen er vor der Treppe eine Pause einlegen musste. Friedmann unterdrückte ein belustigtes Schmunzeln und wartete geduldig, bis Scheer die zwei Dutzend Stufen hinter sich gebracht hatte.

„Schön, dass Sie noch einen Augenblick Zeit für mich haben", keuchte Scheer, abgehackt und immer noch heftig nach Atem ringend. „Ich wollte Ihnen doch noch sagen, dass Sie sich keine Sorgen machen sollen!"

Friedmann runzelte die Stirn.

„Ob ich mir persönlich Sorgen mache, das ist im Moment wohl eher zweitrangig", meinte er. „Die Frage ist viel eher, wie ich den Beschluss Ihrer Kommission meinen Mandanten beibringen soll".

„Das ist es ja gerade, was ich versucht habe zu sagen. Der Film wird auch so ein Erfolg werden, egal was diesen Beschluss angeht! Das können Sie Ihrer Filmfirma ruhig sagen, wenn auch" – Scheer neigte seinen Kopf verschwörerisch dicht zu Friedmann hinüber – „selbstverständlich ganz inoffiziell", flüsterte er.

„Ach?! Das können Sie so genau sagen?", fragte Friedmann skeptisch.

„Aber Herr Doktor! Selbstredend!", entgegnete Scheer mit gespielter Entrüstung. „Sehen Sie, ich bin doch selbst Kinobetreiber. Da weiß ich doch, wovon ich rede. Ich kann es förmlich riechen, wenn aus einem Film ein Riesenerfolg wird – und *Tannenberg* ist ein solcher, gar kein Zweifel. Der Film ist großartig, absolut großartig! Und authentisch noch dazu! Natürlich, die Spielszenen, die Dramatik um das Schicksal des Gutshofes – absolut notwendig, um die Spannung für das Publikum zu bringen. Doch nichtsdestoweniger authentisch, völlig authentisch. Das wird jeden von dem Film überzeugen, glauben Sie mir!"

„Hm", zögerte Friedmann, noch nicht völlig überzeugt. „Spricht da auch der erfahrene Kinobetreiber?"

„Oh, nicht nur", entgegnete Scheer und hob bedeutungsvoll den Zeigefinger. „Das mag man mir nicht unbedingt zutrauen, aber in der Sache kenne ich mehr Fakten als manch anderer. Sagt Ihnen der Name Alfred von Bockelberg etwas? Nein? Nun, das ist mein Schwager, und der hat als Major im Stab der 8. Armee gedient, als Adjutant für Hoffmann und Ludendorff. Ah, ich sehe, jetzt verstehen Sie, worauf ich hinaus will. Alfred hat mir viel von seiner Dienstzeit erzählt, und wenn er meint, die Abläufe waren genauso, wie sie im Film zu sehen sind, dann ist das auch so".

Friedmann nickte bedächtig. „Wenn das so ist … und Sie meinen wirklich, das ist das Erfolgsrezept? Eine spannende Filmhandlung und jene Authentizität?"

„Aber ja!" Der Kommerzienrat nickte heftig. „Das kann ich Ihnen garantieren. Wenn Sie mir nicht glauben – mein größtes Filmtheater ist das *O-Li*, also das *Odeon Lichtspielhaus* in Würzburg. Dort werde ich den Tannenberg-Film anlaufen lassen, im größten Saal! Stellen Sie sich vor, 320 Plätze! Und Sie werden sehen, die Vorstellungen werden samt und sonders ausverkauft sein. Ganz egal, welche Reklamebilder wir letztlich in die Schaukästen hängen".

„Nun gut", meinte Friedmann schließlich. „Hoffen wir, dass Sie Recht behalten". Er wandte sich zum Gehen, hielt aber noch einmal inne.

„Ich danke Ihnen, Herr Kommerzienrat. Das war … sehr freundlich, in der Tat. Vielen Dank".

Ludwig Scheer nickte leutselig. „Keine Ursache, Doktor Friedmann. Ich wollte schließlich nicht, dass Sie den Eindruck haben, jeder sei solch ein Mensch wie unser verehrter Herr Ministerialrat. Aber wie gesagt – Sie wissen von nichts", sagte er und zwinkerte Friedmann noch einmal zu, bevor er sich umwandte und die Treppe wieder emporstieg.

Recht nachdenklich verließ Walther Friedmann das Gebäude des Innenministeriums. Noch immer nachdenklich betrat er eine halbe Stunde später das Gebäude, in welchem das deutsche Büro der schweizerischen Praesens-Film AG seinen Firmensitz eingerichtet hatte. Ganz im Gegensatz zum Ministerium hatte die Filmgesellschaft die erste Etage einer Villa in Grunewald, Baujahr 1908, gemietet. Friedmann atmete daher erleichtert auf, als er aus der gleißenden Mittagssonne in die erfrischende Kühle des wunderschönen Jugendstilbaus eintauchen konnte. Herrlich, dachte er, und genoss für einen Moment die Atmosphäre, bevor er die marmorierte Treppe in den ersten Stock emporstieg.
Die Büros der Praesens-Film warteten mit der üblichen Geschäftigkeit auf. Hinter verschlossenen Türen ratterten Schreibmaschinen, bellten verrauchte Stimmen heisere Sätze in störanfällige Fernsprechapparate, hasteten Botenjungen mit Aktenordnern und Eilsendungen über den Flur, fielen Türen ins Schloss und wurden ebenso ruckartig aufgerissen. Der Tannenberg-Film war nicht das einzige Projekt des Jahres. Erst kürzlich hatte die Entscheidung von Lazar Wechsler, dem großen Chef aus Zürich, für Aufsehen gesorgt, nämlich für die Ende letzten Jahres Pleite gegangene *Prometheus Film* in die Bresche zu springen und deren letzten

Film fertigzustellen: *Kuhle Wampe oder: Wem gehört die Welt?* Die Dreharbeiten waren nun abgeschlossen und bald würde auch für diesen Film der Zulassungsprozess beginnen. Es war überhaupt keine Frage, dass für diesen sozialistisch-proletarischen Film aus der Feder von Bertolt Brecht ein mindestens ebenso aufwendiges und wahrscheinlich sehr viel kontroverseres Zensurverfahren bevorstehen würde. Friedmann fragte sich, ob Wechsler wiederum ihn mit der juristischen Betreuung des Verfahrens beauftragen würde. Vor dem heutigen Tag wäre er sich dessen relativ sicher gewesen, jetzt jedoch …? Aber was half es, darum würde es heute noch nicht gehen. Erst einmal musste er Bericht erstatten, wie die Verhandlung vor der Oberprüfstelle ausgegangen war.

Die Tür des Vorzimmers war nicht geschlossen, sondern nur leicht angelehnt. Friedmann klopfte daher nur kurz an und trat ein, ohne ein „Herein" abzuwarten. Emmy Rossmann, Wechslers persönliche Sekretärin, schaute von ihrem Stenoblock auf und hob die Augenbrauen.

„Der Herr Friedmann? Schon wieder? Sie waren doch gestern erst hier … Na sowas, so oft sieht man Sie sonst im ganzen Monat nicht", meinte sie.

Emmy Rossmann war eine der wenigen Personen, die geflissentlich den Doktortitel wegließen, wenn sie Friedmann anredeten – und bei denen er es durchgehen ließ. Nicht, dass Emmy eine Sekretärin des so gestrengen Typs gewesen wäre, dass jeder Besucher allein schon durch ihr bloßes Wesen so sehr eingeschüchtert gewesen wäre, dass jeder Widerspruch im Ansatz ersticken musste. Im Gegenteil, Emmy war die Liebenswürdigkeit in Person, offen, immens tüchtig und hilfsbereit. Doch in ihrem Wesen lag ein Zug, den Friedmann nur schwer beschreiben konnte, etwas, das ihr zugestand, in wenigstens einem Punkt gegenüber jedem ihre Grenzen zu überschreiten. Emmy bezeichnete sich als Witwe, obwohl das nur halb zutraf: Ihr Verlobter war in den ersten Kriegswochen in der Schlacht bei Tannenberg gefallen und lag nun in einem unbekannten, morastigen Grab irgendwo in den Weiten Ostpreußens. Die damals blutjunge Siebzehnjährige hatte danach nie wieder einen Mann in ihr Leben gelassen. Jetzt arbeitete sie als Sekretärin, führte ein normales Leben, stand ihre Frau und überschritt Grenzen. Friedmanns Grenze war sein Doktortitel, und vom ersten Moment an hatte er es nicht vermocht, dagegen anzureden.

Welche Ironie, schoss Friedmann in diesem Augenblick durch den Kopf, ausgerechnet Tannenberg! Ob sich Emmy wohl davon berührt fühlte, dass jenes Kriegsereignis, das ihrem Zukünftigen das Leben genommen hatte, nun zu einem Teil ihres Berufslebens geworden war? Anmerken ließ sie es sich nicht, doch das hätte den Rechtsanwalt auch sehr gewundert.

„Ist Wechsler da?", fragte Friedmann. „Eigentlich müsste er mich erwarten".

„*Da* ist er schon", entgegnete Emmy. „Aber ob er Sie gerade jetzt erwartet? Er ist nämlich nicht allein, müssen Sie wissen". Da sie den Eindruck hatte, dass der Rechtsanwalt daraufhin eine allzu zweideutige Verwunderung zu zeigen schien, fügte sie rasch hinzu:

„Nicht *so* nicht allein. Eine Dame und ein Herr sind bei ihm".

Friedmann überlegte kurz. „Könnten Sie vielleicht doch fragen, ob ich ihn kurz sprechen kann? Es muss nicht lange sein, aber wichtig wäre es schon".

„Ich denke, für Sie kann ich das wohl tun", lächelte Emmy und erhob sich. „Kleinen Moment mal, Herr Friedmann". Damit ging sie mit forschem, aber leisem Schritt zur Verbindungstür zu Wechslers Büro, klopfte, wartete und streckte erst nach einem deutlich vernehmbaren „Ja, bitte?!" Kopf und Oberkörper in das Büro ihres Chefs hinein. Friedmann konnte nicht verstehen, was sie Wechsler erzählte oder was selbiger antwortete, doch nur wenige Augenblicke später drehte sich Emmy zu Friedmann zurück und fragte:

„Geht es um die Filmsache bei der Oberprüfstelle?"

„Ja, ganz genau", nickte der Rechtsanwalt.

Emmy gab den Durchgang frei und hielt für Friedmann die Tür auf.

„Dann sollen Sie ganz schnell reinkommen. Scheint, als würden sie wirklich erwartet", zwinkerte sie ihm zu.

„Sie sind ein Schatz, Emmy", zwinkerte Friedmann zurück und verschwand in Wechslers Büro.

„Ich weiß", murmelte die Sekretärin, nachdem sie bereits die Tür hinter Friedmann geschlossen hatte, setzte sich mit einem leichten Seufzer an ihren Schreibtisch und widmete sich wieder ihren stenografischen Aufzeichnungen.

Lazar Wechslers Berliner Büro bestach durch eine schlichte, geschäftsmäßige Eleganz. Beinahe in der Mitte des Raumes stand ein mittelgroßer Schreibtisch, klassizistisch, aber ohne überflüssigen Zierrat. Auf dem Schreibtisch fanden sich gleich zwei Telefonapparate, dafür lagen kaum Papiere darauf herum. Ein fest eingebautes Wandregal enthielt lange Reihen sauber beschrifteter Aktenordner, dafür nur wenige Bücher. Auf Teppiche hatte man ganz verzichtet, wodurch der fein polierte Parkettboden gut zur Geltung kam. Nahe den Fenstern standen um einen kleinen Clubtisch herum mehrere bequeme Ledersessel gruppiert, in denen der Firmenchef und seine Gäste Platz genommen hatten. Die Fensterläden waren halb geschlossen. Dies hielt die blendende Sonne weitgehend außen vor, dennoch wirkte der Raum ausgesprochen hell und angenehm.

Bei Friedmanns Eintritt in das Büro hatte sich Wechsler bereits aus seinem Sessel erhoben und begrüßte nun den Anwalt mit Handschlag.

„Guten Tag, Doktor Friedmann! Wie ich hoffe, kommen Sie mit guten Neuigkeiten? Ich kann Ihnen gar nicht sagen, wie gespannt ich bin – oder nein, wie gespannt wir sind! Aber halt – lassen Sie mich zunächst die Vorstellung übernehmen, wie fahrlässig von mir", sprudelte Wechsler heraus, bevor Friedmann überhaupt dazu kam, selbst eine Begrüßung anzubringen.

„Monty Jacobs kennen Sie eventuell schon? Berlins bedeutendster Theater- und Filmkritiker, möchte ich meinen". Zu den beiden anderen gewandt, fuhr Wechsler fort: „Und hier haben wir Doktor Walther Friedmann, unseren Rechtsanwalt für die Filmprojekte in der Reichshauptstadt".

Selbstverständlich hätte es sich gehört, zunächst die Dame dem Neuankömmling vorzustellen, dachten sowohl Friedmann als auch Jacobs. Doch beide Herren taten, als hätten sie den Fauxpas nicht bemerkt, und reichten sich die Hand.

„Ich glaube nicht, dass wir schon das Vergnügen hatten. Freut mich, Herr Doktor", meinte Jacobs.

„Ganz meinerseits", entgegnete Friedmann. „Bin mir sogar ziemlich sicher, dass wir uns bisher noch nicht begegnet sind.

Wiewohl ich Ihren Namen natürlich aus dem Feuilleton der *Vossischen* kenne, Herr Jacobs".

Mit einem Schmunzeln im Mundwinkel deutet Jacobs eine leichte Verbeugung an. „Schön zu hören, dass auch jemand meine Kolumnen liest", scherzte er.

„So, jetzt kommen wir aber zu der Dame in unserer Runde", meldete sich erneut Wechsler zu Wort. „Das ist Frau Cornelia Hoffmann, die Gattin des leider viel zu früh von uns gegangenen Generals Max Hoffmann. Einem der großen Sieger von Tannenberg – damit ist Frau Hoffmann sozusagen unsere Expertin für die Hintergründe zur Tannenbergschlacht", erklärte Wechsler.

Cornelia Hoffmann rollte ihre Augen und warf Friedmann einen entschuldigenden Blick zu.

„Der Herr Wechsler übertreibt natürlich maßlos", winkte sie lächelnd ab. „Wenn, dann wäre mein verstorbener Mann der wahrhafte Experte gewesen. Ich kann höchstens vom Hörensagen das eine oder andere beitragen. Schön, Sie kennenzulernen, Herr Doktor Friedmann!"

Die Generalswitwe besaß einen gewinnenden, festen Händedruck und schaute ihm selbstbewusst in die Augen, wie der Rechtsanwalt angenehm berührt feststellte. Endlich konnte er in dem noch freien vierten Sessel Platz nehmen, während Wechsler fragte:

„Darf ich Ihnen etwas anbieten, Herr Doktor? Einen Cognac vielleicht?"

Der Angesprochene schüttelte den Kopf. „Nein, danke, eher nicht", erwiderte er. „Allerdings bin ich ziemlich durstig, es ist wirklich ausgesprochen heiß heute. Hätten Sie vielleicht ein Glas Wasser für mich?"

Wechsler hatte und schenkte dem Rechtsanwalt aus einer großen, vieleckig geschliffenen Karaffe ein großes Glas ein.

„Sprudel gefällig? – Nein? – Na dann, wohl bekomm's", meinte er und reichte Friedmann das Glas hinüber.

„Danke sehr". Friedmann nahm zunächst einen großen Schluck Wasser zu sich, bevor er mit seinem mit Spannung erwarteten Bericht beginnen konnte.

„Nun, ich kann es recht kurz machen – unser Protest ist abgewiesen worden. Die Oberprüfstelle ist dem Antrag des Innenministers gefolgt und hat die Werbefotos verboten", eröffnete der Rechtsanwalt den sichtlich fassungslosen Anwesenden. Er ließ ihnen einen Augenblick, um die Nachricht wirken zu lassen, und fuhr dann fort. „Wie ich sehe, hatten Sie ein anderes Ergebnis erhofft. Sagen wir so: *Erhofft* hatte ich auch etwas anderes, jedoch musste man schon fast befürchten, dass der einmal befürwortete Verbotsantrag aufrechterhalten werden würde. Tut mir ausgesprochen leid".

Wechsler fing sich als erster. „Ich bin sicher, Sie haben Ihr Bestes gegeben", versicherte er dem Anwalt. „Aber wenn ich Sie richtig verstehe, dann hatten wir gar keine realistische Chance, das Verbot noch abzuwenden?"

„So könnte man es wohl sagen", nickte Friedmann zustimmend. „Zum einen hat die restriktive Zensurpolitik von Ministerialrat Seeger – das ist der Leiter der Oberprüfstelle – schon Tradition. Daher ist jedes Verfahren von vorneherein schwierig, noch dazu, wenn erstinstanzlich eine Entscheidung getroffen wurde, die es anzufechten gilt. Zum anderen aber hat der „Fall Tannenberg", wenn ich das einmal so formulieren darf, anscheinend eine staatspolitische

Frage heikelster Dimension getroffen, die wir – beziehungsweise die Praesens-Film als Firma – möglicherweise unterschätzt haben".

Cornelia Hoffmann beugte sich interessiert über den Tisch.

„Wie meinen Sie das, Doktor Friedmann? Wie kann denn ein Film, der noch dazu historisch ausgesprochen akkurat ausgefallen ist, eine staatspolitische Krise auslösen?"

„Ich verstehe Ihre Verwunderung durchaus, keine Frage", entgegnete Friedmann und hielt kurz inne. Dann meinte er: „Es handelt sich ja im Prinzip um dieselben Gründe, weswegen auch schon mittlerweile herausgeschnittenen Szenen des Films an sich verboten worden sind. Das Neue ist eigentlich nur, dass nunmehr ein ruhendes Foto dasselbe aussagen soll wie eine mit Ton unterlegte, fortlaufende Filmszene. Vielleicht sollte ich dann doch etwas näher auf die neuerliche Verbotsbegründung eingehen, damit die Sache etwas klarer wird. Wäre das in Ordnung?"

Nachdem die Runde ihre Zustimmung signalisiert hatte, gab Friedmann ausführlich die Begründung der Oberprüfstelle wieder, wobei er sich bemühte, die komplexen juristischen Formulierungen in verständliche Worte zu kleiden. Keiner der Anwesenden war schließlich Rechtsanwalt wie er. Als er meinte, den Sachverhalt ausreichend umfänglich geschildert zu haben, schloss er mit den Worten:

„Das Entscheidende ist meines Erachtens nach, dass ein eigentlich völlig subjektiver Eindruck – nämlich, dass die Darstellung der historischen Persönlichkeit des Reichspräsidenten und des Siegers von Tannenberg in keiner Weise gerecht werde – praktisch zu einer objektiven Tatsache umgedeutet wird. Wenn es aber eine Tatsache ist oder sein soll, dass der „Sieger von Tannenberg" anders dargestellt werden muss, dann ist dem nur schwer beizukommen. Denn dann brauchte es die höchste Autorität im Staate, den Reichspräsidenten, um die Tatsachen wieder zurecht zu rücken. Was sich hierbei natürlich völlig ausschließt".

„Ja, aber wie kann denn der Film dem Herrn Hindenburg nicht gerecht werden, wenn er, wie Frau Hoffmann sagte, historisch so korrekt ist? Das war es doch, was Sie sagten, nicht wahr?", fragte Wechsler, an Cornelia Hoffmann gerichtet.

„Ganz genau", bestätigte diese. „Dank Herrn Jacobs hatte ich in der letzten Woche die Gelegenheit, den vollständigen Film im Wiener Apollo-Filmtheater zu sehen. Und ich muss sagen, auch – und gerade! – die für Deutschland verbotenen Szenen mit Hindenburg sind sehr authentisch geworden. Es wirkst ganz so, wie es mein Mann immer geschildert und geschrieben hat. Natürlich, es ist ein Film, und er besteht zur Hälfte aus der Geschichte um die Menschen vom Gut der von Arndts. Ohne diese spannende, auf familiäre Personen ausgerichtete Filmhandlung würde der Film kein breites Publikum ansprechen. Aber die militärischen Ereignisse, die Abläufe im Hauptquartier und die Gespräche der Kommandeure – das passt alles wunderbar".

Wechsler schüttelte den Kopf. „Dann verstehe ich aber wirklich nicht, wie diese Tatsachen nicht zählen können, beim besten Willen nicht!"

An dieser Stelle mischte sich nun auch Monty Jacobs in die Diskussion ein.

„Erlauben Sie, dass ich eine Vermutung äußere, was mit der besagten Begründung in Wahrheit gemeint ist?"

„Aber sicher, Jacobs, klären Sie uns auf! Je mehr Licht im Dunkel, desto besser", meinte Wechsler.

„Also gut. Sehen Sie, es geht sicherlich nicht um die historische Wahrheit an sich, sondern um den historischen *Mythos*, den es zu wahren gilt. Denken Sie an die Formulierung „der Reichspräsident und Sieger von Tannenberg". Darum geht es in Wirklichkeit – Hindenburg ist der Sieger von Tannenberg. Punkt. In dieser Rolle, in diesem Andenken, in diesem Mythos eben steht er unantastbar und unnahbar im Hintergrund aller Geschichte. Um dieses Bild zu wahren, darf Hindenburg nicht als handelnde Person auftreten, nein; das würde ihn auf den ganz realen Boden der Tatsachen zurückholen, auf dem alle anderen Personen stehen, wie die mittleren Generalstäbler um Hoffmann und Grünert. Daher darf die Verkörperung Hindenburgs durch einen Schauspieler höchstens kurz und stumm, quasi beobachtend ausfallen. Es wundert schon beinahe, dass Ludendorff ganz normal durch einen Schauspieler dargestellt werden kann. Offensichtlich kann es hier nur einen Mythos geben, und das ist zweifellos Hindenburg. Würden Sie mir zustimmen, Herr Doktor, dass dies in etwa dem Tenor der Verbotsbegründung entspricht?" Friedmann strich sich grübelnd über das Kinn und nickte schließlich langsam.

„Der Mythos Hindenburg … es klingt ein wenig sehr feuilletonistisch, wie Sie das ausdrücken, aber ja, ich könnte mir vorstellen, dass etwas in der Art gemeint sein könnte".

„Auch ich würde dem beipflichten, was Monty Jacobs ausgeführt hat", schloss sich Cornelia den beiden Herren an.

„Zufällig habe ich zwei der Besprechungen dabei, die in den Wiener Journalen nach der Uraufführung des Films erschienen sind. Hier – das ist die *Neue Freie Presse*, wie heißt es doch gleich – Moment – ja: ,Hindenburg … greift nicht in die menschliche Handlung ein … er tritt wirklich nur in die Erscheinung … aber er bleibt nur eine freilich überragende Randfigur – der künstlerisch Höchstkommandierende ist er nicht'. Soweit die *Freie Presse*. Ein bisschen ähnlich sagt es die *Wiener Zeitung*, eigentlich ein sehr konservatives Blatt: ,Vermutlich wegen einer gewissen, nicht zu leugnenden Passivität dieser Figur' – das meint Hindenburg. Weiter: ,… da diese Passivität in der Natur der Sache begründet ist … bleibt für die Pose der Heldenhaftigkeit kein Raum. Da sind der Generalstabschef und seine Gehilfen schon besser daran … und so kam es wohl, dass … Ludendorff und Hoffmann größere, wirksamere Rollen zugeteilt erhielten, als der Oberbefehlshaber der 8. Armee, Hindenburg'. Das ist, denke ich, das wichtigste. Und das bezieht sich alles auf den ungeschnittenen Film. Indem man nun mit den erzwungenen Schnitten und Verboten die Rolle Hindenburgs auf diese – sagen wir ruhig, mythische – Schattenhaftigkeit reduziert hat, meint man die gefühlt bessere „Wahrheit" wiederhergestellt zu haben".

Wechsler fuhr sich unruhig durch die Haare. „Das heißt also, mit der Berufung auf die echte historische Wahrheit haben wir keine Chance dagegen? Das ist doch wahrhaft deprimierend!"

Jacobs zuckte mit den Schultern.

„Ich fürchte, das wird so sein", erklärte er. „Gerade im Zeitungsgeschäft haben wir so einige Erfahrung mit solcherlei Mythen, das kann ich Ihnen versichern. Ein Mythos irrt nicht. Er hebt unabhängig von verbürgten

Tatsachen, von wirklichen Daten und von realen Truppenstärken eine eigene, gefühlte historische Wahrheit ans Licht. Dadurch wird er, wie eine Sage aus alter Zeit, unangreifbar, egal mit was man dagegen anrennt. Deswegen würde ich Ihnen raten, falls meine Meinung irgendeine Rolle spielen sollte, nicht weiter gegen den Mythos Hindenburg anzurennen. Es würde wohl vergeblich sein und bleiben".

Resignierend schürzte Wechsler die Lippen und stieß einen sehr vernehmlichen Schnaufer aus. „Unser schöner Film", meinte er. „Das hätte ich mir anders vorgestellt".

„Und wenn es nun gar kein so gravierender Nachteil für den Film wäre?", warf Friedmann ein.

Alle schauten den Anwalt verwundert an.

„Wie meinen Sie das denn? Das kann doch wohl nicht Ihr Ernst sein, Friedmann", entgegnete Wechsler, ein wenig entrüstet.

Friedmann erhob beschwichtigend seine Hand.

„Nicht dass Sie mich falsch verstehen. In keinster Weise bezweifle ich, dass Ihre inhaltlichen Vorbehalte gegen die Zensurmaßnahmen höchst begründet sind. Ja, ich finde es selbst durchaus bedauerlich, dass der Film dadurch in Bezug auf die Authentizität und den künstlerischen Wert leidet. Dennoch glaube ich, dass der Erfolg des Films dadurch in keiner Weise gefährdet wird. Im Gegenteil, je mehr wir über den Faktor „Mythos" gesprochen haben, desto mehr halte ich es für wahrscheinlich, dass dieser Faktor zu einer außerordentlichen Nachfrage nach dem Film führen wird. Wie mir zudem gerade vorhin eine Person mit berufenem Wissen versichert hat, ist der Film auch in der Schnittfassung immer noch so gut und authentisch, dass das Publikum begeistert sein wird, egal welche Werbebilder wir dafür verwenden dürfen".

„Eine Person mit berufenem Wissen? Wen meinen Sie damit?", fragte Wechsler zweifelnd.

„Sie werden verstehen, dass ich seine Identität lieber nicht enthüllen möchte – als Anwalt bin ich in solchen Fragen berufsbedingt zurückhaltend", lächelte Friedmann vielsagend. „Sagen wir, es handelt sich um jemandem im Umfeld der … Zensurinstanzen. Ich hatte sehr wohl den Eindruck, die Person habe mir ihre ehrliche und zutreffende Überzeugung mitgeteilt. Und bedenken Sie: Die Werbeverbote beziehen sich ausdrücklich auf solche Bilder, auf denen Karl Körner als Hindenburg zu sehen ist. Die von uns vorgelegten Entwürfe mit dem offiziellen Porträt und der Silhouette Hindenburgs sind nicht beanstandet worden. Mit diesen könnten Sie uneingeschränkt die Filmtheater, Aushänge und Plakatsäulen ausstatten lassen".

Monty Jacobs nickte bedächtig. „Da muss ich Doktor Friedmann sicherlich Recht geben. Die Tatsache, dass Sie Hindenburgs Porträt verwenden können, dürfte die Wirksamkeit der Reklame höchst nennenswert erhöhen. Das offizielle Charakterbild des Reichspräsidenten ist ausnahmslos jedem Deutschen bekannt. Das bedeutet eine enorme Zugwirkung".

„Dennoch widerstrebt es mir, mit etwas zu werben, was unserer Intention so sehr widerspricht – mit diesem Mythos Hindenburg statt mit einem dokumentarischen Geschichtsbild", wand sich Wechsler, immer noch zweifelnd, gegen den Gedanken.

„Wohl wahr", meinte Jacobs. „Doch ist es nicht gerade das, was die Kunst so herausfordert? Eine Erwartung, die erzeugt wird – ungewollt –, wird widerlegt durch den tatsächlichen, großen und wahren Eindruck des Filmkunstwerks an sich? Der Zuschauer geht ins Filmtheater, sieht den Film und dann verlässt er das Filmtheater und hat die Lehren des Films verstanden, überzeugt von der trotz aller Einschränkungen immer noch großen authentischen, glaubhaften Wirkung des Ganzen? Auf diese Weise werden Sie mehr gewinnen als verlieren, davon bin ich überzeugt".

Wechsler raufte sich zum wiederholten Male die Haare.

„Hm. Vielleicht … Nun, es gefällt mir immer noch nicht ganz, aber – Frau Hoffmann. Was meinen Sie? Wäre das für Sie akzeptabel?"

Cornelia Hoffmann blickte Wechsler erstaunt an.

„Mit Verlaub, es ist *Ihr* Film, mein lieber Wechsler", entgegnete sie. „*Sie* müssen entscheiden, ob die Bedingungen, die für seine Veröffentlichung gesetzt wurden, akzeptabel sind, nicht ich. Wenn Sie mich dagegen fragen, ob Monty's Einschätzung plausibel ist: Doch, ja. Ich vertraue seinem Gespür und seiner Erfahrung, was die Wirkung und Rezeption von Theaterstücken und Filmen angeht. Davon abgesehen, würde ich mich ohnehin freuen, wenn die beschriebene Wirkung einträte. Die Mythen um die wahre Natur des Sieges und der Sieger von Tannenberg haben mich und meinen Mann schon lange genug verfolgt, glauben Sie mir".

Noch einmal schien Wechsler zu überlegen. Plötzlich aber nickte er, sprang unvermittelt von seinem Sessel auf und stemmte die Hände in seine Seiten.

„Also gut, dann soll es so sein", verkündete er. „Lassen wir den Mythos sich selbst besiegen und starten den Film mit allen Möglichkeiten, die wir haben!"

20. August 1939

Berlin

Die Verschwörung

Am heiligen Quell Deutscher Kraft

Ludendorffs

halbmonatsschrift

Inhalt dieser Folge:

Mit wachsender Faszination hatte ich Cornelia Hoffmanns Schilderungen zu dem Theaterstück und dem Film verfolgt. Als politischer Berichterstatter hatte ich natürlich mitbekommen, dass in den Nachkriegsjahren eine ganze Reihe von Militärs ihre Memoiren und zahllose weitere Schriften veröffentlicht hatten, in denen sie ihre Version der Schlachten, Ereignisse, Siege und Verdienste präsentierten. Max Hoffmann und die Hindenburg-Verehrer waren beileibe nicht die einzigen, die ganz unterschiedlicher Auffassung darüber waren, wem der Hauptverdienst für den Erfolg zu einem der Ereignisse – in diesem Fall des Sieges von Tannenberg – gebührte. Dass sich die Kämpfe um die Deutungshoheit von Sieg und Niederlage, geschichtlicher Größe und historischem Mythos weit über die Militärgeschichtsschreibung und die üblichen politischen und gesellschaftlichen Diskussionen hinaus auch in die Kunst, den Film und das Theater hinein erstreckten, war mir allerdings bisher nicht in dieser Deutlichkeit bewusst gewesen.

„Ist denn die Idee von Monty Jacobs Wirklichkeit geworden?", fragte ich, nachdem sie mit ihrer Erzählung geendet hatte. „Ich meine: Hat der Mythos Hindenburg sich letztlich selbst besiegt?"

Cornelia Hoffmann lachte.

„Nun, in dieser Hinsicht waren unsere Hoffnungen doch etwas hoch gehängt", gab sie bereitwillig zu. „Der Nimbus des großen Feldherren Hindenburg war – und ist immer noch – einfach zu verbreitet, daran konnte auch ein noch so guter Film nicht viel ändern. Hindenburg war in diesen turbulenten Zeiten einfach so etwas wie ein letzter Anker der Stabilität, das dürfen Sie nicht vergessen … Immerhin, die

Aufnahme, die der Film gefunden hat, war tatsächlich absolut großartig. Genau wie in Österreich, so fanden bei weitem die meisten Besucher den Film sehr gelungen, spannend erzählt und ich denke, viele sind mit einem deutlich authentischeren Bild des Ganzen aus den Kinos herausgekommen als zuvor. In dieser Hinsicht haben sich meine Erwartungen durchaus erfüllt".

Sie überlegte einen Moment und fuhr dann fort. „Dieser authentische, realistische Eindruck war vielleicht auch ein Grund dafür, dass der Film in den Augen der neuen Machthaber erst einmal überhaupt nicht auf allzu großes Wohlwollen stieß".

„Tatsächlich?", staunte ich. „Das verwundert mich doch. Schließlich wird in dem Film ja ein großer deutscher Sieg gefeiert".

„Das stimmt schon, aber der Sieg wird nicht so gefeiert, wie es die Nationalsozialisten gerne gehabt hätten. Für die Reichspropagandaleitung war „Tannenberg" ein Misserfolg, da er nicht zum heroischen Epos taugte. Die gängigen Urteile lauteten auf – warten Sie – so etwas wie „filmische Nachkonstruktion eines Schullesebuchs", „zu reportage-mäßig" und dergleichen. Man lobte die grandiose Kulisse, beklagte aber, es gäbe zu wenige hinreißend dramatische Elemente. Die Schlacht von Tannenberg sei in Wirklichkeit durch die heroischen Märsche der Truppen gewonnen worden, was die Filmbilder nicht zeigen würden. Und die Kritik schlug in die gleiche Kerbe wie die frühere Filmzensur, nämlich dass man die Feldherren, deren Name und Bild ihren Mitmenschen als „heiliges Symbol großer Taten" fest ins Bewusstsein eingeprägt seien, ja wohl kaum der Maske und Gebärde von Schauspielern anvertrauen dürfe".

„Das heißt, der Stoff hätte schon das Potential zur propagandistischen Ausschlachtung gehabt, der Film war aber historisch viel zu gut gesetzt … interessant". Während ich redete, fiel mir allerdings eine Nuance ein, welche Cornelia Hoffmann erwähnt hatte, und so hakte ich noch einmal nach.

„Wenn ich richtig zugehört habe, sagten Sie eben: Der Film sei *erst einmal* nicht auf großes Wohlwollen gestoßen. Heißt das, die Bewertung hat sich später geändert?"

Dafür erntete ich einen anerkennenden Blick. „Alle Achtung, Sie hören wirklich sehr gut zu", meinte sie. „Liegt das vielleicht an Ihrem Beruf als Journalist?"

„Das mag so sein", lächelte ich. „Die Zwischentöne in den Sätzen, die meine Interviewpartner äußern, sind manchmal die interessantesten Details. Nicht, dass Sie mich falsch verstehen – ich werde keine Reportage über Ihre Zwischentöne veröffentlichen, Madame".

„Schade, ich hätte sie gerne gelesen … wie dem auch sei, zurück zum Film. Sie haben ganz Recht. Vor zwei Jahren wurde „Tannenberg" plötzlich aus der Schublade geholt, als „staatspolitischer Film" eingestuft und landete auf dem Lehrplan der höheren Bildungsanstalten. Ein gewisser Walther Günther, Pädagoge, Filmfachmann und aufstrebendes Mitglied der Reichskulturkammer und noch dazu ein fanatischer Bewunderer von Ludendorff hat dafür gesorgt, dass der Film als Hommage auf das Feldherrengenie des Generals Ludendorff erklärt wurde. Aus Ludendorffs Genie sollten Erkenntnisse für die Zukunft gewonnen werden, die ungeheuer kühnen Entschlüsse nachgeeifert werden … So und ähnlich wurde in den neuen Lehrhandreichungen zu dem Film schwadroniert. Die Ludendorff-Anhänger haben damals selbstverständlich beispiellos gejubelt und die neu aufgelebte Würdigung ihres Idols gefeiert. Nicht zuletzt haben jene das Ganze auch so verstanden, dass damit angebliche „Legenden" und gewisse Zweifel, die über Ludendorffs Rolle bekannt geworden waren, widerlegt worden seien. Womit natürlich zum Teil implizit die Äußerungen meines Mannes gemeint waren".

„Verstehe", nickte ich. „Womit wir bei dem viel zitierten Hoffmann-Ludendorff-Konflikt wären, der offensichtlich auch vor einem – wenn Sie die Formulierung entschuldigen – bloßen Film nicht halt gemacht hat".

„Sie brauchen sich nicht zu entschuldigen. Es stimmt ja. Mich hat es damals selbst gewundert, dass bei dieser Gelegenheit noch einmal die alten Geschichten hervorgekramt wurden und man versuchte, nochmals Dinge „richtigzustellen", die Max einst geäußert hatte. Dabei war mein Mann zu diesem Zeitpunkt schon seit zehn Jahren tot, konnte also weder etwas entgegnen noch etwas Neues publizieren. Das letzte Werk von ihm waren die gesammelten Aufzeichnungen gewesen, welche im Jahre 1929 postum – also zwei Jahre nach Max' Tod – von Karl Friedrich Nowak herausgegeben worden waren. Ludendorff hatte in den Dreißiger Jahren noch einmal nachgelegt, danach war eigentlich alles gesagt. Was sollte also der Nachklapp, noch dazu anlässlich eines auch schon wieder fünf Jahre alten Films?"

Irgendetwas an Cornelia Hoffmanns Überlegungen beschäftigte mich. Schon wieder hatte ich das Gefühl, dass darin eine Aussage versteckt war, die uns weiterbrachte.

Aber welche? Da es mir trotz einigen Grübelns nicht einfallen wollte, fragte ich zunächst etwas anderes.

„Könnten Sie für mich vielleicht etwas genauer beschreiben, welche – hm – Intensität denn der Disput zwischen General Ludendorff und Ihrem Mann hatte? Mir fehlt da, glaube ich, noch ein wenig der entscheidende Überblick, um die von Ihnen geschilderten Reaktionen so richtig bewerten zu können".

Da ich merkte, dass sie an dieser Stelle leicht zögerte, setze ich hinzu: „Natürlich nur, wenn Ihnen das nichts ausmacht. Ich möchte Sie keinesfalls mit unangenehmen Erinnerungen belasten".

Cornelia winkte beruhigend ab. „Nein, nein, das war es nicht", entgegnete sie. „Ich habe vielmehr überlegt, ob es nicht angebracht wäre, an dieser Stelle Arnold Rechberg dazu zu bitten. Er hat das meiste von diesem Konflikt aus erster Hand mitbekommen und sich sogar eine ganze Weile bemüht, zwischen den beiden Kontrahenten zu vermitteln. Hätten Sie etwas dagegen?"

„Aber nein, ganz und gar nicht", versicherte ich. „Im Gegenteil – ich halte das für eine sehr gute Idee. Meinen Sie, Herr Rechberg wäre dazu bereit? Mir schien er sehr zurückhaltend zu sein, als wir uns begegnet sind".

Cornelia lächelte und erhob sich vom Sofa. „Keine Sorge. Er kannte Sie ja noch nicht und ist dementsprechend äußerst vorsichtig gewesen. Mittlerweile haben wir uns über Sie ein Bild gemacht", meinte sie augenzwinkernd. „Sie werden sich ausgezeichnet verstehen, glauben Sie mir".

„Wenn Sie es sagen …"

Während sie noch sprach, war sie bereits zum Telefontischchen getreten und hatte den Hörer

196

abgenommen. Es handelte sich offenbar um ein Haustelefon, denn sie wählte nur eine Ziffer und wartete. Ihr Gesprächspartner meldete sich nur Augenblicke später.

„Arnold? Cornelia hier. Hättest du gerade ein wenig Zeit? Monsieur Genty und ich sind an einem Punkt angekommen, wo wir ganz gerne deine Expertise in Anspruch nehmen würden. – Ja? – Nein, es ist gar kein Problem, wenn du noch ein paar Minuten brauchst. Sagen wir, in einer Viertelstunde? Ich mache uns derweil einen Tee. – Wunderbar! Bis gleich". Damit legte sie auf.

„Sie trinken doch sicher auch einen Tee mit uns, oder?", fragte sie mich.

„Aber sehr gerne".

Zehn Minuten später stand die dampfende Teekanne vor uns auf dem Tisch, nebst drei Tassen, Zucker und einem Schälchen Zitronenstücke. Ein wundervoller Duft nach Jasmin und Zitrusaromen erfüllte das Zimmer, während wir auf das Eintreffen von Arnold Rechberg warteten.

„Der Tee muss noch fünf Minuten ziehen", erläuterte Cornelia Hoffmann. „Genau richtig, wenn Arnold hier sein wird. Warten Sie ab, er wird auf die Minute pünktlich sein". Und so war es auch. Exakt vierzehneinhalb Minuten später hörte man feste Tritte auf der Treppe, und die Viertelstunde war noch nicht abgelaufen, bevor Arnold Rechberg eingetreten war und die Tür hinter sich geschlossen hatte. Ganz genauso lag Cornelia richtig, was Rechbergs Erscheinung betraf. Er schien beinahe umgewandelt zu sein. Die dunklen Augenringe waren noch da, aber nun war er die Freundlichkeit in Person, lächelte mich an und begrüßte mich geradezu herzlich.

„Freut mich sehr, Sie wiederzusehen, Monsieur Genty“, meinte er, während wir einen langen und festen Händedruck wechselten. „Bitte entschuldigen Sie meine Reserviertheit bei unserem ersten Zusammentreffen. Wir haben einige schlechte Erfahrungen mit unerwarteten Besuchern gemacht, das können Sie vielleicht nachvollziehen – aber es tut mir dennoch leid, dass Sie erst einmal der Leidtragende unserer leidvollen Erfahrungen geworden sind“.

„Oh, ich kann Sie gut verstehen“, versicherte ich ihm. „Umso mehr freut es mich, dass wir jetzt die Gelegenheit haben, uns ein wenig kennenzulernen“.

„Ganz meinerseits“, entgegnete Rechberg und nahm in einem Sessel mir gegenüber Platz. „Wo drückt denn der Schuh? Cornelia sagte etwas von einer Expertise, die gefragt sei …“

Daraufhin setzten wir Rechberg mit knappen Worten, doch so ausführlich wie nötig über unsere Unterhaltung ins Bild. Anschließend eröffnete ihm Cornelia, was wir wissen wollten.

„Wir würden also gerne von Dir eine Einschätzung hören, wie kontrovers oder wie intensiv die Differenzen zwischen Ludendorff und Max gewesen sind“, erklärte sie ihm.

Rechberg schaute sie einigermaßen verwundert an und runzelte die Stirn.

„Das verstehe ich aber nicht so ganz. Du könntest die Kontroverse doch ganz genauso wiedergeben, schließlich warst du zum Teil ja direkt betroffen. Und worauf wollt ihr – wollen Sie – damit eigentlich hinaus?“, fragte er.

„Eben darum, weil ich einigermaßen selbst betroffen bin, wäre ich wahrscheinlich nicht besonders unvoreingenommen. Es geht uns aber im Moment darum, ein möglichst objektives Bild der Zusammenhänge zu gewinnen. Warum, das würden wir die gerne anschließend sagen. Du sollst erst einmal ganz unbeeinflusst zu Wort kommen".

Immer noch nicht völlig überzeugt von dem Ansinnen, versuchte Rechberg nichtsdestoweniger, der Bitte nachzukommen. Er lehnte sich etwas zurück, überlegte kurz und begann zu erläutern.

„Angefangen haben müsste der Streit um den Jahreswechsel 1917/18. Das war mitten während der Verhandlungen zu Brest-Litowsk. Die Oberste Heeresleitung – also Hindenburg und Ludendorff – verlangte die Annexion eines breiten polnischen Grenzstreifens an Deutschland. Hoffmann war dagegen und konnte sogar den Kaiser von seinem Standpunkt überzeugen. Tatsächlich stellte Wilhelm II. dann der OHL seine durch Hoffmann geprägte Auffassung zur Lösung der polnischen Frage vor. Dies führte zu einem sehr heftigen Widerstand Hindenburgs und Ludendorffs, die vehement eine andere Entscheidung forderten. Nicht nur das, beide nahmen dies auch Max Hoffmann derart übel, dass sie vom Kaiser die Abberufung des Generals forderten. Zwar konnten sie den Kaiser dazu zu bringen, die Entscheidung zur Polenfrage zu revidieren, in der Personalfrage gab der Kaiser allerdings nicht nach, sondern stellte sich hinter Max Hoffmann. Der blieb also Chefmilitär bei den Verhandlungen und auch Generalstabschef im Osten".

„Interessant", meinte ich. „Von derlei Querelen hinter den Kulissen hat die Außenwelt praktisch gar nichts mitbekommen".

„Nein, das haben die Beteiligten gut unter der Decke gehalten ... Allerdings hat sich die Angelegenheit danach

199

auch wieder einigermaßen beruhigt. Mit seiner harten Verhandlungsführung, dem erneuten Vormarsch Anfang 1918 und der Besetzung riesiger Gebiete Westrusslands und der Ukraine hat er genau die Linie der OHL umgesetzt und ihre Ziele erreicht: die Sicherung enormer Rohstoffe und die Freisetzung der nicht mehr benötigten Truppen nach dem Friedensschluss, um sie an die Westfront zu verlagern. Danach war von einer Abberufung Hoffmanns nie mehr die Rede. Ludendorffs erzwungener Rücktritt nach dem Scheitern der Offensiven hatte dann allein mit der OHL und der Westfront zu tun, aber nichts mehr mit der Ostfront oder gar Max Hoffmann".

„Das stimmt wohl. Aber wenn das so ist und sich der Konflikt wieder beruhigt hat, wie kam es denn dazu, dass die Sache irgendwann so eskaliert ist?", wollte ich wissen.

„Das passierte erst einige Zeit nach dem Krieg. Zunächst sah es ja durchaus danach aus, dass die national gesinnten Generäle und Offiziere in den Wirren der Nachkriegszeit ihre Kräfte vereinen wollten – und würden –, um sich erfolgreich gegen die kommunistischen, sozialistischen und sonstigen linken Revolutionsversuche zu stemmen. Inklusive Ludendorff, Wilhelm Gröner, Ritter von Epp und anderen mehr. Max Hoffmann ist in dieser Zeit regelrecht zwischen München und Berlin hin- und hergependelt. Du hast ihn doch auch ein paarmal begleitet, Cornelia?"

„So ist es", bestätigte sie. „Das hatte so manches Mal seine beängstigenden Seiten. Ich erinnere mich noch gut an ein solches Erlebnis, das war zum Jahresbeginn 1919. Max hatte an einem Abend im Saal des Hofbräuhauses in München eine Rede auf einer nationalkonservativen Veranstaltung gehalten – über die Gefahren des Bolschewismus, wie so oft.

Am anderen Morgen waren wir auf dem Rückweg, als wir auf der Promenadenstraße in die Menschenmassen gerieten, die wegen der Ermordung Eisners in recht wilden Haufen in Richtung des Landtags drängten. Max schaute sich seelenruhig die Demonstranten an, studierte die schlecht geschriebenen Plakate und Transparente und gab die Ruhe selbst, während ich geradezu Todesängste ausstand. Max stellte sich mit seiner hünenhaften Gestalt zwischen mich und die Demonstranten, von denen mittlerweile viele mit Handgranaten und Gewehren bewaffnet zu sein schienen. Die Leute wurden immer aufgeregter, doch Max drehte sich auf einmal lächelnd zu mir um und meinte, wann denn unser nächster Zug ginge. Wir sollten doch allmählich ins Hotel zurückkehren und unsere Koffer packen. Daraufhin legte er seinen Arm um meine Schultern und spazierte einfach davon. Sie können mir glauben, ich war noch nie so froh, aus München weg zu kommen".

Cornelia Hoffmann hatte die Begebenheit so faszinierend geschildert, dass ich mir ob der Tragikomik des Ganzen ein Lächeln nicht verkneifen konnte. Ich beeilte mich jedoch, ihr zu versichern, dass mir der Ernst der damaligen Lage durchaus bewusst sei.

„In der Tat sehr verstörende Ereignisse, das glaube ich Ihnen gerne. Umso erfreulicher, dass Sie diese unruhigen Zeiten damals gut überstanden haben".

„Doch, das kann man schon sagen. Bei vielen Gelegenheiten haben wir wahrscheinlich einfach Glück gehabt … Aber ich merke eben, dass wir vom eigentlichen Punkt ziemlich abweichen. Wir wollten doch über das Problem mit Ludendorff sprechen – Arnold?"

Rechberg hatte während Cornelias Schilderung die Gelegenheit genutzt, sich eine Tasse Tee einzugießen, welche er gerade zu sich nahm.

„Oh, Moment", meinte er und stellte in aller Ruhe erst einmal die Tasse wieder auf den Tisch.

„Richtig, zurück zu Ludendorff. Also, das war so – nein, einen kleinen Schritt zurück. Sie müssen verstehen, Ludendorff war damals eine recht umworbene Symbolfigur im nationalen Lager. Auch, wenn er als Erster Generalquartiermeister der OHL den Zusammenbruch der Westfront zu verantworten hatte, galt er dennoch vielen als genialer Feldherr. Sein Bestreben, im Nachkriegsdeutschland eine politische Rolle zu spielen, fiel durchaus mit dem Wunsch verschiedenster Gruppen und Lager zusammen, ihm eine Führungsrolle für ihr Unternehmen zu gewähren. Auch wir haben damals ernsthaft versucht, ihn für unsere Sache zu gewinnen. Doch es ergab sich Anfang der Zwanziger Jahre, dass Ludendorff zunehmend ins völkische Lager abdriftete. Früher hatte Ludendorff praktisch überhaupt keine antisemitischen Tendenzen erkennen lassen, nun aber trat er mit einer solchen Einstellung mehr und mehr hervor. Besonders seit seiner Zusammenarbeit mit Hitler, die irgendwo zwischen 1920 und 1921 begann, war Ludendorff ganz in dieser völkisch-extremen und staatsstreichbereiten Ecke eingebunden. Und das – jetzt sind wir endlich da, worauf wir zu sprechen kommen wollten – das hat auch sein Verhältnis zu Max Hoffmann endgültig zerstört".

„Aha", glaubte ich zu verstehen. „Dann lag es also gar nicht in erster Linie an den inhaltlichen Differenzen, beispielsweise, wer die Schlacht von Tannenberg wirklich gewonnen hat oder dergleichen. Sondern vielmehr an jener völkischen Orientierung, die sich dann sicherlich weitgehend auch gegen Sie persönlich gerichtet hat".

Bei den letzten Worten schaute ich fragend Cornelia Hoffmann an. Diese nickte erwartungsgemäß.

„So ist es. Die inhaltlichen Differenzen über Strategie und Feldherrenruhm und all diese Dinge kamen im Nachhinein dazu und sie haben das Bild in der Öffentlichkeit dominiert. Das eigentliche Zerwürfnis aber rührte aus dieser Zeit her. Arnold war einer derjenigen, die noch versuchten zu vermitteln, aber es nützte nichts mehr".

„Sie haben zu vermitteln versucht? Wie muss ich mir das vorstellen?", wollte ich von Rechberg wissen.

Rechberg hob bedeutungsvoll den Zeigefinger. „Bei allem Verdienst, den mir Cornelia zuweist, möchte ich betonen, dass diese Idee nicht von mir selbst stammte. Max hat dies selbst vorgeschlagen, nachdem sein erster, eigener, Schlichtungsversuch nicht fruchtete. Unglücklicherweise hatte im Frühsommer 1921 ein Dresdner Schriftsteller namens Albert – den Vornamen weiß ich nicht mehr – in irgendeiner Publikation sehr exponiert herausgestellt, dass Max Hoffmann die führenden Persönlichkeiten der Obersten Heeresleitung stark angegriffen und über General Ludendorff Beleidigendes geäußert habe. Daraufhin hat Max Anfang Juli während eines Urlaubs am Tegernsee Ludendorff, der sich ebenfalls dort aufhielt, zu einer Unterredung aufgesucht. Max wollte Ludendorff erklären, dass er gegenüber diesem Schriftsteller zwar eine sachliche Kritik an verschiedenen Maßnahmen der OHL geäußert hatte, aber keineswegs gehässige Bemerkungen gebraucht und schon gar nicht dem General Ludendorff den Vorwurf der Unwahrheit gemacht hätte. So, wie Max es mir im Anschluss daran geschildert hat, hat Ludendorff sehr wortkarg reagiert und eben nicht den Eindruck gemacht, dass die Angelegenheit damit erledigt sei.

Also suchte ich nun auf Max' Bitte hin Erich Ludendorff auch noch auf. Ich hatte mir zwei Strategien zurecht gelegt: Zum einen würde ich für die Öffentlichkeit die unterschiedlichen Standpunkte der beiden Offiziere auf einen gemeinsamen Nenner zu bringen und das Schlagwort von den „Unstimmigkeiten" aus der Welt zu schaffen versuchen. Das sollte dann etwa so klingen, dass beide zu den hervorragendsten Feldherren in der Kriegsgeschichte gerechnet werden müssten, sie aber im Temperament und Charakter verschieden seien. Aus diesem Grunde müsste geradezu ihre Auffassung und Beurteilung strategischer Fragen zuweilen verschiedenartig sein. Wenn Ludendorff und Hoffmann nicht jeder von den ungewöhnlichen Fähigkeiten des anderen überzeugt wären, dann hätten sie nicht so weltgeschichtliche Schlachten schlagen und gewinnen können. Von den Eigenschaften her habe ich dann Ludendorffs „unvergleichliche Entschlossenheit" mit der „kaltblütigen Einsicht" Hoffmanns kombiniert. So wurde das tatsächlich auch veröffentlicht, im *Bayerischen Staatsanzeiger* etwa, so dass beide sehr gesichtswahrend aus der Diskussion hätten herauskommen können".

Durch meine Tätigkeit als Journalist war mir das Ringen um akzeptable Formulierungen durchaus vertraut. Gerade, wenn es um Sachverhalte ging, bei denen recht gegensätzliche Parteien involviert waren, denen man in seinem Bericht aber trotzdem einigermaßen ausgewogen gerecht werden musste, gehörte dazu eine ganze Menge

Fingerspitzengefühl. Ich konnte Rechbergs Leistung sicher nur erahnen, sparte aber nicht mit Anerkennung für dessen Bemühen.

„Sehr bewundernswert, was Sie den beiden da als ‚Goldene Brücke' gebaut haben", meinte ich. „Schade, dass diese Brücke offenbar nicht genügt hat. Doch Sie sprachen vorhin von *zwei* Strategien, die Sie verfolgt haben. Was ist denn die andere gewesen?"

„Richtig, das hätte ich beinahe vergessen. Eigentlich eine ganz einfache Idee, aber mit potentiell großer Wirkung – ich habe Ludendorff angeboten, in unserem Unternehmen die Rolle des obersten Militärs einzunehmen. Max Hoffmann hätte sich mit der strategischen Planung begnügt, Ludendorff dagegen hätte die militärische Führungsfigur oder meinethalben auch die des nominellen Oberkomman-dierenden einer Russland-Expedition abgeben können. Ludendorff hat sogar kurzzeitig geschwankt, sich dann aber recht schnell dagegen entschieden. Obwohl er ein Vorgehen gegen Sowjetrussland und militärische Maßnahmen gegen den Bolschewismus befürwortete, lehnte er ein Bündnis mit den ehemaligen Entente-Mächten, insbesondere mit Frankreich, doch vehement ab. Dadurch ist nicht nur die „Operation Versöhnung", wie ich es einmal nennen möchte, zwischen ihm und Max Hoffmann letztlich ins Leere gelaufen, sondern Ludendorff hat sich danach nur noch stärker auf seine Verflechtung mit dem völkischen Lager konzentriert".

„Was letztlich in den unseligen Hitlerputsch von 1923 gemündet hat", konstatierte ich.

„So ist es".

Einige Minuten lang schwiegen wir uns gegenseitig an. Rechberg hatte viele Puzzlesteine beigetragen, die allmählich mein Bild der komplexen persönlichen Beziehungen Max Hoffmanns zu Ludendorff als einer Schlüsselfigur der damaligen Zeit klarer werden ließen. Ein Puzzlestück fehlte mir allerdings noch, nur dauerte es einen Moment, bis mir das fehlende Teil auffiel. Erst, nachdem ich in Gedanken noch einmal alle Aussagen Rechbergs durchgegangen war, kam ich darauf.

„Mir ist noch etwas aufgefallen – schon wieder. Ich hoffe, Sie sehen mir nach, wenn ich ein letztes Mal etwas frage", sagte ich entschuldigend.

Rechberg lächelte und winkte jovial ab. „Sie müssen sich doch nicht entschuldigen. Ein kluger Kopf hat einmal gesagt, es sei immer eine gute Zeit, Fragen zu stellen … Also fragen Sie nur, dazu bin ich doch da. Oder wir beide, besser gesagt".

„Danke. Ich weiß das zu schätzen, wirklich", versicherte ich.

„Sie beide erwähnten vorhin gleichermaßen, dass Sie – Cornelia – ganz direkt von der Kontroverse mit Ludendorff betroffen gewesen wären. Dazu haben Sie aber, wenn ich mich halbwegs vollständig erinnere, bisher gar nichts weiter gesagt".

Cornelia Hoffmann seufzte. Nach einer langen, sehr langen Pause erhob sie sich und trat zu einem halbhohen Schrank hin, der neben dem Sofa im Wohnzimmer stand. Sie öffnete eine Schublade, hob einen Papierstapel heraus und zog nach kurzem Durchblättern eine leicht vergilbte Zeitung hervor. Die anderen Papiere ließ sie wieder in der Schublade verschwinden, während sie die Zeitung mit an den Tisch brachte.

„Hier, lesen Sie das", meinte sie und reichte mir das Zeitungsexemplar herüber. „Dort, in der rechten Spalte".

Neugierig nahm ich das Blatt entgegen und konnte nicht verhindern, dass mir ein spontaner Ausruf des Erstaunens entglitt.

„Was?! Verzeihen Sie, aber das finde ich jetzt sehr überraschend! Eine Ausgabe des *Vorwärts*? Ich hätte nicht erwartet, das Zentralblatt der Sozialdemokratie im Hause Hoffmann zu finden".

„Ist sie normalerweise auch nicht, das stimmt. Aber diese Ausgabe haben wir im Hause, weil sie etwas Relevantes enthält. Sie werden es gleich sehen".

„Auch, wenn Ihnen das anscheinend recht unangenehm ist?"

„Ja", lautete die nüchterne Antwort Cornelias.

Das Exemplar des Vorwärts, das ich nun in der Hand hielt, stammte vom 23. Mai 1924. Der Leitartikel ließ sich über die offensichtlich fehlgeleitete Heldenverehrung aus, welche dem General Ludendorff zuteilwürde. Mitten im zweiten Absatz wurde es interessant. Ludendorff habe einen „infamen Streich" gegen General Hoffmann geführt und jener Streich müsse eigentlich dazu führen, Ludendorff jede Heldenrolle abzusprechen. Folgendes war zu lesen:

> „… *haben Ludendorff nicht davon abhalten können, am 28. Juli 1921 an einen Journalisten den bekannten Brief zu richten, den wir, da er nicht vergessen werden darf, noch einmal abdrucken wollen. Die Ludendorffsche Stilübung lautet wie folgt*:

> «General Hoffmann hat sich ein Interview mit einem Sozialdemokraten geleistet. Er ist krankhaft ehrgeizig, steht ganz unter dem Einfluss seiner jüdischen Frau, geborene Stern, hat bei einem

Sektgelage im Januar einen Schlaganfall gehabt und scheint noch mehr in die Hände von Frau Cornelia Irene gekommen zu sein. Vielleicht ist er noch krank. Seine Frau hatte im Frühjahr 1918 einen politischen Salon, in dem Erzberger und Solf – beides Reichsverderber – verkehrten. Hindenburg verbot auf meine Bitte den Salon. Dieser Frau schreibt er Briefe von einer Bedeutung, dass sie aufgehoben werden! Während es verboten war, wichtige Mitteilungen zu machen. So kann man sich nicht wundern, wenn unsere Maßnahmen bekannt wurden. Wie er über mich spricht, ist nicht sehr schön; aber meinethalben, erlogen sind meine Kriegserinnerungen nicht, sondern durch und durch wahr.

Ich bitte also scharf Stellung zu nehmen. Trotz seiner Kriegsverdienste wirkt jetzt H. als Schädling, der in echt jüdischer Weise vaterländische Werke zerstört.

Ich bitte, aus sich heraus zu schreiben, nicht meine Anregung zu erwähnen».

Untreue, Tücke, Feigheit vereinigen sich in diesem Schreiben zu einem widerlichen Bilde. Gegen General Hoffmann müsse trotz seiner Kriegsverdienste in der Öffentlichkeit scharf Stellung genommen werden, weil er sich über Ludendorff „nicht sehr schön" ausgesprochen hat. Die Tatsache, dass er eine jüdische Frau hat, soll einer urteilslosen Menge zu dem Zweck mitgeteilt werden, den Kriegskameraden in ihren Augen herabzusetzen. Ein Schlaganfall des „vielleicht noch Kranken" soll auf alkoholische Ausschweifungen zurückgeführt werden. Aber es darf niemand wissen, von wem diese grenzenlos gemeinen Vorwürfe stammen. Das Verhalten Ludendorffs kann nur durch die Worte charakterisiert werde: „Ein Bubenstück, ersonnen, um einen Mann zu verderben". In den Augen aller anständigen Menschen ist der, der es verübt hat, für alle Zeiten gerichtet".

Mit jeder gelesenen Textzeile war mein Entsetzen in gleicher Weise gestiegen. Sprachlos starrte ich Cornelia Hoffmann an, während meine Hände langsam die Zeitung sinken ließen. Cornelia sah die ungläubige Fassungslosigkeit in meinem Gesicht und hob verstehend die Augenbrauen, sagte aber nichts. Es dauerte eine ganze Weile, bis ich die ersten Sätze herausbrachte.

„Das ist … nein, ich kann nicht annähernd beschreiben, wie ungeheuerlich das Ganze ist. Ebenso wenig kann ich sicherlich nachempfinden, wie schlimm dieses Verhalten, diese Propaganda für Sie und ihren Mann gewesen sein muss – und noch ist, wie man Ihnen doch sehr deutlich anmerkt. Es tut mir sehr leid, wirklich".

„Danke, ich weiß das zu schätzen, lieber Monsieur Genty". Sie zögerte einen Augenblick und fragte dann: „Oder darf ich Paul sagen?"

Selbstverständlich zeigte ich mich über ihr Angebot sehr erfreut. „Es wäre mir eine Ehre und Freude, Madame ... ich meine, Cornelia", entgegnete ich.

Arnold Rechberg mochte das Gefühl haben, nicht zurückstehen zu wollen, und so bot er mir postwendend ebenfalls seinen Vornamen an. Mir war das nur recht. In Ermangelung von Sektgläsern hoben wir spontan unsere Teetassen und prosteten einander zu, was uns allen dreien unweigerlich ein Lächeln entlockte, trotz des unangenehmen Gesprächsstoffes.

„Wie Sie selbst schon sagten, hat uns die Tirade von Ludendorff ungemein mitgenommen", fuhr Cornelia fort. „Zumal – bedenken Sie das Datum des Originalbriefes, Ende Juli 1921! – er diesen Brief nur wenige Tage nach seinem Gespräch mit Arnold geschrieben haben muss".

„Und wir davon ausgehen mussten, er würde sich die Sache noch überlegen", ergänzte Rechberg. „Dabei hatte er sich nicht nur längst entschieden, sondern war vielmehr wild entschlossen, die Reputation von Max ein für alle Mal zu vernichten. Er hat das Interview von Max mit einem der zahlreichen Journalisten zum Anlass genommen und sein Pamphlet einem seiner Meinung nach gefügigen Journalisten einer rechtsnationalen Zeitung zukommen lassen, mit den entsprechenden „Hinweisen" zur Veröffentlichung, die Sie ja gelesen haben".

„Aber sind denn Ludendorffs Tiraden damals wirklich so veröffentlicht worden? Der Bericht im Vorwärts klang irgendwie nicht danach", fragte ich.

Cornelia schenkte mir erneut einen sehr erstaunten Blick.

„Ich bewundere immer wieder Ihre Aufmerksamkeit, Paul. Es ist geradezu unglaublich beeindruckend, wie sehr Sie auf Nuancen und Kleinigkeiten achten … immerhin haben Sie diesmal nur halb recht", meinte sie schmunzelnd. „Die Sache wurde veröffentlicht, aber lediglich in einem völlig unbedeutenden Lokalblatt – wie hieß das doch gleich, Arnold?"

Rechberg überlegte einen Moment lang, dann fiel es ihm ein.

„Die *München-Augsburger Abendzeitung*, glaube ich".

„Richtig, die war es. Einen willigen Journalisten bei einem besseren Blatt hat Ludendorff wohl nicht gefunden. Jedenfalls war der Inhalt des dortigen Artikels gegenüber dem eigentlichen Brief Ludendorffs schon deutlich abgeschwächt, der Journalist oder Redakteur hat sich offenbar nicht getraut, alles genauso wiederzugeben. Noch dazu hat der Artikel explizit Ludendorff als Urheber genannt. Damit war der Versuch, die Angriffe zu verschleiern, grandios gescheitert. In der Öffentlichkeit ist die Angelegenheit damals auf keine große Aufmerksamkeit gestoßen. Erst drei Jahre später, als der Vorwärts die Sache noch einmal aufgegriffen hat, wurde darüber auch in anderen Zeitungen in Berlin und Wien berichtet".

Nachdenklich wanderte mein Blick von Cornelia Hoffmann zu Arnold Rechberg, dann zu dem Teeservice auf dem Tisch, den Zeitungen und anderen Unterlagen, die sich mittlerweile angesammelt hatten, und wieder zurück zu Cornelia. Ich versuchte meine Gedanken zu ordnen, was sich angesichts der Fülle an Ereignissen und Informationen, die wir besprochen hatten, alles andere als einfach darstellte. Doch wie ich es auch betrachtete, ich konnte die Vermutung, die Cornelia über das Schicksal ihres Mannes geäußert hatte, nicht von der Hand weisen.

„In Anbetracht dessen, was Sie mir alles erzählt haben, ist es zweifellos nicht zu viel gesagt, dass Ludendorff wahrlich einen abgrundtiefen Hass auf Ihren Mann entwickelt hat. Und Sie glauben also, dass General Ludendorff sich in diesen Hass und all die Aktionen zur Rechtfertigung seiner Reputation derart hineingesteigert hat, dass er letztlich … hm … Operationen in die Wege geleitet hat, die zum Tod Ihres Mannes geführt haben?"

„Genauso ist es, Paul", erklärte Cornelia in voller Überzeugung. „Ich kann es mir einfach nicht anders vorstellen".

Eigentlich hatte ich von ihr keine andere Antwort erwartet. Doch ich wollte sichergehen.

„Hm … wie sieht es mit Ihnen aus, Arnold? Sind Sie derselben Überzeugung?"

Arnold Rechberg atmete tief durch, beugte sich vor und legte die Finger beider Hände an seine Schläfen.

„Nein", sagte er schließlich. „Nein, ich bin nicht dieser Überzeugung!"

„Arnold!", stieß Cornelia ärgerlich hervor.

„Cornelia, bitte!", entgegnete Rechberg und richtete sich langsam wieder auf. Anschließend wandte er sich zu mir.

„Sie sollten wissen, Paul, dass Cornelia und ich schon oft über diesen Gedanken gesprochen haben. Nicht erst seit heute sind wir dessenthalben verschiedener Meinung".

Er hielt kurz inne, strich sich grübelnd über das Kinn und fuhr dann fort.

„Anfangs, als das mit Max passiert ist, hielt ich es für durchaus plausibel, dass Max' Tod keine natürlichen Ursachen haben und ebenso, dass Ludendorff darin verstrickt sein könnte. Doch inzwischen hat sich meine Ansicht geändert".

„Und wieso haben Sie ihre Meinung revidiert?", wollte ich wissen.

„Dafür gibt es mehrere Gründe. Da wäre zum einen der Zeitpunkt: Warum ausgerechnet 1927? Max hatte in den Zwanziger Jahren zwei Bücher veröffentlicht, den *Krieg der versäumten Gelegenheiten* und *Tannenberg, wie es wirklich war* – also 1923 und 1926. Ludendorff hat sich jeweils publizistisch vehement gegen Max' Darstellungen gewehrt, es gab heftige Diskussionen in der nationalen wie internationalen Presse, aber doch kein Anzeichen dafür, dass jemand Max tätlich angegriffen hätte. Warum also ein Jahr nach dem letzten Buch? Eine Art späte Rache? Das mochte ich immer weniger glauben. Zum anderen hatte Ludendorff schon lange keine Aussicht mehr, politisch irgendetwas zu erreichen. Seine Beteiligung am Hitlerputsch von 1923 hat ihn fast jede Reputation gekostet. Zur Reichspräsidentenwahl 1925 ist er zwar noch als Kandidat der Völkischen aufgestellt worden, aber erlebte schon im ersten Wahlgang mit nur einem mageren Prozent der Stimmen ein regelrechtes Debakel und trat zum zweiten Wahlgang gar nicht erst an. Und im Nachhinein für überhaupt nichts mehr. Er musste also keinen Konkurrenten für irgendetwas aus dem Weg räumen. Hier spielt dann auch ein dritter Grund hinein, weswegen ich Ludendorffs Beteiligung eigentlich ausschließe: Wer sollte für ihn den Mord oder den Anschlag verübt haben? In der Reichswehr hatte Ludendorff längst seine letzten Gönner und ehemaligen Kameraden verprellt, von denen hätte ihm niemand so etwas organisiert. Den Nationalsozialisten würde ich zwar einen Mord an sich zutrauen, aber nicht für Ludendorff und nicht zu jener Zeit. Ausgeschlossen", schloss Rechberg seine Ausführungen.

„Was die Mittel angeht, so muss ich Ihnen sicherlich zustimmen. Für Ludendorffs Möglichkeiten wäre ein Anschlag – und noch dazu ein offenbar kaum nachweisbarer – wohl kaum durchführbar gewesen", musste ich ihm beipflichten. „Bezüglich des Motivs bin ich mir jedoch nicht so sicher. Ludendorff hätte immer noch eines gehabt. Soweit ich weiß, war es doch kein Geheimnis, dass Max Hoffmann

213

plante, seine Kriegstagebücher zu publizieren. Vielleicht fürchtete Ludendorff weitere Bloßstellungen?“

„Das vielleicht schon“, gab Rechberg zu. „Aber er konnte ja auch so nicht verhindern, dass die Kriegsaufzeichnungen aus Max‘ Nachlass posthum veröffentlicht wurden. Und soweit ich weiß, hat sich Ludendorff in die Diskussionen oder Verhandlungen über diese Veröffentlichung nie eingemischt. Das war vielmehr Hindenburg – stimmt doch, Cornelia?“

„Das stimmt“, nickte Cornelia bestätigend. „Ich kann mich noch gut an die unendlichen, zähen Gespräche mit Karl Friedrich Nowak erinnern. Das war der Verleger, bei dem Max schon seine anderen Werke veröffentlicht hatte und den ich wie selbstverständlich auch jetzt wieder mit dieser Sache betrauen wollte. Doch nachdem Nowak die erste Version des Typoskripts fertiggestellt hatte, kam aus der Kanzlei des Reichspräsidenten – Hindenburg eben – so viel Druck, vermeintlich negative Darstellungen des Feldherrn Hindenburg zu unterlassen, dass in mehr als zwei Dutzend Dokumenten mehr oder minder große Streichungen veranlasst wurden. Ich versuchte, Nowak zu überzeugen, nicht nachzugeben, doch letzten Endes vergeblich. Die Veröffentlichung erfolgte mit den Kürzungen, und dabei ist es geblieben. So hat sich Hindenburg auch nach Max‘ Tode noch gegen ihn durchgesetzt ...“

„Das klingt ja fast genauso wie der Streit um den Tannenberg-Film“, musste ich unwillkürlich die Parallele ziehen. „Hindenburg gegen Hoffmann. Und am Ende gewinnt Hindenburg. Ich hoffe, Sie verzeihen mit diese etwas plakative Wertung, Cornelia“.

„Das tue ich, Paul. Sie haben ja irgendwie Recht. Es war wirklich beinahe wie bei der Filmsache, das fällt mir jetzt erst so richtig auf. Der berühmte Blick von außen hilft manchmal eben doch", meinte sie und schenkte mir erneut eines ihrer bewundernswerten Lächeln.

„Das heißt aber doch gleichermaßen", warf jetzt Rechberg ein, „dass auch Hindenburg kaum dafür infrage kommt, für den Tod von Max verantwortlich zu sein. Er konnte sich voll und ganz auf seine legalen Instrumente verlassen. Was es auch gewesen wäre, ein Film, ein Buch oder etwas anderes, die Ministerien und Zensurbehörden hätten – und haben – schon dafür gesorgt, dass nichts Unliebsames die Öffentlichkeit erreicht hätte. Da brauchte es gar keine anderen Mittel. Sofern es überhaupt einen Anschlag gegen Max gab".

In diesem Augenblick fiel mir ein, worüber ich die ganze Zeit unbewusst gegrübelt hatte. Cornelia hatte gleich zu Beginn unseres Gesprächs etwas gesagt, was mich nicht mehr losgelassen hatte, doch erst jetzt sprang es mir regelrecht ins Auge.

„Sie meinen also, Hindenburg oder seine Leute würden auch dann versucht haben, bei legalen Mitteln zu bleiben, wenn es um ganz neue und brisante Äußerungen über ihn (und vielleicht auch Ludendorff) ginge, die bisher noch nie ans Licht gekommen waren?"

Cornelia schaute mich mit großen Augen an, rollte sie dann wie nach einer plötzlichen Erkenntnis im Kreis und war drauf und dran, sich mit der Hand vor die Stirn zu schlagen.

„Natürlich! Max' versteckte Briefe! Wie konnte ich die nur vergessen?! Ich verstehe mich selbst kaum, unglaublich", erklärte sie aufgeregt.

„Eben, genau wegen dieser Briefe bin ich doch eigentlich gekommen. Sie hatten es ganz vorhin erwähnt, fast nebenbei:

, danach war eigentlich alles gesagt, was sollte also der Nachklapp'. Der Satz störte mich irgendwie, aber ich kam in dem Moment auch nicht auf die Papiere, um deren Veröffentlichung es ja genau geht. Wer fürchtet diese Papiere so sehr, wenn nicht Ludendorff und Hindenburg?" Arnold Rechberg blickte derweil recht ratlos zwischen Cornelia und mir hin und her. Anscheinend war ihm nicht klar, worüber wir im Moment sprachen.

„Einen Augenblick bitte", meldete er sich zu Wort. „Könnte mich jemand bitte ins Bild setzen, von welchen brisanten Äußerungen hier eigentlich die Rede ist? Ich meine, natürlich weiß ich, dass du mit irgendwem wegen der alten Briefe von Max verhandelt hast, aber näheres hast du mir nie erzählt".

„Tatsächlich? Oh, das tut mir leid, Arnold", entschuldigte sich Cornelia. Während sie in groben Zügen Rechberg über die Briefe und ihre bisher vergeblichen Versuche zu einer Veröffentlichung derselben in Kenntnis setzte, berichtete ich ihm von der Korrespondenz mit Captain Liddell Hart, wie wir auf die Papiere aufmerksam geworden waren und worin meine Mission hier in Berlin bestand.

Mit wachsendem Interesse hatte Rechberg unserer Schilderung gelauscht. Nachdem wir ihn mehr oder weniger vollständig mit allen relevanten Details vertraut gemacht hatten, lehnte er sich zurück und nickte bedächtig.

„Das macht es allerdings wirklich interessant. Diesen Faktor habe ich bisher nicht auf der Rechnung gehabt. Wobei ich Ihnen insoweit eindeutig zustimmen würde, als Hindenburg beziehungsweise die Präsidialkanzlei sicherlich genügend Möglichkeiten gehabt und genutzt hätten, auf quasi legalem Weg jede unliebsame Veröffentlichung zu verhindern. Falls

... ja, falls ... lassen Sie mich mal einen Augenblick überlegen, bitte".

Rechberg schloss für einen Moment die Augen und legte den Zeigefinger auf seinen Mund. Man konnte förmlich spüren, wie er eine Idee gedanklich durchspielte. Ungeduldig warteten wir auf das Ergebnis. Endlich öffnete Rechberg wieder die Augen.

„Was ich mir gerade überlegt habe", meinte er, „ist Folgendes: Was wäre, wenn gar nicht Hindenburg selbst hinter der Sache steckt? Bedenken wir wieder den Zeitpunkt – wann war es doch gleich, dass das Reichsarchiv auf dich zukam, um die unveröffentlichten Dokumente zu übernehmen?"

Cornelia musste nicht lange überlegen.

„Das war im Herbst 1934", wusste sie sofort.

„Eben. Hindenburg ist im August 1934 gestorben. Der oder die Verantwortlichen für die eigentliche Sache haben jetzt freie Hand und wollen aufräumen. Sie wissen, es gibt vielleicht nicht nur Briefe, sondern noch weitere Dokumente und, die Max damals irgendwie in die Hände bekommen hat und wollen sie wiederbekommen. Dass diese für uns Unbekannten und ihre Bemühungen mit der Naziregierung zu tun haben, hatten Sie ja auch schon bei Ihrer Pariser Besprechung vermutet, wie Sie eben sagten. Es gibt also mehrere Versuche, dich – Cornelia – dazu zu bewegen, den Nachlass herauszugeben. Der erste verläuft im Sand. Dann der nächste Versuch Anfang dieses Jahres. Merkwürdig zwar, dass über vier Jahre dazwischen liegen, aber vielleicht gab es einen bestimmten Anlass, die Anstrengungen gerade jetzt zu erhöhen. Können Sie mir soweit folgen?"

„Nicht so schnell", bat ich. „Was sollten denn das für Dokumente sein? Bisher sind wir doch nur von Briefen und Korrespondenz ausgegangen, dachte ich. Und wer sollten diese Unbekannten sein, die da hinter Hindenburg stecken?"
„Was für Dokumente – nun, da gibt es viele Möglichkeiten. Max hat sich Anfang der Zwanziger mit allem getroffen, was Rang und Namen hatte. Politiker, Diplomaten, Militärs, Industrielle; Deutsche, Franzosen, Engländer, Amerikaner, Exilrussen und so weiter. Er und auch wir beide gemeinsam haben wirklich jeden in unsere Interventionspläne gegen Sowjetrussland einzuspannen versucht. Dabei sind uns mehr als einmal sehr interne Informationen zugespielt worden oder zufällig bekannt geworden. Gut möglich, dass Max auf diesem Weg auf einen extrem sensiblen und eigentlich geheimen Vorgang gestoßen ist. Sagen wir, in einem Brief oder als Beilage zu einem solchen gerät ihm ein Dokument in die Hände, was er keinesfalls hätte zu Gesicht bekommen sollen. Nehmen wir weiterhin an, jemand aus dem Umkreis von Hindenburg oder der Reichswehrführung erfährt davon und versucht, den Schaden zu begrenzen. Doch Max lehnt es ab, das Dokument wieder herauszugeben oder will es gar offen einsetzen. Es bleibt nur eine Möglichkeit: Man versucht, Max zum Schweigen zu bringen und nimmt letztlich zu einem Mordanschlag Zuflucht".
„Du meinst, so eine Art letzter Mord der Organisation Consul?", warf Cornelia ein. „Sie wissen, wen ich meine, Paul?"
Ich nickte. „Wer kennt sie nicht? Der Verein von Korvettenkapitän Ehrhardt und Hauptmann Pabst, der für mehr Morde verantwortlich ist als jede andere rechte Gruppe aus dem Reservoir der Freikorps. In den Anfangsjahren der

Republik sogar von der Reichswehrführung inoffiziell geduldet, wenn nicht sogar für bestimmte Aufträge gebraucht. 1922 offiziell aufgelöst, aber inoffiziell als Geheimbund weiter aktiv. Wie lange, weiß keiner … aber es würde grundsätzlich passen".

„Exakt, genau so etwas hatte ich gemeint", nahm Rechberg den Faden wieder auf. „Das würde auch zum Rest des Bildes passen. Ich nehme nicht an, dass Hindenburg persönlich einen Anschlag in Auftrag gegeben hätte, das passt nicht zu ihm. Entweder hat er befohlen, die Dokumente wiederzubeschaffen, oder es ging darum, etwas mit seiner Unterschrift wiederzubeschaffen. Nach dem Mordanschlag dürfte Hindenburg alles andere als begeistert gewesen sein und hat sicherlich angewiesen, die Sache abzubrechen und auf sich beruhen zu lassen. Deshalb ist seit 1927 auch nie mehr etwas bezüglich jener Papiere aufgekommen".

„Und Hindenburg hat seitdem streng darauf geachtet, dass alle weiteren Ereignisse – wie etwa die Veröffentlichung der Kriegsaufzeichnungen – mit strikt legalen Mitteln beantwortet wurden", ergänzte ich. „Stimmt, es passt zusammen. Und wie Sie vorhin sagten, Arnold: Nach Hindenburgs Tod war oder ist immer noch jemand im Geschäft, der aber jetzt für die Nationalsozialisten arbeitet. Und vielleicht anfangs den Fehler von damals endgültig beheben wollte und nun aus irgendeinem Grund verhindern will – eventuell sogar muss –, dass gerade jetzt etwas davon an die Öffentlichkeit gelangt. Schon gar nicht im Ausland, denn es wird ja möglicherweise den Verantwortlichen nicht verborgen geblieben sein, dass Anfragen zwecks einer Veröffentlichung der Papiere des Generals an verschiedene Stellen im In- und Ausland ergangen sind".

Etwas widerstrebend musste Cornelia zugeben, dass Letzteres durchaus im Bereich des Möglichen lag. Weder die Tatsache, dass es noch bisher unveröffentlichte Teile des Nachlasses von Max Hoffmann gab noch die Veröffentlichungsbemühungen waren als solche sonderlich geheim gehalten worden. Eine Weile diskutierten wir noch die verschiedenen Möglichkeiten, welche Personen aus dem Umkreis von Hindenburg oder der Reichswehr in die Verschwörung – so nannten wir die Angelegenheit mittlerweile untereinander – verwickelt gewesen sein könnte und wogen die jeweiligen Pros und Kontras gegeneinander ab. Irgendwann hatte ich jedoch das Gefühl, dass wir uns nur noch im Kreise drehen würden, anstatt zur Lösung des Rätsels voranzukommen. So machte ich dann einen eigentlich naheliegenden Vorschlag.

„Das ist alles schön und gut, doch ich glaube, so langsam wird es Zeit, einen Blick in die Papiere selbst zu werfen. Ansonsten werden wir in den nächsten Stunden noch nicht schlauer, denken Sie nicht auch? Also, Cornelia, wo haben Sie die Dokumente?"

Cornelia Hoffmann war bei meiner Frage unvermittelt ausgesprochen nervös geworden. Sie antwortete erst einmal überhaupt nicht, stand dann abrupt auf und breitete wie kapitulierend die Arme aus.

„Tja, ich habe befürchtet, dass Sie irgendwann diese Frage stellen werden. Dennoch trifft sie mich ziemlich unvorbereitet. Wie soll ich es Ihnen sagen ... nun, ich habe die Papiere nicht".

Arnold Rechberg und ich starrten Cornelia entgeistert an.

„Wie bitte? Sie haben sie nicht?! Aber ... aber Sie wissen, wo sie sind, oder?", stieß ich hervor.

Cornelia schüttelte den Kopf.

„Nein, auch das nicht. Ich habe sie nicht und weiß nicht, wo sie sind. Leider".

„Das kann … das darf doch nicht wahr sein! Ich verstehe das nicht – Sie haben doch gesagt, nein geschrieben, Sie hätten die Papiere an einen sicheren Ort schaffen lassen. Das heißt doch – muss doch bedeuten, dass Sie wissen, wo sie sind??", stammelte ich.

Erneut schüttelte Cornelia den Kopf, setzte sich aber wenigstens wieder hin.

„Nein, nein – eben nicht!", entgegnete sie. „Ich habe das nie geschrieben. Das war Barry Sullivan, der selbiges in seinem Brief an Basil Liddell Hart erwähnt hat. Doch das ist ein Missverständnis: Nicht ich, sondern Max hatte die Papiere versteckt oder wegschaffen lassen! Ich habe nicht die geringste Ahnung, wo sie sein könnten, wirklich nicht".

Erneut wechselten Arnold und ich ausgesprochen konsternierte Blicke. Mit allem möglichen hatte ich gerechnet, doch damit nicht. Meine ganze schöne Mission schien vor meinen Augen zusammenzubrechen. Nur schwer gelang es mir, wieder einen klaren Gedanken zu fassen.

„Wieso haben Sie sich denn dann selbst um eine Veröffentlichung der Dokumente bemüht, wenn Sie sie gar nicht hatten?", fragte ich schließlich.

„Nun, ein paar Dinge habe ich ja schon. Sie erinnern sich – die Dokumente etwa, welche bei der Veröffentlichung der Kriegsaufzeichnungen durch Karl Nowak nicht oder nur gekürzt zum Zuge gekommen waren. Dazu ein paar Briefwechsel aus den ersten Nachkriegsjahren zwischen Max und Mitgliedern der alliierten Militärmissionen in Deutschland. Für eine Publikation hätte es also notfalls gereicht. Und Sie können mir getrost glauben, dass ich all die Jahre immer wieder nach den Dokumenten gesucht habe. Ich hoffte einfach, sie letztlich doch noch zu finden. Bisher leider vergeblich".

Mittlerweile hielt es mich ebenfalls nicht mehr in meinem Sessel. Geradezu unbewusst war ich aufgestanden und wanderte, wie ich feststellte, seit einigen Minuten nervös und nachdenklich im Wohnzimmer auf und ab.

„Hat Ihnen Ihr Mann vielleicht irgendeinen Hinweis auf seine Hinterlassenschaft hinterlassen? Und wenn es nur eine Kleinigkeit wäre?"

Cornelia überlegte einen Moment, schüttelte jedoch erneut den Kopf.

„Nicht, dass ich wüsste … Ein Testament hat er nie aufgesetzt, es war einfach klar, dass Ilse und ich alles erhalten würden. Wobei es ein echtes finanzielles Erbe ja gar nicht mehr zu verteilen gab. Ansonsten fällt mir nichts ein".

„Hm … keine Andeutung? Ein verschwörerischer Blick? Ein seltsamer Satz?", versuchte ich weitere Strohhalme zu erhaschen.

Jetzt hielt Cornelia inne und runzelte angestrengt die Stirn. Schon wollte ich nachhaken, da gebot sie mir Einhalt.

„Ein seltsamer Satz! In dem Moment, wo Sie das erwähnt haben, musste ich tatsächlich an etwas Derartiges denken. Ein Satz in einem seiner letzten Briefe, den ich nie so recht verstanden habe. Warten Sie, ich hole den Brief eben".

Wie zuvor, trat sie wiederum an den wohlbekannten Schrank und zog eine weitere seiner Schubladen auf. Von einem Stapel Briefe hob sie den obersten ab und reichte ihn mir zu.

„Lesen Sie einmal diesen Satz hier unten", meinte sie und zeigte auf die betreffende Stelle. Ich setzte mich wieder,

Arnold Rechberg beugte sich ebenfalls gespannt herüber, und zu dritt nahmen wir uns Max Hoffmanns Äußerung vor.

„… und sollte jemals irgendwer Zweifel an meiner Aufrichtigkeit haben, so kann ich ihm stets ins Gesicht sagen, dass die Augen der großen Königin beständig über mein wahrhaftiges Vermächtnis Wache gehalten haben!"

Cornelia lehnte sich zurück und zuckte mit den Schultern.

„Ich habe wirklich keine Ahnung, was er damit gemeint hat. Und genauso wenig, ob dies überhaupt irgendetwas mit den Papieren zu tun haben könnte. Falls ja, ist es mir bisher nie bewusst gewesen – und ich habe auch jetzt nicht die leiseste Idee, was es bedeuten könnte".

Wir lasen den Satz einmal, zweimal, noch drittes Mal, doch mussten uns anschließend genauso ratlos anschauen wie zuvor.

„Nun … ich stimme gerne zu, dass sich diese Aussage reichlich merkwürdig anhört", sagte schließlich Arnold Rechberg. „Mit dem Vermächtnis könnten gut und gerne die fraglichen Papiere gemeint sein. Aber wenn nicht einmal du weißt, ob sich darunter tatsächlich ein konkreter Hinweis auf ihren Verbleib verbirgt, dann werden wir wohl nicht so schnell hinter das mögliche Geheimnis kommen. Gut, heute ohnehin nicht mehr, wo der Tag schon fast zu Ende ist".

Bei diesen Worten warf Rechberg einen Blick auf die Standuhr im Wohnzimmer. Irritiert folgte ich seinem Blick und erschrak. Die Uhr zeigte auf 20 Minuten nach sechs.

„Was? Schon so spät?! Um Himmels willen … ich muss unverzüglich aufbrechen, und wir müssen uns vertagen. So leid es mir tut, aber sonst gibt es eine kleine Katastrophe", sprach ich und erhob mich vom Sessel.

Cornelia schaute mich etwas irritiert an.

„Es ist etwas spät geworden, das ist richtig. Aber wenn es um ein verpasstes Abendessen geht – da könnte ich gerne Abhilfe anbieten. Sie und Arnold sind gerne eingeladen".

„Das ist ausgesprochen nett und unter anderen Umständen würde ich das Angebot sehr gerne annehmen. Jedoch ist das Abendessen nicht der Grund, weswegen ich schnellstens aufbrechen muss. Morgen früh beginnt doch der Archäologische Kongress. Er ist schließlich der offizielle Grund meiner Reise hierher, und ich habe mich noch nicht das kleinste Bisschen vorbereitet. Wenn ich nicht umgehend als völliger Ignorant der archäologischen Szene auffallen will, dann muss ich heute Abend noch einiges durchlesen, fürchte ich".

„Stimmt, Ihr Kongress! Tut mir leid, Paul, den hatte ich völlig vergessen", meinte Cornelia und erklärte Arnold Rechberg mit einigen Sätzen die Tarnung, unter welcher ich meine eigentliche Mission auszuführen versuchte. Rechberg sah sofort ein, dass ich diese Tarnung nicht einfach vernachlässigen durfte.

„Richtig, Sie müssen dort erscheinen, Paul. Und unbedingt muss im *Le Matin* ein sinnvoller Bericht über den Kongress erscheinen, den Sie natürlich erst einmal schreiben und übermitteln müssen".

„Das kommt noch dazu, zu allem Überfluss", gab ich zu.

„Wir können Ihnen wahrscheinlich nicht dabei helfen, nehme ich an?"

Arnold Rechberg mochte dies als eher rhetorische Frage gemeint haben, dennoch entgegnete ich beinahe selbstironisch: „Wenn Sie zufällig einen Archäologen zur Hand haben, der mir unter die Arme greift – sehr gerne".

Cornelia schien etwas zu überlegen.

„Wie wäre es mit Bissing, Arnold?"

Rechberg schaute leicht skeptisch.

„Bissing? Ich weiß nicht so recht … aber vielleicht wäre es einen Versuch wert, ja".

„Bitte, wer ist Bissing?", fragte ich.

„Ein Archäologe, den wir – Max und ich – ganz gut gekannt haben", erklärte Cornelia. „Friedrich Wilhelm von Bissing, auf Ägyptologie spezialisiert, mittlerweile im Ruhestand und lebt irgendwo in Bayern. Früher, als Max in München Vorträge gehalten hat, waren wir gelegentlich bei ihm zu Gast. Kurz vor Max' Tod hat die Freundschaft ein wenig gelitten, weil sich Bissing der NSDAP angeschlossen hat. Nach den Nürnberger Gesetzen hat er allerdings recht scharf Hitler wegen dessen Judenpolitik kritisiert und ist deswegen aus der Nazipartei wieder ausgeschlossen worden. Bissing hat sich danach bei verschiedenen Kollegen und Freunden jüdischer Herkunft für seine Fehleinschätzung entschuldigt, unter anderem bei mir. Bei Max konnte er sich nicht mehr entschuldigen und meinte deshalb, ich könnte ihn jederzeit ansprechen, falls ich eine Gefälligkeit benötige. Mir scheint, jetzt ist der Zeitpunkt gekommen, um den Gefallen zu bitten".

„Das klingt in der Tat nicht schlecht", räumte ich ein.

„Denken Sie, er wird hierher nach Berlin kommen?"

„Mit Sicherheit. Soweit ich weiß, ist er auch im Ruhestand noch rege publizistisch aktiv. Wenn dieser Kongress wirklich die bedeutendste Veranstaltung für Archäologen ist, die im Jahr stattfindet, dürfte er sich diese Gelegenheit kaum entgehen lassen".

„Zumindest lässt sich das leicht feststellen", überlegte ich. „Bei den Unterlagen zur Veranstaltung, die den Teilnehmern

225

und Journalisten vorab zugesandt wurden, befindet sich auch eine Liste aller offiziell angemeldeten Teilnehmer. Dort müsste er ja verzeichnet sein".

„Genau … Wenn Sie ihn dort morgen treffen sollten, dann richten Sie ihm doch folgendes von mir aus", meinte Cornelia und gab mir einige Sätze mit auf den Weg. Sicherheitshalber ließ sie mich wiederholen, was sie gesagt hatte. Schließlich zeigte sie sich mit meiner Gedächtnisleistung zufrieden.

„Versuchen Sie es einfach, Paul. Ich hoffe, Sie werden Erfolg haben".

„Das hoffe ich auch. Aber wie der Tag morgen auch verläuft, ich werde auf jeden Fall versuchen, mich morgen Abend oder spätestens übermorgen wieder bei Ihnen zu melden. Beziehungsweise bei Herrn Arnold, der Sicherheit wegen. Wäre das in Ordnung?"

Rechberg versicherte mir, dass dies der beste Weg und er selbstverständlich einverstanden sei. Auch Cornelia schloss sich dem ohne weiteres an. Uns allen war alles andere als wohl dabei, das Rätsel um die Generalspapiere eine Weile aufschieben zu müssen, doch zunächst mussten wir uns einfach um die naheliegendsten Probleme kümmern. Das Geheimnis musste zwangsläufig warten.

21. August 1939

Berlin

Der Kongress

In der strahlenden Morgensonne kann sich die Berliner Prachtstraße *Unter den Linden* ohne weiteres mit den schönsten Pariser Boulevards messen. Es dürfte gegen neun Uhr gewesen sein, als ich mein Hotel verließ und mit einem Taxi die nicht allzu lange Strecke bis zum Hauptgebäude der Friedrich-Wilhelms-Universität zurücklegte. Die Fahrt zwischen dem Brandenburger Tor und der Universität verfehlte trotz der allgegenwärtigen Flaggenmasten ihre beeindruckende Wirkung nicht. Das zentrale Universitätsgebäude am östlichen Ende der Allee besaß kein direktes Gegenüber, sondern schaute auf den sehr offenen Kaiser-Franz-Josephs-Platz, den unrühmlichen Schauplatz von Goebbels' Bücherverbrennung im Mai 1933. Zur Kaiserzeit noch mit beschaulichen Grünanlagen versehen, wirkte der Platz mittlerweile wie ein schnöder Paradeplatz, was sicherlich auch die Absicht der Nationalsozialisten bei der Umgestaltung gewesen war.

Die Eröffnung des Archäologischen Kongresses sollte in der großen Aula der Universität stattfinden. Alle Teilnehmer hatten zuvor ihre Ankunft zu registrieren und erhielten dabei nochmals einen stattlichen Stapel von Unterlagen überreicht. Der Registrierungsschalter war im Eingangsbereich des Hauptgebäudes eingerichtet worden, und dementsprechend strömten zahlreiche Gruppen und Einzelpersonen auf dem Weg zwischen den Statuen Wilhelms und Alexanders von Humboldt hindurch ins Gebäude hinein. Im Vorfeld hatte ich versucht, mir auszumalen, welch typisches Aussehen Archäologen wohl haben würden. Doch es zeigte sich ein unerwartet buntes Bild, das ich so nicht erwartet hatte. Wohl schwebten etliche steife Honoratioren, in dunklen Anzügen und mit äußerst seriösen Krawatten und Fliegen versehen, durch die Hallen. Aber man sah ebenso viele junge, erfrischend bunt bekleidete Herren – und erfreulicherweise gar nicht so wenige Damen! –, die munter plaudernd vor den Empfangstischen warteten. Die Herren waren weitgehend mit leichten Sommeranzügen versehen, trugen teilweise ebenso sommerliche „Kreissägen" als Hüte (die man sozusagen als Berufskleidung der amerikanischen FBI-Agenten kennt) und nicht wenige stellten eine gar attraktive Bräune zur Schau, offenbar eine Folge jüngster Ausgabungen in mediterranen Gefilden.

Entgegen meiner Befürchtung gestaltete sich die Wartezeit recht kurz, da die Organisatoren gleich mehrere Tische eingerichtet hatten, an denen die Ankömmlinge nach Alphabet geordnet abgefertigt wurden. Typisch deutsche Effizienz, dachte ich bei mir, während ich die meine Unterschrift unter die Anwesenheitsliste setzte und die neuen Papierstapel in Empfang nehmen durfte. Immerhin erhielten alle Teilnehmer praktischerweise eine große Mappe mit Klemmband ausgehändigt, worin man die Unterlagen nebst Schreibpapier und Bleistiften herumtragen konnte. Zu jedem Willkommens-Set gehörte schließlich ein messingfarbenes Abzeichen mit dem Abbild irgendeiner antiken Säule, welches man sich ans Revers stecken konnte und das einen als Teilnehmer der illustren Konferenz auswies. So dekorativ dieses Memento auch sein mochte, fand ich selbiges allerdings wenig praktisch. Viel nützlicher wäre es mir erschienen, wenn die Veranstalter an alle Teilnehmer Namensschildchen ausgehändigt hätten, was die gegenseitige Identifikation ungemein erleichtert hätte. Anscheinend hielt man dies nicht für notwendig, schienen sich doch die Wissenschaftler trotz ihrer Verschiedenheit untereinander erstaunlich gut zu kennen. Anscheinend betraf die Unkenntnis über Namen und Rolle in der Disziplin Archäologie tatsächlich nur Außenstehende wie mich. Was mir nicht weiterhalf, suchte ich doch drängend nach einem Weg, unter den Anwesenden den Archäologen Bissing auszumachen. Am gestrigen Abend hatte ich als erstes die Teilnehmerliste konsultiert, und zu meiner Erleichterung stand sein Name auch wirklich dort verzeichnet. So weit, so gut. Allerdings wusste ich weder, wie Bissing aussah noch woran ich ihn erkennen mochte. Leider hatte ich völlig vergessen, Cornelia Hoffmann nach einer Beschreibung zu fragen, und ich konnte ja wohl kaum alle Herren um die Siebzig ansprechen und fragen, ob sie denn vielleicht der Professor Bissing seien. Ich musste mir also etwas anderes einfallen lassen. Aber was?

Während ich in Gedanken versunken in der Halle herumstand, fiel mir auf, dass fast jeder der Wissenschaftler kurz vor einer Anschlagtafel verweilte, die seitlich der Empfangstische aufgestellt war. Neugierig riskierte ich ebenfalls einen Blick darauf und wusste sogleich, dass ich damit eine passable Möglichkeit gefunden hatte. An der Tafel versammelte sich trotz der frühen Stunde bereits ein gutes Dutzend Aushänge aller Art: Hinweise, dass für bestimmte Veranstaltungen Zeiten oder Räume geändert worden waren; ein Doktor Müller informierte über den Fund eines goldenen Füllfederhalters; zwei Herren aus Griechenland suchten noch ein Hotelzimmer; sowie mehrere Bitten, Person X möge sich zu einer bestimmten Zeit an einem bestimmten Ort einfinden, da Kollege Y ihn dringend zu kontaktieren wünsche. Dies konnte ich doch ebenso versuchen! So nahm ich eine der bereit liegenden

Karteikarten und schrieb mit meinem Konferenzbleistift in großen Lettern „Dr. Bissing" darauf sowie eine Nachricht, dass ihn der Journalist Paul Genty vom Pariser *Le Matin* dringend zu sprechen wünsche. Mit einer Reißzwecke pinnte ich die Karte an die Anschlagtafel. Nun hoffte ich, dass der werte Herr es seinen Kollegen gleichtun würde und ebenso gewissenhaft die Anschlagtafel auf Neuigkeiten hin konsultieren würde.

Geduldiges Warten gehört nicht unbedingt zu meinen Stärken, und so war ich recht froh, dass allmählich die Eröffnungsveranstaltung nahte. Daher begab ich mich in die Aula der Universität, die sich bereits ansehnlich zu füllen begann. Als Fachfremder hätte ich das nicht unbedingt vermutet, doch zum Zeitpunkt der Eröffnung hatten sich wirklich mehrere hundert Personen in dem Festsaal eingefunden. Wirklich, die Archäologie schien ein attraktives Thema zu sein, welches so viele Menschen aus aller Herren Länder anzuziehen vermochte.

Neben der Orchesterumrahmung und den diversen Reden einiger Professoren und des Konferenzpräsidenten merkte ich besonders bei der Eröffnungsansprache von Reichsminister Bernhard Rust, zuständig für Wissenschaft, Erziehung und Bildung, auf. Rust betonte die wichtige Rolle, die die Archäologie im Rahmen der Völkerverständigung spiele und beschwor geradezu die Notwendigkeit, dass die anwesenden internationalen Teilnehmer ihren Beitrag leisten müssten, durch den kollegialen Austausch ein Vorbild für das friedliche Miteinander zu sein. Irgendwelche Schranken dürfe es unter den Fachkollegen nicht geben. Wohlweislich verschwieg Reichsminister Rust dabei, dass er ganz wesentlich dafür verantwortlich zeichnete, dass innerhalb der deutschen Wissenschafts- und Bildungslandschaft ganz erhebliche Schranken errichtet worden war. Bereits 1933 hatten unter Rusts Ägide über tausend Dozenten, vornehmlich jüdischer Herkunft, dazu viele Liberale und Sozialdemokraten, ihre Stellung verloren. Mittlerweile war die akademische Selbstverwaltung stark eingeschränkt, wurde an den Schulen Rassenkunde und Vererbungslehre unterrichtet und hatte ein Großteil der wissenschaftlichen Elite Deutschlands das Land verlassen. Rusts Rede erinnerte frappierend an die beschwörenden Bekundungen, Deutschland als Hort des Friedens zu preisen, welche man im Vorfeld der Sudetenkrise und Münchener Konferenz 1938 so oft gehört hatte. Wenn das, was der Herr Reichsminister so von sich gab, mal nicht auch mit der Polenkrise zusammenhing, dachte ich bei mir.

Die Uhr hatte schon längst Mittag geschlagen, als die Eröffnungszeremonie endlich beendet war. Ich brauchte noch ein paar Minuten, um meine Notizen zu vervollständigen, so dass sich der Saal schon gut geleert hatte, als auch ich dem Ausgang zustrebte. Mein Weg führte mich selbstredend gleich zum Anschlagsbrett, und zu meiner Freude fand ich auf der Karteikarte eine Notiz für mich. „Stehe um 13 Uhr zur Verfügung. Warte an der Treppe in der Eingangshalle. Bissing", stand dort zu lesen.

Ich schaute auf meine Taschenuhr. Dreizehn Uhr, das würde noch ungefähr eine halbe Stunde dauern. Schon wieder warten. Doch die Zeit verging schnell. Das Treiben in den Hallen und Gängen war immer noch äußerst lebhaft, und allein die Beobachtung, wer mit wem unterwegs war und welche Gruppen auszumachen waren, hatte ihre interessanten Seiten. Ich versuchte auch herauszuhören, ob französische Klänge zu hören waren. Immerhin schienen doch einige Landsleute gekommen zu sein, wenn auch deutsch und italienisch bei weitem dominierten.

Bissing erschien genau zwei Minuten vor dreizehn Uhr. Ein mittelgroßer, recht schlanker Herr mit grauem Haar und einer mächtigen Geheimratsecke, unter der Nase ein ebenso mächtiger grauer Schnurrbart. Er schaute sich suchend um, zog dann eine Taschenuhr aus der Weste und nickte dann bedächtig. Ich trat hinzu und stellte mich vor. Bissing schüttelte mir die Hand erkundigte sich freundlich, worüber ich denn ein Interview mit ihm führen wolle. Denn dazu sei ich doch wohl offenbar auf ihn zugekommen, und er freue sich über solche Aufmerksamkeit.

„Ich fürchte, ich muss Sie enttäuschen – es geht leider nicht um ein Interview", eröffnete ich ihm. „Es geht um eine ganz andere Angelegenheit, in der ich Sie sprechen wollte".

„Oh?"

Die Freude Bissings war anscheinend wirklich keine bloße Höflichkeit gewesen, denn sein Gesicht zeigte neben einem gehörigen Erstaunen tatsächlich eine sichtbare Enttäuschung.

„Ich soll Ihnen einen schönen Gruß von Cornelia Hoffmann ausrichten. Sie lässt ausrichten, dass …"

Weiter kam ich nicht, da mich Bissing abrupt unterbrach.

„Einen Augenblick – könnten wir vielleicht nach draußen gehen? Dort lässt es sich doch bestimmt besser miteinander reden".

Er wartete meine Antwort überhaupt nicht ab, sondern ging schnurstracks zum Ausgang und begann, die Treppen hinabzusteigen. Auf der obersten Stufe wandte er sich um und bedeutete mir mit einer verschwörerischen Geste, ihm zu folgen. Ich war etwas irritiert, folgte ihm jedoch. Kurz darauf standen wir im Vorgarten der Universität hinter der Statue Wilhelm von Humboldts.

„Verzeihen Sie bitte, Herr Genty", entschuldigte sich Bissing. „Ich fürchte, ich habe bestimmt einen ziemlich seltsamen Eindruck auf Sie gemacht. Doch man muss leider befürchten, dass auch hier die Wände Ohren haben".

„Ah, ich verstehe", entgegnete ich. „Das kann ich gut nachvollziehen".

„Ja, sicher ist sicher ... Also Sie wollten mir etwas von Cornelia Hoffmann ausrichten?"

„Genau. Sie lässt Ihnen sagen, dass sie sich noch einmal bedanken möchte für den Mantel, den Sie ihr im Februar '19 ausgeliehen haben und dass sie froh ist, sich damals wie heute auf Sie verlassen zu können".

Diese Sätze hatte mir Cornelia Hoffmann aufgetragen und ich hoffte, dass sie ihre Wirkung nicht verfehlen würden.

Bissing kniff die Augen zusammen.

„Das hat sie ihnen gesagt? Von der Geschichte mit dem Mantel wissen nur drei Personen – Cornelia Hoffmann, der General und ich selbst. Mittlerweile nur noch sie und ich. Das heißt, Sie haben wirklich mit ihr gesprochen?!"

„Richtig. Sie meinte, es sei besser, Sie unmissverständlich davon zu überzeugen, bevor ich Sie um Hilfe bitte".

„Es hat funktioniert, ich bin überzeugt", lächelte Bissing.

„Aber sagen Sie, wie geht es Frau Hoffmann denn? Sie muss doch angesichts der unseligen Rassenpolitik ziemliche Schwierigkeiten haben, könnte ich mir vorstellen?"

Ob ich Bissing wohl vertrauen konnte? Was, wenn ich ihm zu viel über Cornelia erzählte und ihre Anonymität gefährdete? Andererseits war es ihre Idee gewesen, Bissing aufzusuchen, also schien es unvermeidbar, ihm zu antworten. So berichtete ich in einigen Sätzen, die mir vertretbar schienen, einiges über Cornelia und ihre Situation und ebenso, warum Cornelia vorgeschlagen hatte, ich solle mich zwecks Unterstützung an ihn, Bissing, wenden.

Bissing hörte mir aufmerksam zu. Anschließend starrte er eine Weile nachdenklich auf die Humboldt-Statue. Dann nickte er.

„Wenn Frau Hoffmann sich auf mich verlässt, dann wollen wir sie sicher nicht enttäuschen. Ich soll Ihnen also unter die Arme greifen – gut. Könnten Sie mir aber noch etwas genauer beschreiben, was Sie en detail von mir erwarten?"

„Das ist recht einfach. Von Archäologie verstehe ich nicht viel. Ich brauche also jemanden, der für mich die Fachsprache in verständliche Ausdrücke übersetzt. Wenn ich für die Öffentlichkeit etwas Interessantes berichten soll, müsste mir jemand gerade bei den Vorträgen und Diskussionen in den speziellen Sektionen erklären, was von dem dort Gesagten neu und relevant ist".

„Verstehe. Das ließe sich machen, möchte ich behaupten", meinte Bissing. „Ich bin natürlich nicht für alle Teilgebiete der Archäologie gleichermaßen ein Experte. Daher dürfte Ihr Bericht etwas ägyptologielastig ausfallen, wenn das kein Problem ist?"

„Nein, das nehme ich gerne in Kauf. Irgendeinen Schwerpunkt kann der Bericht ohne weiteres vertragen. Wenn es in diesem Fall die Ägyptologie ist, wieso nicht".

„Schön, dann soll es an mir nicht liegen. Wie hatten Sie es sich denn praktisch vorgestellt? Wollen Sie mich zu den Ägyptologie-Sitzungen begleiten oder soll ich Ihnen im Nachhinein davon berichten?"

Ich überlegte einen Moment und entschied mich kurzerhand für beides.

„Wie wäre es mit sowohl als auch? Zu einigen Sitzungen würde ich Sie schon gerne begleiten, dann komme ich gerade am Anfang besser in das ganze Umfeld hinein. Dafür gibt es morgen Mittag eine Ausstellungseröffnung und anschließend einige Museumsrundgänge. Diese Veranstaltungen könnte ich gut und gerne alleine absolvieren, davon erschließt sich sicherlich vieles auch für einen Außenstehenden wie mich".

„Ausgezeichnet! Ich sehe, Sie haben Ihr Vorhaben recht gut durchdacht. Dann auf gutes Gelingen!"

Mit diesen Worten streckte er mir seine Hand entgegen. Ich ergriff sie und versicherte Bissing, dass ich seine Unterstützung sehr zu schätzen wisse.

Bissing winkte bescheiden ab.

„Ich tue das zwar als gefallen für Frau Hoffmann. Aber es ist ja nicht so, dass ich nicht meinerseits Ihren Mut bewundere, sich auf so etwas einzulassen. Es könnte so eine sehr spannende Konferenz werden – spannender, als ich es im Vorhinein erwartet hätte".

Er zog erneut seine Taschenuhr aus der Westentasche (das schien bei ihm eine sehr ausgeprägte Angewohnheit zu sein) und schaute nach der Uhrzeit.

„Warten Sie … es ist jetzt fast halb zwei. Die erste Sitzung der Sektion Ägyptologie beginnt um 15:30 Uhr. Wir haben also noch etwas Zeit. Wie wäre es, wenn wir jetzt einen kleinen Imbiss zu uns nehmen würden und ich Sie danach ein wenig herumführe und Ihnen schon einmal ein paar sehenswerte Baulichkeiten zeige?"

Das klang nach einem ausgezeichneten Vorschlag. Daher stimmte ich dem gerne zu, und so begaben wir uns in die große Mensa der Universität, die den Teilnehmern der Konferenz von morgens bis abends zur Verfügung stand.

Gut gestärkt und um einige Kenntnisse der Bauten auf der Berliner Museumsinsel reicher, saßen wir zwei Stunden später im Vortragsraum der Fachsektion ‚Ägypten und Vorderer Orient'. Im Nachhinein war ich dankbar für die Stärkung, denn ohne vorherige Erfrischung wäre mir das Zuhören bei all den – man verzeihe mir die Wortwahl – absonderlichen Themen und Begriffen doch deutlich schwerer gefallen. Mesopotamische Frühgeschichte, Hausformen im Zweistromland, die Warka-Ausgrabungen und ur-artäische Bronzefiguren schwirrten durch den Raum. Trotz des sehr aufmerksamen Professors Bissing, der neben mir saß und fortlaufend Erklärungen flüsterte sowie meine Notizen korrigierte, blieben die Vorträge in den meisten Fällen eine relativ fremde Welt. Immerhin vermochte das letzte der Referate dann doch meine Aufmerksamkeit einigermaßen zu fesseln. Der Redner sprach über eine Reihe jüngst auf den Antikenmarkt gekommener Fälschungen altägyptischer Artefakte und die Möglichkeiten ihrer Entlarvung. Ich staunte über den Umfang des Marktes für antike Kunstwerke und die anscheinend explodierende Anzahl hervorragend gemachter Fälschungen. Konnte ich mich doch nicht erinnern, dass dieses Problem jemals nennenswerte Schlagzeilen erzeugt hatte, weder im *Le Matin* noch in anderen großen Blättern Europas. Wenigstens schien es eine eindeutige Methode zu geben, einen Großteil der Skulpturenfälschungen recht einfach zu entlarven, zumindest wenn man den geschulten Blick eines

Archäologen besaß. Der Unterschied lag in der Augenform der Skulpturen begründet, die wohl für bestimmte Epochen eindeutig charakteristisch waren.

Dieser Beitrag war der letzte der Nachmittagssitzung gewesen, und so löste sich die Versammlung der Wissenschaftler danach allmählich auf und strebte, zumeist in kleinen Gruppen, dem Feierabend zu. Naheliegender Weise unterhielten sich auch Bissing und ich noch ein wenig über den Vortrag.

„Es ist eigentlich frappierend auffällig, dass die Fälscher so einen zentralen Fehler gemacht haben und Skulpturen, die angeblich verschiedenen Epochen entstammen sollen, mit ein- und derselben Augenform versehen haben – wenn die Augen doch je nach Epoche so entscheidend anders aussehen müssten", meinte ich zu Bissing.

„Nein, durchaus nicht", antwortete Bissing und schüttelte den Kopf. „Sie müssen bedenken, das Wissen um die kulturellen Eigenheiten der alten Dynastien Ägyptens liegt seit fast zweieinhalb Tausend Jahren weitgehend im Verborgenen. Spätestens mit dem Herrschaftsantritt der Ptolemäer – Sie wissen, die Nachfahren von Alexanders General Ptolemäus – im vierten Jahrhundert vor Christus ist enorm viel von den alten Bräuchen, von der Kunstfertigkeit und eben von den Wissensschätzen verloren gegangen. Nach einer Weile konnte kaum noch jemand Hieroglyphen entziffern. So obliegt es den Anstrengungen von uns Archäologen, das alte Wissen wieder zu entschlüsseln. Die Fälscher, so gut sie handwerklich die Kunstwerke nachahmen konnten, *wussten* einfach nicht, wie typisch die Augenformen für die jeweilige Dynastie hätten sein müssen".

„Faszinierend, das muss ich zugeben".

Unwillkürlich schoss mir in diesem Augenblick ein Gedanke durch den Kopf. Ich vermag nicht zu erklären, warum. Doch ich verspürte plötzlich das Bedürfnis, dem gescheiten Ägyptologen eine bestimmte Frage zu stellen, und sei es aus Verlegenheit, weil uns bisher keine Antwort eingefallen war.

„Sagen Sie ... Wenn wir gerade beim Thema Augen sind: Sie als Archäologe wissen nicht zufällig, was mit den ‚Augen der großen Königin' gemeint sein könnte?"

Bissing runzelte die Stirn.

„Sie meinen, Nofretete?"

In den letzten Tagen war ich durchaus schon mehrere Male in der Situation gewesen, erstaunt oder gar perplex dreinblicken zu müssen. Doch so perplex wie gerade jetzt dürfte ich wahrlich noch nicht geschaut haben.

„Wie meinen?? Also ... das ist ... sagen Sie nicht, Sie wissen es?!", stammelte ich.

Bissing blickte mich beinahe ebenso verwundert an wie ich ihn.

„Nun ...", begann er zögerlich. „Aus Ihren Worten meine ich die Beschreibung der Königin Nofretete zu erkennen. Das scheint Sie ziemlich zu überraschen. Darf ich vielleicht wissen, wie Sie auf diese Frage kommen?"

Obwohl ich es kaum abwarten konnte, Näheres zu erfahren, bezwang ich meine Neugier und erklärte Bissing den Zusammenhang, wie wir auf Max Hoffmanns geheimnisvolles Zitat gestoßen waren. Vorsichtshalber verschwieg ich den vermuteten Inhalt der Papiere, sondern erwähnte nur, dass es sich um den Nachlass des Generals handele, was ja gar nicht so falsch war.

„Sie sehen also, wie wichtig es ist, dass wir hinter die wahre Bedeutung dieser Aussage kommen", schloss ich meine Ausführungen. „Und Sie sagen jetzt, dass es sich um Nofretete handelt? *Die* Nofretete?"

„Es kann sich eigentlich um keine andere Sache handeln. Es gibt für einen Ägyptologen nur *eine* große Königin – Nofretete, die Gemahlin des Echnaton. Und die Augen der Nofretete sind geradezu sprichwörtlich geworden, gar nicht einmal nur unter uns Archäologen. Haben Sie die Büste der Königin schon einmal gesehen?"

Zwar hatte ich selbstverständlich von der berühmten ägyptischen Königin bereits gehört – wer hatte das nicht – und ich konnte mich auch an Bilder der ebenso bekannten Skulptur erinnern, die ich gesehen hatte. Doch das war schon eine Weile her, und mit eigenen Augen hatte ich das Kunstwerk noch nie gesehen.

„Dann müssen wir das umgehend ändern. Für einen Besuch im Neuen Museum ist es heute zwar zu spät", meinte Bissing nach einem unvermeidlichen Blick auf seine Taschenuhr. „Doch ich hätte da eine Idee. Kommen Sie einmal mit".

Ohne meine Antwort abzuwarten, stapfte der Archäologe den Flur entlang, der vom Vortragsraum in Richtung Eingangshalle führte. Als ich nicht sogleich folgte, wandte er sich um und rief, ich solle ihm getrost folgen.

„Kommen Sie schon, Monsieur Genty! Wir müssen uns beeilen!"

Mit einem leichten Seufzer folgte ich ihm in die Eingangshalle. Bissing begab sich dort nicht zum Empfangsbereich, wie ich zunächst vermutet hatte, sondern wandte sich zur gegenüberliegenden Seite der Halle. Dort standen etwa ein halbes Dutzend Tische aufgebaut, die von

240

Buchhändlern und Antiquaren bestückt worden waren. Diese boten dort einschlägige Werke zum Themengebiet Archäologie an. Zum Teil waren dies Veröffentlichungen von Gelehrten, die auf dem Kongress Vorträge hielten, hauptsächlich aber Bildbände, Kartenwerke und dergleichen Materialien. Zielstrebig steuerte Bissing auf einen der Händler zu. Angesichts des zu Ende gehenden Kongresstages und der sich leerenden Hallen hatte der Händler bereits begonnen, seine Auslage mit einem weißen Leinentuch abzudecken.

„Halt! Warten Sie einen Augenblick, bitte", rief ihm Bissing zu.

„Ach Sie sind das, Herr Professor", erkannte der Buchhändler den Archäologen und hielt in seiner Bewegung inne. „Womit kann ich Ihnen dienen?"

„Dürfte ich mit meinem Kollegen hier wohl eben noch einen kurzen Blick in den neuen Ausstellungskatalog der Ägypten-Sammlung werfen? Es dauert auch bestimmt nicht lange".

„Aber gewiss doch, Herr Professor. Lassen Sie sich ruhig Zeit", meinte der Angesprochene und reichte Bissing den gewünschten Band herüber.

Dieser musste das Werk schon in den Händen gehabt haben, denn zielsicher blätterte er eine bestimmte Seite auf, etwa in der Mitte des Bandes. Dann hielt er mir die Seite unter die Nase. Erstaunlich, wie schwer doch so ein Ausstellungsband sein konnte, dachte ich, und musste mit beiden Händen zugreifen. Eine ganzseitige Abbildung der Königin Nofretete blickte mir entgegen.

„Sie ist wirklich sehr schön", bewunderte ich die gestochen scharfe Fotografie. „Auch, wenn sie in natura sicher noch viel beeindruckender wirken muss".

241

„Das tut Sie, in der Tat. Und Sie werden Sie auch noch zu sehen bekommen, wenn auch nicht heute. Doch nun achten Sie einmal auf die Augen der Büste. Was fällt Ihnen auf?"

„Es ist nur noch ein Auge vorhanden. Das linke Auge der Königin fehlt. Die Büste ist vermutlich im Laufe der Zeit irgendwie beschädigt worden", vermutete ich.

„Naheliegend, aber falsch", korrigierte mich Bissing mit einem beinahe triumphierenden Lächeln. „Aber machen Sie sich nichts daraus. Alle Ägyptologen sind über ein Jahrzehnt lang davon ausgegangen, dass die Büste einfach beschädigt worden ist. Eine eingehende Untersuchung von Ludwig Borchardt im Jahre 1924 hat jedoch zweifelsfrei ergeben, dass das linke Auge nie vorhanden war. Die Augenhöhle ist so perfekt ausgestaltet, wie sie nur gestaltet sein konnte".

„Wirklich? Wäre es nicht denkbar, dass das Werk einfach unvollendet geblieben ist?"

„Sie denken recht scharfsinnig mit, das gefällt mir. Theoretisch wäre so etwas denkbar, aber im vorliegenden Fall dennoch praktisch ausgeschlossen. Die Büste ist ansonsten bis in das letzte Detail ausgearbeitet und perfekt vollendet. Wenn man vorgehabt hätte, beide Augen normal darzustellen, wären sie gewiss gleichzeitig und auch nicht als letztes gefertigt worden. Nein, das Auge blickt leer, weil es leer blicken *soll*."

Bissing hatte sich in Fahrt geredet und begann aufgeregt zu gestikulieren.

„Verstehen Sie, was das bedeutet? Die Königin kann sehen und ist gleichzeitig blind. Sie schaut einen an und gleichzeitig nicht an. Sie fokussiert Sie mit der eindringlichen Pupille des rechten Auges, und gleichzeitig stehen Sie im toten Winkel des linken Auges. Alles ist sichtbar, alles ist verborgen –

lediglich eine Frage der Perspektive trennt Sehen von Nichtsehen, Licht von Dunkelheit, Wissen von Nichtwissen, Sonne von Dunkelheit … in diesen Augen liegt einfach alles, alles!"

Aus dem sechsundsechzigjährigen ergrauten Ägyptologen schien plötzlich ein junger Mann geworden zu sein. Seine Augen strahlten, sein Gesicht glänzte in frischem Rosa und die durch sein heftiges Gestikulieren durcheinander geratene Oberbekleidung spiegelte so gar nicht mehr das Bild eines seriösen Wissenschaftlers wider. Nicht nur ich schaute gebannt diesem Schauspiel zu. Auch die Händler, welche eben noch weiter ihre Sachen zusammengepackt hatten, packten mittlerweile nicht mehr, sondern verfolgten stattdessen das für sie unerklärliche Geschehen.

„Ähem … Doktor Bissing? Ist alles soweit in Ordnung?", fragte ich vorsichtig.

Der Angesprochene reagierte ein paar Sekunden lang überhaupt nicht, dann schien es, als schüttele er einen Rausch ab und verwandelte sich wieder in den ruhigen Archäologen, den ich bisher kennengelernt hatte.

„Wie meinen? Oh ja … verzeihen Sie mir, dieses Sujet fasziniert mich einfach zu sehr, immer wieder. Ich hoffe trotzdem, Sie können nachvollziehen, was es mit den speziellen Augen der Königin auf sich hat?"

„Oh ja", stimmte ich heftig nickend zu. „Ich kann mir jetzt sehr lebhaft vorstellen, dass es sich in der Tat um etwas ganz Besonderes handelt".

Nachdenklich schlug ich das Buch zu und gab es dem ungewöhnlich geduldigen Buchhändler wieder retour. Dieser schien erleichtert, das Exemplar unbeschädigt aus den Händen dieser verrückten Wissenschaftler zurückerhalten zu haben, verstaute es auf dem Tisch und breitete mit sichtlicher Eile das Tuch über die Auslage aus. Wahrscheinlich hoffte er, uns dadurch daran hindern zu können, nochmals eines seiner Bücher in Augenschein zu nehmen.

Doch er konnte beruhigt sein, wir hatten nichts dergleichen vor. Ich wandte mich zum Gehen und zog Bissing hinter mir her, was dieser bereitwillig mit sich geschehen ließ.

„Nun wissen wir zwar, wovon Max Hoffmann gesprochen hat", überlegte ich laut. „Doch wie uns das hilft, seinen Nachlass zu finden, müssen wir erst noch herausfinden".

„Da kann ich Ihnen nicht widersprechen", meinte Bissing. „Aber das ist wohl eher Ihr Problem ... keine Angst, ich helfe Ihnen natürlich weiterhin, so gut ich kann", setzte er rasch hinzu. „Dann sehen wir uns morgen früh zur nächsten Sektionssitzung?"

„Ja, sehr gerne. Um neun Uhr, nicht wahr?"

„Richtig. Und anschließend begleite ich Sie ins Museum, zur leibhaftigen Nofretete".

„Ganz ausgezeichnet, vielen Dank!"

Damit verabschiedeten wir uns für den Tag und verließen das Universitätsgebäude.

Ein Blick auf die Uhr ließ mich leicht erschrecken. Sie zeigte fast sieben Uhr abends an. Das bedeutete, es blieb keine Zeit mehr, heute etwa noch Cornelia Hoffman aufzusuchen und mit ihr über die neuesten Erkenntnisse zu sprechen. Ich musste vielmehr schleunigst in mein Hotel zurückkehren und anfangen, meinen Bericht über den ersten Kongresstag zu verfassen. Diesen wiederum würde ich am folgenden Morgen als allererstes an die Pariser Redaktion telegrafieren

müssen, damit ihn unser *Le Matin* noch in die Nachmittags-
ausgabe aufnehmen konnte. Außerdem hatte ich noch nicht
zu Abend gegessen. Doch auch das Abendessen musste ich
im Hotel einnehmen, sonst hätte ich die Arbeit nicht zu
schaffen vermocht.

Die Zeit war auch so knapp genug bemessen. Trotz frühen
Aufstehens gelang es mir gerade so, alle Aufgaben, die am
nächsten Morgen auf mich warteten, unter einen Hut zu
bekommen. Nach einem hastig verzehrten Frühstück (was
ich sehr schade fand, denn das Hotelfrühstück war
außerordentlich gut und geschmackvoll) eilte ich mit einem
Taxi zum Hauptpostamt, um von dort das recht
umfangreiche Fernschreiben an die Redaktion in Paris
aufzugeben. Die Tatsache, dass unsere Zeitung in Berlin
über kein eigenes Nachrichtenbüro mehr verfügte,
erschwerte mir die Arbeit ganz erheblich, ganz abgesehen
von den Kosten, die das Fernschreiben nach Paris
verursachte. Anschließend brachte mich ein weiteres Taxi
zum Kurfürstendamm, wo ich bei der Nummer 178 eine
Nachricht für Arnold Rechberg in dessen Briefkasten warf.
Ich würde versuchen, mich gegen Abend zu melden, hatte
ich darin geschrieben. Natürlich war die Nachricht eigentlich
für Cornelia Hoffmann bestimmt, doch da sie keinen
eigenen Briefkasten besaß, blieb mir nur dieser Weg. Anstelle
das Taxi warten zu lassen, hatte ich den Fahrer bezahlt und
wegfahren lassen. Es wäre mir zwar nicht auf ein paar
Pfennig abgekommen, die das Taxameter für eine Minute
Wartezeit verbraucht hätte, doch wollte ich vermeiden, allzu
viele nachvollziehbare Spuren auf meinen Wegen durch die
Reichshauptstadt zu hinterlassen. Lieber nahm ich mir
danach ein drittes Taxi, welches mich glücklicherweise noch

rechtzeitig zum Beginn der morgendlichen Vortragsrunde zur Universität brachte.

Bissing erwartete mich bereits in der Eingangshalle. Er sei kurz unsicher gewesen, was er hätte tun solle, falls ich nicht rechtzeitig erschienen wäre. Doch nun wäre ja alles in bester Ordnung. Gemeinsam erreichten wir den Konferenzraum just in dem Augenblick, als der Sektionsleiter im Begriff war, die Tagessitzung zu eröffnen.

Auch, wenn die Themen diesmal den Alten Orient weitgehend verlassen hatten und sich nun mehrheitlich der engeren Ägyptologie zuwandten, fiel es mir nicht unbedingt leichter, mich zu konzentrieren. Das lang nicht unbedingt daran, dass die Vorträge uninteressant gewesen wären. Im Gegenteil, die Berichte über die polnisch-französischen Ausgrabungen in Edfu von 1938 und der deutschen Hermopolis-Expedition aus dem laufenden Jahr konnten recht ansehnliche Entdeckungen und Bauwerke vermelden, die bei den Ausgrabungen zutage gefördert worden waren. Doch angesichts der Umstände konnte ich nicht verhindern, dass zeitweise meine Gedanken abschweiften. Insbesondere, wenn die Redner beispielsweise akribisch schilderten, mit wieviel Zentimetern Abstand zum Messpunkt X der nächste Grabungsversuch in wieviel Zentimetern Tiefe verlaufen war, schob sich mir das Bild der Nofretete vor das geistige Auge. Was um alles in der Welt hatte der General mit seinen Worten sagen wollen? Auf welche Weise wachten die Augen der Königin über sein Vermächtnis?

Letzten Endes war ich froh, als die Vormittagsveranstaltung vorüber war und die Anwesenden geradezu übereilig aus dem Raum strömten. Nicht wenige wollten wahrscheinlich ebenso wie ich die Eröffnung der Ausstellung im Kaiser-

Friedrich-Museum nicht verpassen. Jene war für Viertel nach Zwölf angesetzt, das bedeutete gerade einmal eine Viertelstunde Zeit. Bissing würde mich nicht begleiten, er hatte noch etwas anderes zu erledigen. Wir verabredeten uns für 13 Uhr zum geführten Rundgang durch das Neue Museum – wo die ägyptischen Sammlungen untergebracht waren –, dann eilte ich den anderen hinterher von der Universität zum Kaiser-Friedrich-Museum am anderen Ende der Museumsinsel. Nach der Rennerei am Morgen musste ich nun schon die zweite knappe Herausforderung hinter mich bringen. Doch ich schaffte die Strecke in gut zehn Minuten und konnte sogar noch ein paar Minuten durchatmen, bevor Generaldirektor Otto Kümmel, der Chef der Berliner Museen, die Ausstellung zur ‚Kunst der Spätantike im Mittelmeerraum‘ eröffnete. Eine Ausstellungseröffnung ist für einen Journalisten zumeist eine dankbare Aufgabe, da eine solche Veranstaltung eher für eine breitere Öffentlichkeit ausgelegt ist und sich in der Regel auf die anschaulichsten Objekte konzentriert. Das erleichtert es beträchtlich, einen auch für die Leser gut verständlichen Bericht zu verpassen. Fast bedauerte ich es, keinen Fotografen an der Hand zu haben, der die eine oder andere Aufnahme unserer Führung hätte anfertigen können, um meinen Report zu illustrieren.

Der Ausstellungsrundgang gestaltete sich am Ende derart kurzweilig, dass ich zum dritten Mal an diesem Tag in Zeitnöte geriet. Nur ein zufälliger Blick auf meine Uhr bewahrte mich davor, zu meiner Verabredung mit Friedrich Bissing viel zu spät zu erscheinen. Fast 13 Uhr! Ohne große Verabschiedung ließ ich die um eine Reihe normannischer Säulen gescharte Gruppe stehen, was zum Glück recht unbemerkt von sich ging, da deren Aufmerksamkeit anderweitig in Anspruch genommen war. Ich hastete aus dem Museum, über eine Brücke und am Spreeufer entlang bis zu einer weiteren Brücke, die mich zum Eingang des Neuen Museums führte. Dennoch zeigte die Uhr bereits drei Minuten nach der vollen Stunde, als ich dort eintraf. Bissing stand bereits wartend auf der Treppe und war sichtlich erleichtert, mich doch noch kommen zu sehen.

„Verzeihen Sie, Herr Professor", japste ich. „Die Führung von Direktor Kümmel zog sich doch länger hin, als ich dachte".

„Typisch für Kümmel, er überzieht gerne einmal. Ich hätte Sie vorwarnen müssen. Na, Hauptsache, Sie sind da", meinte Bissing und hielt mir die Tür auf.

„Kommen Sie, wir sollten uns beeilen. Der Rundgang durch die Ägypten-Sammlung fängt jeden Augenblick an".

Wir betraten das Gebäude und hasteten die Haupttreppe ins erste Stockwerk hinauf, wo die Führung beginnen sollte. Keinen Augenblick zu früh, denn der Museumsbeamte hatte bereits angefangen, die anwesenden etwa fünfundzwanzig Teilnehmer zu begrüßen. Unauffällig stellten wir uns hintenan.

Die erste halbe Stunde des Museumsrundgangs verlief vergleichsweise unspektakulär, jedenfalls, soweit es mich betraf. Die Mehrzahl der Geführten waren ausländische Kongressteilnehmer, die meist zum ersten Mal die Berliner Sammlungen besuchten und durchaus öfter raunten und staunten, welche Funde hier präsentiert wurden. Obwohl ich die ausgestellten Sarkophage, Mumien und Grabschätze keineswegs geringschätzen wollte, konnte ich doch meine innere Ungeduld nicht verbergen, während wir uns von

Raum zu Raum näher an die so sehnlich erwartete Hauptattraktion heranschoben. Dann war es endlich soweit – die Gruppe hatte den Nordkuppelsaal erreicht.

Eine ganz eigentümliche Atmosphäre umfing uns. Außer einigen Reliefs und kleinen Skulpturen, die ringsum auf Podesten an den Wänden aufgebracht waren, beherbergte der Raum nur ein einziges Ausstellungsstück, welches zentral in der Mitte stand: Die Büste der Königin Nofretete. Es gab keine künstliche Lichtquelle, sondern nur das Tageslicht, welches aus den Oberlichtern der Turmkuppel nach unten fiel. Dieses Licht konzentrierte sich genau im Mittelpunkt des Raumes, was dazu führte, dass die Büste geradezu strahlte.

Ehrfürchtig trat ich näher. Niemals in meinem Leben, weder davor noch danach, habe ich ein schöneres, faszinierenderes oder beeindruckenderes Kunstwerk gesehen. Nicht einmal die Schätze des Louvre, die Mona Lisa oder sonst irgendein Kunstwerk Frankreichs konnten gegen die Macht der Königin ankommen. Ich wusste, es war nur eine Büste, doch lebendiger hätte sie nicht sein können. Die Königin zeigte eine vollendete Reife und gleichzeitig ewige Jugend. Mit ihrer energischen Kopfhaltung, den starken, angespannten Hals- und Nackenmuskeln bot sie ein Bild enormer Kraft, welches zugleich absolute Grazilität und Anmut ausdrückte. Und tatsächlich entstand durch die Augen der Königin eine fast unheimliche Teilung der Wirklichkeit. Die linke Raumhälfte, die durch ihr rechtes, volles Auge beherrscht wurde, ließ den Eindruck totaler Kontrolle entstehen. Es gab keinen Winkel, der nicht dem Blick der Königin unterworfen gewesen wäre. In dieser Raumhälfte herrschte das Leben. Die andere, rechte Raumhälfte dagegen ließ den Eindruck totaler

Nichtbeachtung entstehen. In jedem Winkel stand man praktisch im Schatten, unbeachtet, vergessen. In dieser Raumhälfte herrschte die Finsternis.

Gefühlt müssen es Stunden gewesen sein, die ich in der Gegenwart der Königin verbrachte. Längst war der Rest der Gruppe weitergegangen, bis auf Bissing. Geduldig wartete dieser, an eine Säule gelehnt, bis ich mich endlich von der Faszination Nofretetes lösen konnte.

„Ich sehe, Sie verstehen die Königin", sagte Bissing mit ernster Miene, als ich mich, nach ihm und den anderen suchend, umwandte.

„Wenn Sie es sagen ... ich habe eher das Gefühl, Nofretete durchschaut mich und weiß ganz genau, weswegen ich hier bin".

„Ich sagte ja, Sie verstehen es. Jeder, der hier steht und mehr als oberflächlich hinschaut, verspürt einen ganz persönlichen Bezug zu ihr. In diesem Fall – sie weiß, was Sie, was wir suchen".

„Aber was genau suchen wir?", entgegnete ich und breitete fragend die Hände vor den Augen der Königinnenbüste aus.

„Hat es mit der Büste selbst zu tun? Oder damit, wohin sie schaut – so, wie sie hier aufgestellt ist?"

Bissing überlegte.

„Schwer zu sagen", meinte er schließlich. „Ich glaube nicht, dass irgendetwas *in* der Büste selbst versteckt sein könnte. Dazu ist sie in den vergangenen Jahren und Jahrzehnten immer wieder zu gut untersucht worden. Soweit ich weiß, ist sie nicht hohl, sondern es handelt sich um eine Vollgipsfigur. Die Blickrichtung wäre dagegen eine Idee. Nur, wohin blickt sie?"

Wir versuchten nachzuvollziehen, wohin die Augen – oder besser gesagt, das sehende rechte Auge der Büste – ausgerichtet waren. Die Sichtlinie der Pupille führte geradewegs durch eine lange Galerie, den sogenannten Niobidensaal, hindurch, querte einen kleinen Zwischensaal, eine weitere Galerie und endete schließlich im gegenüberliegenden Südkuppelsaal. Wie wir feststellten, stand keine Vitrine oder ein anderes Objekt im Weg, auf welches der Blick hätte fallen können. Doch genauso wenig schien der Südkuppelsaal ein lohnenswertes Ziel herzugeben. Dieser Raum beherbergte selbst keine Kunstwerke, sondern diente als Durchgangszimmer. Ein Weg führte um die Ecke in den Südflügel, ein weiterer diente über ein Treppenhaus als Übergang zum Alten Museum. Sollten wir uns etwa dorthin wenden?

Ratlos schauten wir uns an.

„Haben wir vielleicht etwas übersehen?", fragte ich Bissing.

„Eigentlich nicht", verneinte dieser. „Oder doch, warten Sie … Max Hoffmann hat den Hinweis kurz vor seinem Tod verfasst, sagten Sie?"

„Ja. Anfang Juli 1927. Frau Hoffmann hat es mir gezeigt".

„Dann wird das Rätsel noch schwieriger zu lösen sein, fürchte ich. Mir ist nämlich gerade etwas in den Sinn gekommen. Wie konnte ich das bloß übersehen! Verstehen Sie, die Büste steht doch noch gar nicht so lange an diesem Platz im Neuen Museum. Sie hat mehrfach ihren Standort gewechselt. Dorthin, wo sie jetzt aufgestellt ist, kam sie erst Anfang der Dreißiger Jahre. In jedem Fall nach Max Hoffmanns Tod. Er konnte also kaum eine Blickrichtung meinen, von der er noch gar nichts wusste".

251

Resigniert schaute ich zu Boden. Zweifellos hatte Bissing Recht. Weder die Büste selbst noch ihr derzeitiger Standort konnten uns eine Antwort geben, wenigstens im Moment nicht.

„Lassen Sie uns zur Konferenz zurückgehen", schlug ich Bissing vor. „Was hilft es uns, wenn wir hier noch länger verweilen? Auch, wenn ich mir sicher bin, dass der General in der Tat den Blick der Nofretete gemeint haben muss. Doch es scheint, als fehlte uns noch ein Puzzleteil. Vielleicht fällt Cornelia Hoffmann doch noch etwas ein. Heute Abend bin ich mit ihr verabredet".

„Das ist wohl das Beste. Anscheinend können wir erst einmal wirklich nicht mehr tun", stimmte Bissing zu.

Gemeinsam verließen wir das Museum und machten uns auf den Weg zurück zur Universität. Hoffentlich würde der Abend neues Licht ins immer geheimnisvollere Dunkel werfen.

23. August 1939

Im nördlichen Mecklenburg

Die Villa

Nach einer nicht enden wollenden Fahrt zeichnete sich gegen Mittag endlich die Küste am Horizont ab. Nachdem wir am frühen Morgen Berlin verlassen hatten, bestand das Landschaftsbild stundenlang aus weiter Ebene, Feldern und Kiefernwäldern, nur um wiederum von Wiesen, Feldern und Kiefernwäldern gefolgt zu werden. Den einen oder anderen See hatten wir zwar auch passiert, doch erst die Ostseeküste bildete einen völlig neuen Umgebungstyp. Außerdem war der Anblick der Küste das Signal, dass wir unser Ziel bald erreicht haben würden: Ahrenshoop.

Was um alles in der Welt hat Paul Genty in Ahrenshoop zu suchen, mochte man sich berechtigterweise fragen. Nun, ich war nicht in der Absicht zum westlichsten pommerschen Ort der Halbinsel Fischland-Darß-Zingst unterwegs, dort Urlaub zu machen. Auch war ich nicht allein unterwegs, sondern in Begleitung von Arnold Rechberg, der am Steuer seines Opels P4 die Rolle des Chauffeurs übernommen hatte. Aufgezwungen – oder doch zumindest aufgedrängt – worden war uns die Fahrt durch die überraschenden Ereignisse des gestrigen Abends.

Wie man sich erinnern mag, hatte ich gestern Morgen bei Cornelia Hoffmann eine Nachricht mit dem Inhalt hinterlassen, ich würde mich des Abends zu melden versuchen. Dies war glücklicherweise auch gelungen. Die Nachmittagssitzung hatte pünktlich geendet. Zudem konnte ich meine Notizen, welche sich hauptsächlich um die Ausstellungseröffnung und die Museumseindrücke konzentrierten, bereits in den Pausen zwischen den Vorträgen zu einem knappen Bericht zusammenfassen, so dass nach dem Ende des Tagesprogramms nicht mehr viel zu tun blieb. Ich sorgte noch für einen schnellen Imbiss und machte mich dann auf den Weg zu Arnold Rechbergs Wohnung am Kurfürstendamm.

Verständlicherweise gab es nach den zwei vollen Tagen, die wir uns nicht gesehen hatten, allerhand Neuigkeiten auszutauschen. Cornelia und Arnold Rechberg, der selbstverständlich wieder zugegen war, nahmen erfreut zur Kenntnis, dass sie sich in Bissing nicht getäuscht hatten. Teils amüsiert, teils gebannt folgten beide meiner Schilderung, wie wir durch Max Hoffmanns rätselhaften Satz auf die Königin Nofretete gekommen waren und die Spur bis ins Museum verfolgt hatten. Ich verschwieg nicht, dass wir unsere Nachforschungen vorerst in einer möglichen Sackgasse beenden mussten.

„Da also die Nofretete zu Lebzeiten Ihres Mannes noch gar nicht dort im Museum gestanden hat, können wir nicht nachvollziehen, wohin uns ihr Blick führen soll", schloss ich meine Ausführungen. „Und Bissing hält es für ausgeschlossen, dass in der Büste selbst etwas verborgen sein könnte".

Bissing schlug begeistert seine rechte Faust in die linke Hand. „Donnerwetter! Auch, wenn noch nicht alle Geheimnisse gelüftet sind – ich hätte nicht gedacht, dass Sie so schnell so weit kommen. Hut ab!"

„Nun ja", wehrte ich ab. „Der Verdienst gehört Doktor Bissing. Ohne ihn hätte ich gar nichts gelöst, er hat schließlich den Schlüssel geliefert".

„Schon", meinte Cornelia. „Aber ich möchte Arnold unbedingt beipflichten – bitte stellen Sie Ihr Licht nicht unter den Scheffel, Paul. Von Anfang an ist mir aufgefallen, dass Sie eine ganz besondere Hartnäckigkeit an den Tag legen und voller Leidenschaft bei der Sache sind. Dafür haben Sie meine volle Wertschätzung. Wirklich!"

Cornelia hielt einen Moment inne, während ich recht verlegen erst einmal schwieg.

„Doch vielleicht", fuhr Cornelia fort, „gäbe es sogar einen Ausweg aus der vermeintlichen Sackgasse. Was würden Sie sagen, wenn Ihre Nofretete zwar die richtige Idee wäre, aber Ihre Büste die falsche?"

Rechberg und ich schauten uns verblüfft an.

„Wie bitte? Meinen Sie etwa, wir hätten es mit einer Fälschung zu tun?"

„Nein, nein, so war es nicht gemeint", schüttelte Cornelia den Kopf. „Aber die Büste im Museum ist nicht die einzige, die Max gemeint haben könnte. Auch wir besitzen eine Nofretete".

„Sie besitzen eine Nofretete?"

„Selbstverständlich nur eine Kopie des Originals. Doch es soll eine sehr gute Kopie sein. Max hat sie vom Kaiser persönlich als Geschenk erhalten, zur Anerkennung seiner Verdienste. Wilhelm II. war, wie Sie vielleicht wissen, ein begeisterter Förderer der Archäologie und hielt die Büste für das Faszinierendste, was an Funden je nach Deutschland gekommen sei".

Ich brauchte eine Weile, um das gehörte zu verdauen.

„Sie haben eine Nofretete – unglaublich. Natürlich, das muss es sein! Diese Büste wird er gemeint haben. Wo ist sie?", fragte ich aufgeregt und blickte mich suchend um.

Cornelia zuckte mit den Schultern.

„Tja nun … das könnte ein Problem werden. Sie ist nicht hier".

„Wie, sie ist nicht hier? Um Himmels willen, Sie haben sie doch nicht etwa verkauft?!", rief ich erschreckt aus.

„Aber nein – bleiben Sie ganz ruhig, Paul. Natürlich habe ich sie nicht verkauft", entgegnete Cornelia, worauf ich hörbar einen erleichterten Seufzer ausstieß. „Aber sie ist nicht hier in Berlin. Wir haben sie nach Ahrenshoop gebracht, schon vor vielen Jahren".

Aus dem Augenwinkel bemerkte ich, dass sich in diesem Augenblick Arnold Rechberg mit der Hand vor die Stirn schlug, als hätte er sich plötzlich an etwas erinnert.

„Nach Ahrenshoop? Etwa in ihre Villa Sonnenfrieden?", erkundigte ich mich weiter.

Cornelia war bass erstaunt.

„Sie wissen von unserer Sommervilla in Ahrenshoop?!"

„So schwer war das gar nicht. Ich bin im Zusammenhang mit dem Briefwechsel zwischen Ihnen und Captain Liddell Hart darauf gestoßen", erklärte ich ihr. Zu Arnold Rechberg gewandt, meinte ich: „Sie haben die Büste demnach auch schon dort gesehen, wie ich aus Ihrer Reaktion schließe?"

Arnold nickte.

„Natürlich, ich war ja oft genug dort. Wie konnte ich das nur vergessen – ich habe überhaupt nicht mehr daran gedacht, es fiel mir erst wieder ein, als Sie beide davon sprachen. Geradezu unverzeihlich".

„Machen Sie sich nichts daraus, Arnold. Wir sind ja gerade dabei, alles aufzurollen. Doch sagen Sie, Cornelia – darf ich annehmen, dass die Büste noch zu Lebzeiten Ihres Mannes dorthin gekommen ist?"

„Ja."

„Und steht sie immer noch so – noch an dem Platz, wo Ihr Mann sie zuletzt in Erinnerung haben konnte?"

„Ja, ich denke schon. Worauf wollen Sie hinaus, Paul?"

„Wir müssen nach Ahrenshoop. Sofort", erklärte ich entschlossen.

„Nach Ahrenshoop? Das kann nicht Ihr Ernst sein".

Doch, es war mein voller Ernst. Nach einigen Minuten hin und her konnten sich auch Arnold Rechberg und Cornelia Hoffmann nicht der Ansicht verschließen, dass die in der Villa Sonnenfrieden aufgestellte Nofretete-Büste die Lösung des Rätsels bieten musste. Es führte also kein Weg daran vorbei, nach Ahrenshoop zu reisen, um sich vor Ort umzuschauen. Arnold Rechberg besaß ein Auto und bot sich sofort an, die Fahrt zu übernehmen. Es kostete uns unendliche Mühe, Cornelia Hoffmann davon abzubringen, mit uns zu kommen. Hartnäckig bestand sie zunächst darauf, uns zu begleiten. Natürlich konnten wir nur zu gut ihren Wunsch verstehen, die letzte Hinterlassenschaft Ihres Mannes zu finden. Doch es wäre viel zu gefährlich gewesen, sie mitzunehmen. Es bedurfte nur einer einzigen Polizeikontrolle, und die als Jüdin zahlreichen Ausgangs-beschränkungen unterworfene Cornelia befände sich im Visier oder gar den Händen der Gestapo. Letztlich sah sie dies irgendwann ein, allerdings nicht ohne erhebliche Verbitterung.

So kam es, dass wir am Mittwochmorgen kurz nach Sonnenaufgang in Berlin aufgebrochen waren. Rechberg holte mich mit seinem Opel am Hotel ab. Ein kurzer Abstecher führte uns noch zu dem Hotel, in welchem Friedrich Bissing untergekommen war. Dort hinterließ ich beim Portier eine Nachricht, worin ich Bissing informierte, dass ich an diesem Tag dem Kongress fernbleiben müsse und ihn bat, die wichtigsten Ereignisse des Konferenztages für mich festzuhalten. Danach ging es auf die Fernverkehrsstraße Richtung Norden, wo uns eine etwa sechsstündige Fahrt erwartete.

Mittlerweile hatten wir immerhin schon die Küste in Sichtweite. Selbstredend war die Fahrt in dem robusten Opel etwas völlig anderes als die Reise in einem bequemen Zugabteil, und so spürte ich trotz zweier kurzer Pausen allmählich jeden Knochen im Leib.

„Ist es noch weit?", erkundigte ich mich bei Rechberg. „Falls ja, müsste ich Sie wohl oder übel darum bitten, doch noch einmal eine kleine Rast einzulegen".

„Es ist zwar nicht mehr allzu weit", meinte dieser. „Allerdings sollten wir ohnehin baldmöglichst anhalten, um Benzin nachzutanken. Die Tankstelle in Ahrenshoop ist nicht gerade zuverlässig, was ihre Öffnungszeiten betrifft, und wir wollen wohl kaum riskieren, mangels Treibstoff auf der Halbinsel festzusitzen".

Dem stimmte ich vorbehaltlos zu. So hielten wir Ausschau nach der nächstgelegenen Tankstelle. Lange brauchten wir nicht zu schauen, denn schon wenige Kilometer später kreuzte unsere Straße bei der Ortschaft Ribnitz die quer zur Küste verlaufende Reichsstraße 105. Direkt neben der großen Kreuzung befand sich eine ebenso große Tankstelle der Marke *Gasolin*, die wir umgehend ansteuerten.

Während Rechberg das Tanken übernahm, vertrat ich mir ein wenig die Beine. Die Tankstelle warb sehr auffällig mit dem Slogan ‚Deutsches Benzin', welcher an allen vier Seiten des Gebäudes angebracht war. Ob deutsches Benzin wirklich besser war als britisches oder französisches Benzin? Auch wieder so ein Versuch, die Wettbewerber zu diskreditieren, welche ausländische Ölprodukte anboten, dachte ich bei mir.

Zur Mittagszeit herrschte an den Tankstellen gewöhnlich einiger Betrieb, und diese bildete darin keine Ausnahme. Zahlreiche der Mineralölkunden waren Lastwagen, im Lieferverkehr an der Küste unterwegs. Doch ich konnte auch einige gepflegte Limousinen bewundern, darunter ein wunderschönes Horch 670 Cabriolet. Die Besitzer schienen betuchte Urlauber zu sein, die augenscheinlich aus dem Badeurlaub an der See in ihre bayerische Heimat zurückkehrten.

Schließlich hatte Rechberg den Opel vollgetankt, bezahlt und kehrte aus dem Kassenhäuschen wieder zum Auto zurück. Ich bemerkte, dass er sich außerdem eine Zeitung gekauft hatte – und staunte über seine Auswahl.

„Sehe ich richtig? Sie haben den *Völkischen Beobachter* gekauft? Was ist in Sie gefahren, Arnold?", fragte ich.

Er zuckte mit den Schultern.

„Leider hatten sie keine andere Tageszeitung", sagte Rechberg mit entschuldigender Geste. „Außerdem kann es von Zeit zu Zeit nicht schaden zu wissen, wie der Gegner so denkt".

„Wenn Sie meinen … wollen wir?"

„Ja, nichts wie weiter. Bald haben wir es geschafft!"

Ein vorerst letztes Mal bestiegen wir den P4 und begaben uns auf die letzte Etappe in Richtung Ahrenshoop. Erfreulicherweise verging die Fahrt dieses Mal beinahe wie im Flug. Wir passierten malerische kleine Dörfchen mit den typischen Häuschen der Küstenlandschaft, und häufig führte die Straße ganz nahe an die Dünen, die uns vom Gestade der Ostsee trennten. Nach weniger als einer halben Stunde erreichten wir Ahrenshoop. Rechberg steuerte den Wagen auf der einzigen befestigten Straße durch den gesamten Ort, welcher sich wie ein langes Band in Sichtweite des Strandes entlang zog. Schon vermeinte ich, kein Haus mehr zu sehen, als Rechberg abbremste und in einen kaum sichtbaren Pfad zwischen den Bäumchen am rechten Straßenrand einbog. Wir hatten unser Ziel erreicht.

Es dürfte wenig rational gewesen sein, dennoch stieg ich höchst bedächtig aus dem Auto, um nur nicht den Moment zu zerstören, in dem wir den Rasen vor der Villa Sonnenfrieden betraten. Die Villa war ein schmucker, zweistöckiger Sandsteinbau, wobei sich das Obergeschoss praktisch aus einer ausgebauten Dachetage formte. Der größte Teil des oberen Geschosses und das Dach waren mit schwarzen Ziegeln bedeckt, das Erdgeschoss und einige Elemente im oberen Bereich bestanden aus einem warmen, rötlichen Sandstein. Anstelle einer normalen Eingangstür verfügte das Haus über einen wintergartenartigen Vorbau, in welchem zwei bis zum Boden reichende Flügeltüren eingelassen waren. Über dem Eingang erstreckte sich ein schöner Balkon, welchen Säulen aus Sandstein zum Dach hin abschlossen. Die Villa schien wie auf einem grünen Samtkissen gebettet, eingerahmt von Schatten spendenden Bäumen und Sträuchern; ein schönes, friedliches Fleckchen Erde. Das Ganze wirkte ein bisschen wie eines der Gartenhäuschen, die zu Zeiten des Rokoko die Gärten und Parks der herrschaftlichen Anwesen zierten, wenn auch in einem etwas moderneren Baustil.

Arnold Rechberg hatte anscheinend bemerkt, wie sehr ich in Gedanken versunken vor der kleinen Villa verharrte, und ließ mir entsprechend Zeit.

„Max Hoffmann hat die Villa irgendwann nur noch sein ‚kleines Hauptquartier‘ genannt", erklärte mir

Rechberg schließlich.

„Ach wirklich? Dann hat er sie nicht nur privat genutzt?", wollte ich wissen.

„Doch, anfangs schon. Während des Krieges aber hat er hier des Öfteren ganz offiziell residiert, wenn er vom seinem Posten in OberOst in die Heimat kam, trotz der Entfernung zu Berlin. Es gab hier sogar die eine oder andere Stabsbesprechung – daher das ‚Hauptquartier'. Seit dem Kriegsende ist es aber nur noch der private Rückzugsort der Hoffmanns gewesen", meinte Rechberg.

„Interessant. Doch nun würde ich sagen, wagen wir uns in die Höhle des Löwen?"

„Nur zu. Sie haben den Schlüssel".

Das stimmte. Cornelia hatte zu meiner großen Überraschung mir den Schlüssel zur Villa in die Hand gedrückt und nicht Arnold Rechberg. „Arnold verlegt öfter mal seine Schlüssel", hatte sie mit einem heftigen Augenzwinkern gesagt. Ich begriff, dass sie mir zu verstehen geben wollte, wie sehr sie mir vertraute.

Nachdem ich aufgeschlossen hatte, betraten wir gemeinsam das Haus. Ich fand die Räume ausgesprochen schlicht eingerichtet. Die Möbel leicht und zweckmäßig, keine überbordenden Dekorationen, dafür alles sehr hell und freundlich, da die großzügigen Fensterflächen für viel Licht sorgten. Suchend schaute ich mich um.

„Wo steht denn die Büste?", fragte ich.

Arnold Rechberg deutete auf einen Raum rechter Hand.

„Dort drüben, im Frühstückszimmer".

Wir schritten durch einen offenen Durchgang in den bezeichneten Raum, und dann sahen wir sie. Königin Nofretete stand auf einem Podest an der Außenwand zu unserer Linken. Beinahe ehrfürchtig traten wir näher. Ich musste zugeben, dass die Kopie recht gut gelungen war. Wenn man die echte Königin gesehen hatte, bemerkte man schon, dass sie etwas zu neu und an mancher Ecke zu glatt wirkte, doch der Eindruck – vor allem, wenn man nicht zu dicht davor stand – kam dem Original durchaus nahe.

„Was nun, Paul?"

„Heben wir sie doch einmal vorsichtig an", schlug ich vor. „Dann können wir feststellen, ob sie massiv ist".

Vorsichtig hob Rechberg die Büste von ihrem Podest.

„Oh ja, das ist sie", sagte er sofort und stellte sie wieder ab. „So schwer, wie die Figur ist, gibt es darin bestimmt keine Hohlräume, worin man etwas verstecken könnte".

„Das war also nichts", überlegte ich. „Die nächste Option wäre nun, dem Blick der Königin zu folgen. Zumindest über die Blickrichtung der Büste bestehen keine Zweifel, denke ich – der Sockel ist so schmal, dass nur eine Position bleibt".

„Das sehe ich auch so", nickte Arnold bestätigend. „Also, wohin blickt sie?"

Beide stellten wir uns neben die Büste an die Wand und versuchten, den Punkt auszumachen, wohin sich die Augen der Büste richteten. Die gegenüberliegende Wand wurde von einem großen Kamin dominiert, die Wandfläche ringsherum bestand aus weißen Kacheln, von denen wiederum einige wenige mit Bildmotiven versehen waren. Sollte es der Kamin sein, auf welchen der Blick ausgerichtet war? Eben wollte ich Arnold Rechberg diese Vermutung mitteilen, als mir bewusst wurde, dass ich schon wieder die eigentümliche Konstellation mit dem sehenden und dem blinden Auge der Nofretete vergessen hatte.

„Arnold … wohin blickt das rechte Auge der Königin?"

„Das rechte Auge? Wieso das rechte?"

„Das rechte Auge ist das sehende Auge, wogegen das linke Auge fehlt. Sehen Sie?"

„Stimmt, aber worauf wollen Sie hinaus, Paul? Sie hatten bisher noch nicht erwähnt, dass die unterschiedlichen Augen eine spezielle Relevanz haben könnten".

„Mir ist es auch gerade erst bewusst geworden, dass wir nicht nur den Gesamtblick betrachten müssen, sondern eventuell jedes Auge für sich. Da gibt es nun zwei Möglichkeiten: Wenn das rechte Auge uns den Weg weist – weil es als einziges etwas sieht –, dann müssen wir seinem Blick folgen. Vielleicht führt er uns einer bestimmten Kachel hin? Die andere Möglichkeit ist, das fehlende Auge sieht nichts – in seinem toten ‚Blickfeld' könnte also etwas verborgen sein".

„Auf was Sie alles kommen, unglaublich!", staunte Rechberg.

„Warten Sie … das rechte Auge schaut genau – hierhin".

Rechberg war die Sichtlinie entlang gelaufen und vor der Wand neben dem Kamin stehen geblieben. „Hier, auf diese Kachel mit dem Bild – jedenfalls wenn Sie mich fragen".

Ich trat neben Rechberg und versuchte, die Abbildung zu erkennen. Man sah eine Stadt mit mehreren Kirchtürmen und etlichen historischen Altbauten.

„Wissen Sie, welche Stadt das ist?", fragte ich Arnold.

„Das ist Riga, die Hauptstadt von Lettland".

„Sicher?"

„Ganz sicher. Ich war schon dort. Die Altstadt ist unverkennbar".

Vorsichtig klopfte ich mit dem Finger an die Kachel. Doch es klang nicht im Geringsten danach, als würde sich hinter der Kachel ein Hohlraum verbergen, sondern alle beieinander liegenden Kacheln gaben den gleichen trockenen Ton ab.

„Hm, das scheint nicht die richtige zu sein", meinte ich enttäuscht. „Ist es vielleicht doch das verborgene Auge?"

„Ohne Auge ist es natürlich schwer zu sagen, wohin der Blick führen würde, wenn er denn da wäre", entgegnete Arnold und starrte ratlos auf die Büste, die Hände in die Seiten gestemmt.

„Oder auch nicht", überlegte ich. „Mir ist eben etwas aufgefallen. Die Riga-Kachel ist die einzige bunte Kachel in weitem Umkreis, rechts vom Kamin. Links vom Kamin gibt es in vergleichbarer Position ebenfalls nur eine einzige bunte Kachel. Sollte das diejenige sein, auf die das tote Auge schaut?"

„Sie haben Recht, das könnte es sein!"

Beide liefen wir zu dem fraglichen Teil der Wand und inspizierten das Kachelbild. Es handelte sich um eine Art Grabdenkmal mit einer Inschrift.

„Können Sie die Inschrift lesen? Es ist ziemlich klein, ich vermag es kaum zu erkennen", mühte sich Rechberg mit zusammen gekniffenen Augen.

„Ich kann eines der Wörter entziffern – ein Name: S-A-M-S-O-N-O-W. Samsonow".

„Samsonow?! Dann ist das der Samsonow-Stein", staunte Rechberg. Als er meinen fragenden Blick bemerkte, setzte er hinzu: „Ein Gedenkstein für den russischen General Samsonow, den Verlierer der Tannenbergschlacht. Dieser hat sich dort im Angesicht der Niederlage das Leben genommen".

„Tannenberg … der Ort, an dem alles angefangen hat. Max Hoffmanns beispiellose Karriere, aber auch der nie enden wollende Streit, wer die Schlacht wirklich gewonnen hat. Es würde passen", sinnierte ich und pochte gegen die Kachel. Sie klang eindeutig hohl.

„Das muss es sein", flüsterte ich aufgeregt, obwohl es gar keinen Grund gab, leise zu sein.

Rechberg nickte heftig.

„Können Sie die Kachel irgendwie bewegen?"

Ich versuchte, an der Kachel zu ziehen und zu drücken, doch sie gab nicht im Geringsten nach. Es gab auch keine Möglichkeit, an einem Zwischenraum anzusetzen, denn diese fanden wir alle fest verfugt.

„Es hilft nichts, wir brauchen ein Werkzeug", meinte ich.

„Im Auto habe ich Werkzeug, ich hole es schnell", sagte Rechberg und lief sofort los, es beizubringen.

Während ich ungeduldig auf Rechbergs Rückkehr wartete, dachte ich unwillkürlich an eine Äußerung, die ich auf einem der Vorträge beim Archäologischen Kongress gehört hatte. Der Redner sagte sinngemäß, dass – bei welcher Ausgrabung auch immer – das Kreuz niemals den Ort markiere, wo der Schatz oder die Grabkammer letztlich zu finden sei. In unserem Fall handelte es sich zwar nicht um ein Kreuz, sondern einen Gedenkstein, doch würde er letztlich den Ort des Geheimnisses markieren oder nicht?

Schnell kehrte Rechberg zurück und hielt in seiner Hand einen schweren Schraubenschlüssel.

„Etwas passenderes konnte ich nicht finden", entschuldigte er sich.

„Es müsste hinreichen, auch wenn die Kachel dabei zu Bruch gehen wird".

Damit nahm ich Rechberg das Werkzeug aus der Hand und schlug mit der größeren Gabel kurzerhand auf die Kachel.

Mit einem dumpfen Klirren zersprang diese und gab einen rechteckigen Hohlraum frei. Mit zitternder Hand griff ich hinein. Tatsächlich, da war etwas! Es fühlte sich wie Papier an. Vorsichtig zog ich daran und hielt Augenblicke später einen gerollten Umschlag in den Händen. Hastig riss ich den Verschluss auf, und dann sahen wir sie endlich vor uns, die Papiere von Max Hoffmann. Wir hatten sie gefunden!

Das Bündel erschien uns auf den ersten Blick etwas dünn, da wir beide insgeheim gehofft hatten, ein umfangreiches Dossier zu all den Fragen vorzufinden, die noch offen zu sein schienen. Es gab keinen Brief, kein Begleitschreiben, kein Deckblatt oder ähnliches, sondern es schien sich um eine Art Vertragswerk zu handeln. Mit wachsender Spannung vertieften wir uns in den Text und glaubten unseren Augen nicht zu trauen.

„Abkommen zur Abgrenzung der Interessenssphäre in Osteuropa zwischen dem Deutschen Reich und der Union der Sozialistischen Sowjetrepubliken“, stand dort zu lesen. Quer über die Ecken der Blätter zogen sich auffällige rote Stempelabdrücke mit der Aufschrift „**Streng Geheim**“.

„Sagt Ihnen ein solches Abkommen etwas, Arnold?“, fragte ich verwundert.

Rechberg schüttelte ebenso verwundert den Kopf.

„Nein, überhaupt nicht. Noch nie davon gehört“.

„Für den Fall einer territorialpolitischen Umgestaltung der zum polnischen Staat gehörenden Gebiete werden die Interessensphären Deutschlands und der UdSSR ungefähr durch die Linie der Flüsse Narew, Weichsel und San abgegrenzt“, las ich weiter. *„Die Frage, ob die beiderseitigen Interessen die Erhaltung eines unabhängigen polnischen Staates erwünscht erscheinen lassen, kann endgültig erst im Laufe der weiteren politischen Entwicklung geklärt werden …“*

Entgeistert starrte ich Rechberg an.

„Diese Linie führt mitten durch das heutige Polen … das Deutsche Reich und Sowjetrussland wollen doch tatsächlich Polen unter sich aufteilen!"

„Unfassbar", erklärte der ungläubig staunende Arnold Rechberg. „Wenn ich es nicht mit eigenen Augen lesen würde, könnte ich es nicht glauben. Und schauen Sie mal auf die Unterschriften, Paul – das ist genauso unglaublich!"

Sofort sah ich, was er meinte. Unter dem Text des Vertrages standen, klar und unzweideutig, die Signaturen der Vertragsparteien.

„Für die Deutsche Reichsregierung – v. Hindenburg, Reichspräsident; v. Lieth-Thomsen, Leiter der dt. Militärmission. Für die Regierung der UdSSR – Tschitscherin, Volkskommissar für Auswärtiges; Bersin, Leiter der GRU".

Die Informationen benötigten einen Augenblick, um ihre Wirkung zu erzielen.

„Hindenburg und Lieth-Thomsen … *H* und *L*!", rief ich aus. „Das muss Max Hoffmann gemeint haben, es kann gar nicht anders sein. Wir haben uns zu sehr von Ludendorff ablenken lassen. Mit Hindenburg lagen wir an sich richtig, aber in einem ganz anderen Zusammenhang".

„Das sehe ich auch so", bestätigte Rechberg. „Wir hatten absolut Recht damit, eine Verschwörung zu vermuten, doch es ist eine völlig andere als gedacht. Und schauen Sie auf das Datum des Vertrags – der 27. April 1927. Nicht einmal drei Monate vor Max' Tod. Deswegen haben sie ihn umgebracht!"

„Das denke ich auch. Nehmen wir an, es lief so", begann ich zu spekulieren. „Max Hoffmann bekommt den Geheimvertrag irgendwie zugespielt, sagen wir, von einem Freund im Reichswehrministerium oder einem Offizier, der früher unter seinem Kommando diente und jetzt bei der Militärmission in Russland eingesetzt war. General Hoffmann ist außer sich. Die Reichswehr war ohnehin nicht begeistert von seinem – und Ihrem – Interventionsplan gegen Sowjetrussland, da sie viel lieber auf die geheime militärische Zusammenarbeit setzte. Und jetzt das – man einigt sich mit dem Feind auch noch darauf, Polen untereinander aufzuteilen, egal wer einen Krieg gegen selbiges beginnt. Max Hoffmann droht damit, das Ganze öffentlich zu machen. Ein Riesenskandal wäre die Folge gewesen, mit unabsehbaren politischen und internationalen Folgen. Irgendjemand in der Reichswehrführung sieht keinen anderen Ausweg, als den unbequemen General für immer loszuwerden …"

„So muss es gewesen sein. Nach Max' Tod blieben die Papiere verschwunden, und die Angelegenheit ist eingeschlafen".

„Bis jemand wieder angefangen hat, einen erneuten Versuch zu starten, an die Papiere zu gelangen, diesmal über Cornelia Hoffmann. Aber wieso? Warum seit etwa zwei Jahren die neuen Versuche? Es wäre ja durchaus möglich, dass dieser jemand schon damals in der Reichswehrführung saß, und jetzt an entsprechender Stelle in der Wehrmacht. Man will den Fehler von damals endgültig beheben oder vertuschen. Doch warum jetzt?"

Während ich noch redete, bekam Rechberg unvermittelt große Augen und ließ seinen Mund weit geöffnet, als sei ihm eine plötzliche Erkenntnis gekommen.

„Was haben Sie denn?", schaute ich ihn fragend an.

„Die Zeitung … um Himmels willen, die Zeitung!"

269

Verwirrt runzelte ich die Stirn.

„Von was bitte schön reden Sie? Welche Zeitung?"

Ohne zu antworten, drehte sich Arnold Rechberg um und rannte zur Eingangstür. Da ich nicht wusste, was er vorhatte, folgte ich ihm. Als ich ihn einholte, stand er neben seinem Auto, hatte die Tür aufgerissen und holte etwas vom Rücksitz hervor. Es war das Exemplar des *Völkischen Beobachters*, welches er eine Stunde zuvor bei der Tankstelle erworben hatte. Rechberg faltete die Zeitung auseinander und hielt mir die Titelseite unter die Nase.

„Hier! So lesen Sie doch, Paul!"

Immer noch völlig verwirrt, nahm ich die Zeitung entgegen. Doch beim Anblick der Schlagzeile wurde augenblicklich klar, was Rechberg meinte.

„Ribbentrop in Moskau", las ich laut und gleichzeitig sprachlos vor. *„Deutsch-Sowjetische Konsultationen für einen Nichtangriffsvertrag – Unterzeichnung kurzfristig erwartet"*.

Beinahe wäre die Zeitung meinen Händen entglitten, so fassungslos hinterließen mich diese Nachrichten.

„Ein Nichtangriffsvertrag … das – das ist – unvorstellbar, was das bedeutet", stieß ich hervor.

„Das ist es wohl", meinte Rechberg mit düsterer Miene. „Die Schlagzeile war mir ins Auge gefallen, deshalb habe ich die Zeitung überhaupt gekauft. Aber ich hatte ja keine Ahnung, was dahinter steckt – Sie wissen, was jetzt bevorsteht, nicht wahr?"

„Ich wünschte, ich wüsste es nicht", sage ich tonlos.

„Deutschland wird Polen angreifen, und die Sowjets werden nicht bloß zuschauen. Sie holen sich ihren Teil des Kuchens, und das hier" – damit hob ich den Vertrag hoch, den ich immer noch in meiner linken Hand hielt – „das hier ist die

Preisabsprache. Sie steht seit zwölf Jahren fest, und jetzt hält Hitler den Zeitpunkt für gekommen, sich mit Gewalt den Rest Europas einzuverleiben".

„Im letzten Jahr sind Ihr Land und die Briten noch eingeknickt und haben im Münchner Abkommen den Nazis die Tschechoslowakei zum Ausschlachten serviert. Das werden sie diesmal sicher nicht mehr tun, aber …"

„… aber mit einer freien Hand im Osten sind die Briten und wir im Westen nicht mehr als eine bloße Drohgebärde", vervollständigte ich Rechbergs Satz. „Wenn nicht ein kleines Wunder geschieht, wird nichts und niemand Hitler aufhalten können".

„Was können wir tun? Ich meine – wir sind die einzigen, die von den wahren Hintergründen wissen, also irgendetwas müssen wir jetzt damit tun. Nur, was?"

Lange brauchte ich nicht zu überlegen.

„Ich muss nach Paris", entgegnete ich entschlossen. „Sofort".

„Nach Paris?"

„Überlegen Sie doch, Arnold. Wem sollen wir hier in Deutschland die Papiere zeigen? Es gibt keine unabhängige Presse mehr, alles liegt fest in Goebbels' Hand. Die Wehrmacht bereitet sich gerade auf den Polenkrieg vor – also wer sollte uns helfen können? Sie können ja schlecht bei Hitler anrufen und melden: ‚Guten Tag, mein Führer – wir haben den geheimen Plan gefunden, lassen Sie das mit dem Überfall auf Polen besser sein'? Im Gegenteil, wenn jemand hier im Reich herausfindet, dass wir die Papiere haben, sind wir so gut wie tot. Ich muss sie außer Landes bringen, so schnell wie möglich. Nur dann haben wir eine Chance, das Schlimmste zu verhindern. Der *Le Matin* kann sie

271

veröffentlichen, wir können sie der französischen Regierung zukommen lassen, dem britischen Botschafter – aber wir müssen uns beeilen!"

Arnold zögerte einen Moment, dann nickte er.

„Sie haben Recht, Paul. Das ist das einzige, was Sinn macht. Ich bin durchaus nicht sicher, dass wir überhaupt etwas ausrichten können, aber uns bleibt nur dieser Weg".

Er wies auf die Tür.

„Schließen Sie ab, Paul, dann fahren wir!"

Während ich abschloss, startete Rechberg bereits seinen Opel. Kurz darauf bog der Wagen auf die Dorfstraße, und wir begannen die Rückfahrt in Richtung Süden.

25. August 1939

Paris

Das Ende

In den frühen Morgenstunden betrat ich am Freitag endlich wieder den Boden von Paris.

Nach unserer hastigen Abfahrt aus Ahrenshoop hatte sich Arnold Rechberg angeboten, mich direkt zur französischen Grenze zu fahren. Doch ich hatte abgelehnt. Ohne Gepäck und mit Reisepapieren für Berlin, dafür mit den brandgefährlichen Dokumenten in der Hand, wäre ein solcher Grenzübertritt viel zu auffällig und zu riskant gewesen. Besser war es, zunächst nach Berlin zurück-zukehren und von dort mit dem Zug nach Paris zurück zu reisen. Man konnte hoffen, unter dem Vorwand, unverzüglich aus Berlin nach Paris zurückgerufen worden zu sein, eine relativ unverfängliche Begründung für vorzeitige Abreise von der noch laufenden Konferenz zu haben. Diese Annahme bestätigte sich sozusagen, als wir am Mittwochabend nach unserer Ankunft in Berlin von Meldungen hörten, dass in der Tat mehrere ausländische Regierungen ihre Staatsbürger aus dem Deutschen Reich zur Rückkehr auffordern und Diplomaten in ihre Heimatländer zurückbeordern würden.

So suchten wir in Berlin zunächst Cornelia Hoffmann auf, um ihr des Rätsels Lösung zu präsentieren und um sie zu bitten, mit mir nach Frankreich zu kommen. Ersteres hinterließ sie erleichtert und schockiert über die Tragweite der Entdeckung zugleich. Letzteres lehnte sie rundweg ab.

„Meine Tochter Ilse lebt hier in Deutschland. Ich werde sie niemals allein lassen".

Und dabei blieb es. Nichts, was Rechberg und ich vorbrachten, vermochte sie umzustimmen.

Ich hinterließ Cornelia das Versprechen, ihr auf irgendeinem Weg, möglicherweise über Arnold Rechberg, finanzielle

Unterstützung zukommen zu lassen, so es die Umstände erlauben würden. Rechberg sagte mir zu, an Friedrich Bissing eine Nachricht zu übermitteln und ihm nochmals meinen Dank auszurichten.

Am anderen Morgen räumte ich mein Hotelzimmer und machte mich auf den Weg zum Anhalter Bahnhof. Kurz vor Mittag fuhr ein Schnellzug in Richtung Straßburg, wo ich wiederum Anschluss nach Paris hatte. Lange hatte ich überlegt, wo ich die kostbaren Papiere verstecken würde und war letztlich auf eine frappierend simple Lösung gekommen. Ich erinnerte mich an Edgar Allan Poes Erzählung vom versteckten Briefumschlag und steckte die Dokumente einfach mitten in den dicken Stapel der Unterlagen von der archäologischen Konferenz. Die Grenzbeamten würdigten die Dokumente keines Blickes, fragten jedoch erwartungsgemäß nach dem Grund meiner frühen Rückreise. Ich brachte die zurechtgelegte Begründung vor und bangte. Es dauerte einige unendlich scheinende Sekunden, bis der Zöllner, ohne eine Miene zu verziehen, den Ausreisestempel in meinen Pass drückte und mich durch die Sperre winkte. Der Abendzug von Straßburg schließlich traf um zwei Uhr morgens in der französischen Hauptstadt ein.

Chefredakteur Jean Fabry pflegte jeden Morgen kurz nach Beginn der Frühschicht in der Redaktion einzutreffen. Entgeistert starrte er mich an, als ich zu diesem Zeitpunkt bereits vor seiner Bürotür wartete. Doch die Entgeisterung wich schnell entschlossenem Handeln, nachdem ich Fabry die Hoffmann-Papiere auf den Schreibtisch gelegt und so gestrafft wie möglich meinen Bericht abgeliefert hatte. Fabry griff zum Telefon.

„Das ist ein Fall für das Deuxième Bureau", meinte er sofort. Zwei Stunden später lagen die Papiere auf einem anderen Schreibtisch, nämlich dem von Colonel Maurice-Henri Gauché, dem Leiter des Auslandsgeheimdienstes. Er verpflichtete uns zum Stillschweigen. Der Le Matin dürfe erst etwas über die Sache veröffentlichen, nachdem die Regierung informiert sei.

Gauché informierte die Regierung, und wir warteten.

Die Regierung brauchte eine Woche, um zu entscheiden, ob man den Informationen glauben solle und falls ja, welche diplomatischen Konsequenzen man daraus ziehen sollte.

Noch vor Ablauf dieser Woche marschierte die Wehrmacht in Polen ein. Der Zweite Weltkrieg hatte begonnen.

Der Zug

Am Anhalter Bahnhof machte sich in den frühen Morgenstunden der tägliche Personenzug nach Prag abfahrbereit. Noch bis weit in das Jahr 1942 hinein hatte es jeden Tag zwei paarweise D-Zug-Verbindungen zwischen der Berlin und der Hauptstadt des Protektorats Böhmen und Mähren gegeben. Doch nach der Zunahme der alliierten Bombardements hatte man den Umlauf auf jeweils ein Zugpaar verkürzt. Im Sommer 1944 wurde die Verbindung schließlich von einem Schnellzug zu einen normalen Personenzug degradiert, da auf keinem Streckenabschnitt mehr die Durchschnittsgeschwindigkeit von 50 km/h gehalten werden konnte.

Angesichts dieser Einschränkungen war der nunmehr einzige Zug Tag für Tag hoffnungslos überfüllt. Noch immer gab es zahlreiche Arbeiter und Angestellte, die zu ihren Arbeitsplätzen in den tschechischen Rüstungs-betrieben fuhren; Wehrmachts- und SS-Angehörige, die zwischen ihren Dienststellen in Berlin und im Protektorat zu pendeln hatten; Berliner, die evakuiert wurden. Bis auf die Skoda-Werke in Pilsen blieben die Tschechoslowakei und insbesondere Prag von alliierten Luftangriffen verschont. Viele Reichsbürger setzten deshalb darauf, Angehörige und vor allem ihre Kinder bei Verwandten oder Bekannten unterzubringen, welche im Protektorat lebten oder arbeiteten. All diese versuchten nun, sich in gerade einmal sechs Waggons zu drängen, in die Abteile zu quetschen, verängstigte Kinder völlig Unbekannten auf den Schoß zu setzen und völlig überflüssige Gepäckstücke durch die Fenster nachzureichen. Die Reichsbahner taten ihr Möglichstes, beim Schieben und Schichten zu helfen und die

278

Türen hinter den letzten Mitfahrenden ins Schloss zu drücken.

Am siebten und letzten Waggon herrschte kein Gedränge. Aufmerksamen Beobachtern wäre aufgefallen, dass es sich bei diesem Waggon nicht um einen der gewohnten vierachsigen Schnellzugwagen der Deutschen Reichsbahngesellschaft handelte, sondern um einen längst ausgemusterten preußischen Abteilwagen dritter Klasse. Doch in der tristen, kalten Atmosphäre des ausgebombten Anhalter Bahnhofs gab es keine aufmerksamen Beobachter. Niemand der Reisenden nahm von dem letzten Waggon Notiz oder bemühte sich, keine Notiz davon zu nehmen. Ein Trupp von etwa fünfzehn Mann Ordnungspolizei schirmte den Waggon gegen den Bahnsteig und gegen den vorderen Teil des Zuges hin ab. Die Passagiere des Waggons betraten diesen auch nicht von der Bahnsteigseite aus. Einzeln oder in kleinen Grüppchen wurden sie quer über die halb zerstörten Gleisanlagen zur abgelegenen Seite des Eisenbahnwagens geführt; ein, zwei Männer waren darunter, ansonsten alles Frauen. War eines der Abteile mit vier Personen besetzt, schloss sofort einer der Polizisten die Abteiltür mit einem Vierkantschlüssel hinter ihnen ab.

Anfang Februar hatte das Referat IV B 4 im Reichssicherheitshauptamt unter Adolf Eichmann den Befehl erlassen, die restlichen zirka 2.600 Juden, die bisher aufgrund einer sogenannten Mischehe bewahrt geblieben waren, ebenfalls zu deportieren. Mit einem noch lebenden deutschen Ehepartner hätte der Schutz noch andauern können, selbst jetzt, wo im Angesicht der drohenden Niederlage die letzten Schranken des äußerlichen Scheins fielen. Doch nun saßen sie doch in diesem Zug und sahen der „Wohnsitzverlegung" entgegen. So sagte es zynisch der Zettel, der ihnen am gestrigen Abend durch die Gestapo in die Hand gedrückt worden war, als man sie abholte. Um wenig Aufsehen zu erregen, koppelte man für diesen Zweck einzelne Waggons an die fahrplanmäßigen Züge nach Prag an. Jeweils nur einen, jeweils nicht überfüllt, jeweils mit kleinem Begleitkommando. In Bauschowitz an der Eger, kurz hinter der früheren tschechischen Grenze, wurden die Kurswagen dann abgekoppelt. Ihr Ziel: das Ghetto Theresienstadt.

Cornelia Hoffmann fand sich im Abteil Nummer Zwei wieder.

Ein schrilles Pfeifen zerriss die düstere Stille. Die Lokomotive schnaufte, zischte und setzte sich langsam stampfend in Bewegung. Mit einer Minute Verspätung rollte der Zug an und nahm langsam seine Fahrt nach Süden auf. Sein Ziel Prag erreichte er am Abend. Der Waggon für Theresienstadt sollte schon zwei Stunden früher seinen Bestimmungsort erreichen.

Wenig später, im März 1945, sorgten die Kriegsereignisse für einen Abbruch der reichsweiten Aktion. Nahezu alle der in diesen letzten Tagen nach Theresienstadt Deportierten überlebten.

Cornelia Hoffmann gehörte nicht dazu.

10. Juni 1945

Berlin

Epilog

Langsam schritten die zwei Männer den breiten Weg entlang. Der Boden war nass. Große Pfützen, heruntergefallene Blätter und Zweige wiesen die Spuren des Unwetters von letzter Nacht. Die Feuchtigkeit drang bereits in die Schuhe ein, Schlammspritzer begannen die Hosenbeine zu zeichnen. Keiner der beiden nahm davon Notiz.

Der Weg endete an einer Gabelung. Die Männer wendeten sich nach links. Der deutlich schmalere Pfad führte direkt zwischen langen Reihen zugewachsener und verwilderter Grabstätten hindurch, bis er schließlich an einem kleinen Wiesenstück endete. In Sichtweite der Friedhofsmauer erhob sich hier ein einzelnes Grabmal. Auf einem einst weißen Muschelkalkblock stand eine gänzlich von Grünspan überzogene Bronzefigur. Ein Hüne, thronend auf einem Stein, der in doppelter Mannshöhe starr über die beiden vor ihm stehenden Männer in die Ferne schaute.

Die Männer schwiegen. Ihr Blick schweifte über die Worte, die als Epitaph den Sockelblock prägten: Tannenberg, Schlacht an den masurischen Seen, Winterschlacht von Lyck und Augustow, dazu drei Orte: Stochod, Zlozcow, Riga. Rechter Hand ein Bibelvers: „Und ich habe Dir einen Namen gemacht wie die Großen auf Erden Namen haben".

Ja, dachte ich, Sie haben sich einen großen Namen gemacht, Herr General. Und doch bin ich heute nicht allein wegen Ihnen hier, nicht um Ihres Namens zu gedenken. Sondern für Cornelia. Ihre Frau. Sie hat kein Grab gefunden. Aber wo gäbe es einen besseren Ort, um sich an Ihre Frau zu erinnern, einen besseren Ort, sie zu ehren, als an Ihrer Seite? Sie haben sie geliebt, sie beschützt, so lange es ging. Leider waren Sie nicht mehr da, um sie in Zeiten der größten Not zu beschützen. Es tut mir leid, General Hoffmann, dass ich nicht mehr tun konnte, um ihr zu helfen. Ich hoffe, Sie sind jetzt vereint, wo immer auch das sein mag. Cornelia, Ihnen hatte ich versprochen, dass ich nach dem Krieg wiederkommen würde, um Sie zu besuchen. Wieviel würde ich darum geben, Sie wirklich und wahrhaftig wiedersehen zu können! Doch mein Versprechen habe ich gehalten, so schrecklich die Realität auch geworden ist.

Basil Liddell Hart legte seine Hand auf meine Schulter.
„Alles in Ordnung, Genty?", fragte er besorgt.
Seufzend löste ich mich von meinen Gedanken und schaute auf. „Doch, ja, alles in Ordnung", entgegnete ich. Behutsam kniete ich nieder und legte den kleinen Strauß aus weißen Nelken vor den Sockel des Grabmals.
„Lassen Sie uns gehen, Captain", meinte ich und erhob mich wieder.
Langsam schritten wir den schmalen Weg zurück. Plötzlich gaben die Wolken die bisher verdeckte Sonne frei. Die vom Regen feuchte Bronzefigur in unserem Rücken reflektierte die Sonnenstrahlen, so dass wir vermeinten, in unseren Augenwinkeln ein Aufleuchten zu sehen. Ich drehte mich nochmals um. Im Lichte der Sonne schien es beinahe, als blinzele der Hüne uns hinterher.

Auf Wiedersehen, Cornelia. Au revoir, Monsieur General.

Nachwort: Fiktion und Realität

Wenn man einem bekannten Sprichwort folgt, dann schreibt das Leben die schönsten (oder besten) Geschichten. Dies mag zwar klischeehaft klingen, ist aber im vorliegenden Fall tatsächlich sehr zutreffend. Sehr viele der im Roman beschriebenen Begebenheiten, vor allem in den Rückblenden, beruhen auf tatsächlichen Ereignissen. Paul Genty hat es wirklich gegeben, und er war Anfang der Zwanziger Jahre Korrespondent des *Le Matin* in Berlin. Erfunden sind seine Reise ins Berlin des Jahres 1939, die Suche nach und die Begegnung mit Cornelia Hoffmann sowie der Inhalt, welchen die hinterlassenen Dokumente von Max Hoffmann wirklich hatten. Im Folgenden sollen einige der wichtigsten Ereignisse, Fakten und sonstigen Umstände beschrieben werden, die für die Geschichte eine Rolle spielen. Vollständigkeit ist dabei nicht angestrebt, aber es sollte vielleicht deutlich werden, wieviel Realität in der Romanhandlung steckt.

Das **Interview im Adlon**: Das Interview hat wirklich stattgefunden, wenn auch möglicherweise nicht im Adlon. Max Hoffmann hat nach seiner Verabschiedung aus dem aktiven Dienst 1919 jahrelang im Berliner Hotel Adlon eine Art militärischen Salon gepflegt und sich dort mit Journalisten, Militärs und Diplomaten sowie sonstigen Kontakten aus aller Welt getroffen und Gespräche geführt. Es ist also sehr wahrscheinlich, dass Paul Genty sein aufsehenerregendes Interview mit dem Ex-General im Adlon geführt hat. Das Interview erschien im Dezember 1921 im *Le Matin*. Viele Passagen im Dialog Genty-

Hoffmann entsprechen wörtlich den Aussagen im Interview. Das beschriebene Presseecho in Deutschland und die Ausführungen der *Vossischen Zeitung* sind real, ebenso wie die Tatsache, dass Hoffmann wegen seiner Vorschläge zur Kooperation mit Frankreich von vielen Seiten heftig angegriffen wurde. Im Ausland wurde Hoffmann teilweise mehr geschätzt als in seiner Heimat.

Die Berliner **Kunst-, Literatur- und Theaterszene**:
Das FAUN als Treffpunkt der *Berliner Secession* ist eine Fiktion. Ebenso gibt es keine Hinweise, dass Cornelia Hoffmann – obwohl sie tatsächlich eine Porträtmalerin war – je ein Mitglied der *Secession* oder einer der anderen Künstlervereinigungen gewesen ist. Die anderen genannten Mitglieder sind dagegen authentisch. Ebenso sind die Persönlichkeiten der Kultur- und Theaterszene und Filmleute wie Rudolf Lothar, Monty Jacobs und Lazar Wechsler, die im Roman einen Auftritt haben, reale Figuren. Die Kontakte und Freundschaften dieser Personen mit Cornelia Hoffmann sind nicht belegt. An dieser Stelle sollte jedoch erwähnt werden, dass in all diesen Bereichen eine Vielzahl von Personen mit jüdischem Hintergrund vertreten war, deren Leben und Schaffen sich nach dem Machtantritt der Nationalsozialisten radikal veränderte.

Das Theaterstück **„Brest-Litowsk"** und der Film **„Tannenberg"**:
Die Hintergründe um Entstehung und Rezeption des Theaterstücks sind sehr dicht an den realen Geschehnissen geschildert worden. Die Diskussionen der Romanfiguren orientieren sich an den Aussagen, die aus der zeitgenössischen Presseberichterstattung stammen. Die im

Roman wiedergegebenen Zitate aus den Spielszenen stammen allerdings aus einer überarbeiteten Neufassung des Stücks für die Hamburger Kammerspiele aus dem Jahre 1931, nicht aus der ursprünglichen Berliner Fassung. Daher sind die Dialoge zum Zeitpunkt der Uraufführung 1930 in Berlin zum Teil andere gewesen.

Für den Tannenberg-Film wurden die Akten der Film-Oberprüfstelle und zeitgenössische Zeitungsberichte verwertet. Zwar gab es eine mündliche Verhandlung zur Sache, aber keine mündliche Beschlussverkündung. Die beteiligten Personen sind echt, einschließlich des Rechtsanwalts Friedmann. Wortlaut und Tonart des Beschlusses wurden sehr eng am Original orientiert. Auch die Filmbesprechungen in der nationalen und internationalen Presse sowie die spätere Einordnung des Films durch die NS-Propaganda entsprechen den tatsächlichen Gegebenheiten.

Das **Berlin** des Jahres **1939**:

Um die Szenerie des Romans möglichst wirklichkeitsnah zu gestalten, habe ich versucht, reale Adressen, Gebäude, Wegbeschreibungen und sonstige Details so weit wie möglich zu berücksichtigen. Einzelne Anpassungen aus dramaturgischen Gründen waren dabei unvermeidlich. Die ehemaligen Wohnadressen der Hoffmanns sind authentisch, die Gebäudedetails zumeist nicht. Das Grabmal von Max Hoffmann existiert – beinahe erstaunlicherweise – noch heute auf dem Invalidenfriedhof. Der VI. Internationale Kongress für Archäologie in der vorletzten Augustwoche 1939 war die letzte wissenschaftliche Konferenz vor Kriegsausbruch und das nahezu letzte internationale

Großereignis in Deutschland bis 1945. Die beschriebenen Themen und Inhalte entsprechen weitestgehend dem realen Geschehen; lediglich der Ablauf einzelner Sektionen wurde für die Romanhandlung leicht verändert.

Zur Person **Cornelia Hoffmann**:
Die große Schwierigkeit – und Herausforderung – für den Roman bestand darin, dass zu Cornelia-Irene Hoffmann so gut wie kein Quellenmaterial existiert. Die meisten, bruchstückhaften Hinweise stammen noch aus Veröffentlichungen von Zeitgenossen, die Max Hoffmann kannten, und in ihren Memoiren auch die eine oder andere Aussage zu dessen Frau gemacht haben. Die einzige echte Hinterlassenschaft von ihr ist die Korrespondenz mit Basil Liddell Hart, die im Londoner King's College aufbewahrt wird. Diese ist so weit wie möglich in die Handlung eingebaut worden. Ob es sich bei den Papieren lediglich um die vollständige Version von Max Hoffmanns Kriegstagebüchern handelte (jene wurden zwar 1929 publiziert, allerdings mit erheblichen Kürzungen, die der Verlag im Hinblick auf die Reputation des Reichspräsidenten Hindenburg vornahm) oder um zusätzliche schriftliche Aufzeichnungen, lässt sich nicht mehr verifizieren. Der Kriegsausbruch verhinderte alles Weitere. Ob und wie Cornelia Hoffmann den Krieg überlebt hat, konnte von mir bisher nicht ermittelt werden. Tatsache ist, dass die Rechbergs die Witwe von Arnold Rechbergs Freund umfangreich unterstützt haben. Cornelia Hoffmanns Tochter Ilse überlebte den Krieg und lebte mit ihrer Familie bis Anfang der 1950er Jahre in der „Villa Sonnenfrieden".

Bildnachweise

Historische Abbildungen, Archiv d. Verf.:

  S. 63 (Hist. Postkarte um 1900)

  S. 227 (Hist. Postkarte, um 1900)

  S. 253 (Fotopostkarte, 1912)

  S. 273 (Abb. aus: Der Weltkrieg, Illustrierte Kriegs-Chronik, 4. Band, Bielefeld 1916, S. 26)

  S. 277 (Foto um 1945)

Originale Objekte, Archiv d. Verf.:

  S. 83 (Bierdeckel, ca. 1930)

  S. 119 (Umschlag „An allen Enden Moskau", 1925)

  S. 191 (Titelblatt Ludendorffs Halbmonatsschrift vom 05.11.1937)

Collagen aus hist. Abb. und Originalobjekten:

  S. 159 (aus div. Filmprogrammen zum Film „Tannenberg", alle von 1932)

  Titelbild (aus Umschlag „An allen Enden Moskau", 1925, und Porträt Hoffmann als Oberst, 1916)

Eigene Fotoaufnahmen oder Zeichnungen:

  S. 17, 43, 129, 281

Ausschnitte aus hist. Zeitungen:

  S. 7 (Deutsche Allgemeine Zeitung, 11.07.1927)

  S. 99 (Nationalzeitung, 08.12.1921)

  S. 139 (Berliner Volkszeitung, 10.10.1930)